Veröffentlicht von
DREAMSPINNER PRESS

5032 Capital Circle SW, Suite 2, PMB# 279, Tallahassee, FL 32305-7886 USA
www.dreamspinnerpress.com

Feuer an die Lunte
Urheberrecht der deutschen Ausgabe © 2019 Dreamspinner Press.
Originaltitel: Set Ablaze
Urheberrecht © 2018 KC Burn
Original Erstausgabe. April 2018
Übersetzt von Florentina Hellmas.

Umschlagillustration
© 2018 Jennifer Vance
JenniferVanceStudio@gmail.com
Die Illustrationen auf dem Einband bzw. Titelseite werden nur für darstellerische Zwecke genutzt. Jede abgebildete Person ist ein Model.

Deutsche ISBN. 978-1-64405-505-2
Deutsche eBook Ausgabe. 978-1-64405-504-5
Deutsche Erstausgabe. April 2019
v 1.0

Gedruckt in den Vereinigten Staaten von Amerika.

FEUER AN DIE LUNTE

KC BURN

Für meinen Ehemann, der viel mehr als das Übliche ertragen hat,
während ich dieses Buch in Form gebracht habe.

ANMERKUNG DER AUTORIN

ALS ICH das schrieb, hatte ich keine Ahnung, dass wir in Kalifornien die Art von Bränden haben würden, die wir dieses Jahr erlebt haben – diese Feuersaison war ziemlich beängstigend. Ich habe großen Respekt vor dem, was diese Feuerwehrleute tun, um uns zu schützen. In meiner Geschichte arbeitet Hayden für die Feuerwehr von Pasadena und zufällig hatten sie an einer der Stationen einen Tag der offenen Tür, wo ich einige spezifische Fragen klären konnte. Ich bin äußerst dankbar, dass sie bereit waren, meine Fragen zu beantworten und wenn es irgendwelche Fehler oder Abweichungen von der Realität gibt, so sind es meine Fehler.

1

HAYDEN HURST trocknete sich ab, wickelte dann das makellos weiße Handtuch um seine Taille und begann sich zu rasieren. Er grinste über sein schaumbedecktes Spiegelbild. Es war viel zu lange her, dass er sich auf die Suche nach einer Affäre gemacht hatte und er war so verdammt bereit, es mit jemandem krachen zu lassen. Es war, als würde das Universum ihm seinen Segen geben: Seine letzte Schicht in der Feuerwache war ereignislos verlaufen, er war nach Hause gekommen und hatte mehrere Stunden gut geschlafen und war ausgeruht aufgewacht, aber so verdammt geil. Schön, es war ein Dienstagabend; nicht die beste Nacht, um Anschluss zu finden, es sei denn, er würde über eine App suchen. Aber was noch wichtiger war, er musste erst Donnerstag um elf Uhr wieder im Dienst sein. Was bedeutete, dass er sich auch ein paar Drinks genehmigen konnte.

Er summte, als er Stoppeln und Rasierschaum abkratzte, schnappte sich dann ein kleineres Handtuch und wischte die letzten Streifen weg. Immer noch summend, hängte er beide Handtücher an einem Haken hinter der Badezimmertür auf und wanderte dann nackt in sein Schlafzimmer.

Er stöberte nach dem perfekten Paar Boxershorts – oder sogar nach etwas Knapperem aus der Andrew Christian Kollektion. Wie gesagt, er war zum Spielen aufgelegt und erstarrte, als sein Telefon klingelte.

Nein, nein, nein. Er brauchte das hier. Er brauchte etwas Zeit, um er selbst sein zu können. Aber er konnte das Telefon nicht ignorieren. Sie waren auf dem Weg in die gefährliche Santa Ana Feuersaison, was bedeutete, dass er wieder zur Arbeit gerufen werden konnte.

Er bereitete sich geistig darauf vor, seine Ausrüstung zusammenzupacken, griff nach dem Ladegerät auf seinem Nachttisch und ließ einen Seufzer der Erleichterung aus, als er den Namen des Anrufers las.

„Hey, Miguel, was gibt es?" Sie hatten beide ihre kleine Heimatstadt in Nordkalifornien verlassen und jetzt war Miguel Feuerwehrmann in Los Angeles, während Hayden für eine Feuerwache in Pasadena arbeitete, aber ihre Freundschaft reichte bis zum Kindergarten zurück.

„Du hast heute Abend frei, nicht wahr?"

Hayden straffte seine Schultern. Keine Arbeit, aber das verhieß nichts Gutes für seine Pläne. Obwohl Miguel sein bester Freund war, hasste er es, wenn Hayden ihn in einen Gay Club verschleppen wollte. Er konnte seinen Freund, der sehr hetero war, nicht davon überzeugen, seine Verstärkung zu sein. „Sicher. Was ist los?"

1

„Darf ich dich heute zum Abendessen einladen. Und vielleicht auf ein Bier oder auch zwei."

Die Einladung selbst war nicht ungewöhnlich, aber etwas in Miguels Tonfall machte ihn stutzig.

„Ja, das lässt sich machen." Er konnte danach immer noch in einen Club oder eine Bar gehen. „Soll ich die anderen Jungs anrufen und sehen, wer noch frei ist?"

„Nein."

Hayden machte fast einen Schritt zurück bei Miguels unerwarteter und doch energischer Reaktion. „Ähm, okay."

„Schau, ich muss mit dir über etwas reden. Treffen wir uns in der Cafeteria? Gegen sieben?"

„Schön." Die Cafeteria war etwa auf halbem Weg zwischen ihren Wohnungen und nicht so nahe an der Gegend, in die Hayden eigentlich hatte fahren wollen, aber gute Verkehrsbedingungen waren der andere Vorteil einer Dienstagnacht. Er hatte noch Zeit, eine weitere Episode von *Supernatural* zu streamen, bevor er ging. Irgendwie konnte er mit dieser Serie nicht Schritt halten. Es war, als würden die Folgen sich übernatürlich vermehren.

Hayden schaffte es sogar, sich zwei Episoden reinzuziehen, dann traf sein Taxi allerdings auf unerwarteten Verkehr, sodass Miguel bereits auf der Terrasse saß, als er ankam.

Miguel starrte in die Feuerstelle neben dem Nachbartisch, klopfte mit den Fingern nervös an sein Bierglas und bemerkte Hayden nicht einmal, bis er sich setzte.

„Hey."

Hayden nickte und schnappte sich eine Speisekarte. Er hatte viel Zeit, um herauszufinden, was Miguel bedrückte. Aber er wollte etwas Leichtes essen. Wenn er zu viel aß, wäre er zu träge, um sich einen Typen aufzureißen, und er wollte sich diese Gelegenheit nicht entgehen lassen.

Sobald sie bestellt hatten, signalisierte Hayden Aufmerksamkeit, aber er würde nicht nachfragen, was los war. Miguel reagierte nicht gut auf diese Art von aufdringlichem Verhör.

Miguel seufzte tief. „Alter, du musst mir einen großen Gefallen tun."

Zumindest war niemand krank oder tot. „Was?"

„Erinnerst du dich an meinen kleinen Bruder? Jez?"

Irgendwie schon. Es war weit über ein Jahrzehnt her, dass er Jez gesehen hatte, der ein schlaksiger Junge gewesen war, als Hayden achtzehnjährig nach Los Angeles gezogen war – oder genauer gesagt – in das Haus seiner Großmutter in Pasadena. Jez war sechs Jahre jünger als er und Miguel und hatte unter einem schweren Fall von Heldenverehrung gelitten. Es war sowohl amüsant als auch irritierend gewesen, erst recht als er sich zu fragen begann, ob Jez' Aufmerksamkeit von etwas anderem herrührte. Miguel hatte nie erwähnt, ob Jez schwul war, aber

2

Hayden war froh, dass er Willow Ridge mit achtzehn verlassen hatte, bevor jemand etwas bemerkt und geschmacklose Gerüchte in Umlauf gebracht hatte. Auf Hayden trafen sie zu, aber er hätte nicht gewollt, dass das auf Jez abfärbte, ob er nun schwul war oder nicht.

Miguel sprach nie viel über Jez und so peinlich wie alle das Thema die wenigen Male, in denen er bei Miguel zu Hause gewesen war, gemieden hatten, war es zwischen Jez und dem Rest seiner Familie wohl zu einem endgültigen Streit gekommen. Hayden wusste nur, dass er eine Art Schauspieler war und in New York lebte.

„Er zieht nach L.A."

„Schön für ihn." Hayden war sich nicht sicher, ob ihm die Richtung gefiel, in die sich das Gespräch entwickelte.

„Ja. Jobangebot. Ein gutes, wie er sagt." Miguel vermied es, Augenkontakt herzustellen, während er sein Bier austrank. „Wie auch immer, er braucht einen Platz zum Schlafen. Bis er eine Wohnung findet. Und … nun … ich würde ihn bei mir wohnen lassen, aber …"

Hayden schloss die Augen. „Ich nehme an, du könntest eine Luftmatratze neben dein Bett zwängen." In Wahrheit gab es in Miguels winziger Wohnung in Silver Lake keinen freien Zentimeter. Sie fasste mit Mühe Miguel und seine Hanteln, aber keinen zweiten Menschen. Und als Hayden dort war, hatte er ein paar Mal einen Hauch von Schimmel gerochen. Er schauderte.

„Ach komm schon, Mann, zwing mich nicht dazu. Ich bin in der Blüte meines Lebens. Zu leben, als wäre ich wieder in einem Studentenwohnheim, wäre scheiße. Es wäre nur für ein paar Monate. Vielleicht drei, höchstens. Und er würde Miete zahlen. Oder ich würde es tun."

Hayden nahm einen großen Bissen Steak, kaute langsam und nahm sich ein paar Minuten Zeit zum Nachdenken. Er geisterte allein in dem zweistöckigen Handwerkerhaus herum, das seine Großmutter ihm vermacht hatte, aber ein Mitbewohner? Er schluckte, gefolgt von einem Schluck Bier. Andererseits, wenn Miguel statt in Los Angeles einen Job bei einer Feuerwache in Pasadena bekommen hätte, würden sie sich womöglich schon das Haus teilen.

„Ich schwöre, er wird keine Umstände machen. Und dein Haus ist groß genug, dass du ihn vielleicht nie zu sehen bekommst. Bitte, ich flehe dich an."

Abgesehen davon, dass man die Küche teilen musste. Aber Hayden arbeitete 24-Stunden-Schichten und schlief zu ungewöhnlichen Zeiten. Solange Jez nicht jede Menge Lärm machte, wäre es vielleicht nicht so schlecht.

„Gut. Aber du schuldest mir etwas. Wann kommt er?"

Miguels Wangen färbten sich rötlich. „Freitag. Vielleicht Samstag."

„Freitag? Diesen Freitag? Was zum Teufel soll das, Miguel?"

„Ich weiß, ich weiß." Miguel hob die Hände. „Ich wusste es nicht, okay? Er hat mich gestern aus Philly angerufen. Oder war es Pittsburgh? Etwas Östliches,

3

das mit P. begann. Er rief von einem verdammten Umzugswagen aus an. Er ist auf dem Weg."

„Ohne einen Plan?"

„Ich schätze schon. Aber das sollte nichts ändern, oder? Ich meine, dein Haus ist immer verdammt unberührt."

Vielleicht, aber das bedeutete nicht, dass es für einen langfristigen Hausgast bereit war. Untermieter? Mitbewohner?

„Du musst mir helfen, Hayden. Schlimm genug, dass er ganz allein durch das verdammte Land fährt. Das sind etwa vierzig Stunden."

Das beruhigte Hayden ein wenig. Vierzig Stunden waren eine lange Fahrt, aber wenn Jez nicht vor Freitag auftauchte, bedeutete das, dass er sich zumindest regelmäßig ausruhte.

„Warum hast du mich nicht angerufen, nachdem er sich gemeldet hatte?"

Miguel zuckte mit den Schultern. „Ich weiß nicht. Es ist keine Kleinigkeit, um so etwas zu bitten, und du warst auf der Arbeit. Ich dachte, ich hätte bessere Chancen, dass du ja sagst, wenn ich dich persönlich treffe."

Hayden unterdrückte eine Grimasse. „Es ist in Ordnung. Mach dir keine Sorgen. Jez kann bei mir bleiben. Gib ihm meine Handynummer und sag ihm, er soll mich wissen lassen, wann er ankommen wird, dann überlegen wir uns etwas mit dem Schlüssel. Ich habe Donnerstag eine Schicht, aber ich habe Freitag frei, also sollte das klappen."

Miguels Schultern sackten in offensichtlicher Erleichterung. Dann stürzte er sich auf seine Mahlzeit, als hätte er seit Tagen nichts mehr gegessen. Mit anderen Worten: Alles war wieder normal.

Nachdem sie mit dem Essen fertig waren, nahm Miguel die Rechnung. „Willst du heute Abend ins Kino gehen?"

„Ähm …" Hayden wollte immer noch flachgelegt werden, obwohl Miguel ihn aus dem Konzept gebracht hatte. Aber ein guter Orgasmus oder auch zwei würden die Zusammenstellung der mentalen Liste unterbrechen, die er während des ganzen Abendessens gemacht hatte, um sich auf den Freitag vorzubereiten.

Miguel spitzte die Lippen. „Verdammt. Du wolltest in einen Club gehen, oder?" Er blinzelte, als wollte er vermeiden, sich vorzustellen, dass Hayden Sex hatte. Es war auch nicht so, dass Hayden sich Miguel im Bett vorstellen wollte, also wusste er nicht, warum sich jede Diskussion über sein Treffen mit Kerlen immer so unangenehm anfühlte, obwohl Miguel anscheinend nichts dagegen hatte, dass er schwul war.

„Das war der Plan, ja." Hayden hasste diesen Teil. Sich Miguel gegenüber zu outen, war einfach gewesen. Nicht so wie damals, als er das Gleiche bei seinen Eltern gemacht hatte. Aber als Miguels Freund schwul zu sein und ein offenes Leben als schwuler Mann zu führen, war nicht einfach gewesen. Ob es an den Jahren lag, in denen Miguel in Willow Ridge geblieben war, bis er den Job in L.A.

4

bekommen hatte? Hayden wusste es nicht, aber er versuchte zu vermeiden, mit Miguel über Männer oder Sex zu sprechen. Oder mit sonst einem seiner Freunde.

„Komm schon. Komm mit mir ins Kino. In einen Club kannst du doch immer gehen."

Sicher könnte er das, solange er es Miguel nicht erzählte, der der schlimmste Lustkiller aller Zeiten war. Angenommen, es würde Hayden auf wundersame Weise gelingen, jemanden Besonderen zu finden, dann müsste Miguel lernen, damit umzugehen. Aber bis dorthin tat Hayden sein Bestes, keinen Staub aufzuwirbeln.

„Gut. Ein Film." Und dann gleich nach Hause. Hayden musste nun Wäsche waschen, putzen, Schränke und Regale neu ordnen und einen zweiten Satz Schlüssel besorgen. Miguel klopfte ihm auf die Schulter und führte sie zu seinem Truck. Wenigstens konnte Hayden sich nun das Taxi sparen und Miguel dazu bringen, ihn nach Hause zu fahren.

„MANN, WAS für eine beschissene Schicht." Jordan schlug Hayden ein wenig zu hart auf den Rücken und ließ ihn husten.

„Tut mir leid, Mann, meine Lunge ist noch voller Rauch." Eine Notlüge. Der Wind hatte sich gedreht und Hayden war nicht vorbereitet gewesen – immer noch abgelenkt von der Aussicht auf den Mitbewohner, der etwa eine Stunde nach Schichtende ankommen sollte, und hatte fast eine Ladung giftigen Rauch ins Gesicht bekommen. Dieser eine Moment der Unachtsamkeit hatte wie eine Ohrfeige gewirkt und ihn wieder in die Wirklichkeit geholt. Aber es klang besser, als Jordan zu sagen, dass er ihm mit dem Schlag den Atem geraubt hatte. In Kauf zu nehmen, damit aufgezogen zu werden, war das nicht wert.

Dennoch war er erschöpft. Ihre Schicht hatte aus einer Menge Hin- und Herfahren bestanden, größtenteils mit medizinischen Notfällen. Zumindest hatte es in der Gegend keine Waldbrände gegeben, aber der letzte Einsatz hatte sie zu einem schlimmen Hausbrand gerufen. Es war ein Kampf gewesen, eine Ausbreitung zu verhindern.

„Brauchst du einen Arzt?", fragte Jordan besorgt. „Du hättest vor Ort etwas sagen sollen."

„Nein, nein. Es geht mir gut." Jordan überraschte ihn manchmal. Viele der Jungs in ihrer Crew mochten ihn nicht und in vielerlei Hinsicht konnte Hayden ihnen das nachfühlen. Jordan hatte viele Ecken und Kanten, die mit der Zeit rauer zu werden schienen, aber er war Haydens erster Freund in Pasadena gewesen. Er war nicht angewidert oder verärgert über die Arbeit mit einem schwulen Mann und da seine Witze sich gerade noch im Rahmen dessen bewegten, was als politisch korrekt galt, hatte Hayden schon mal ein Auge zugedrückt. Oder ein Ohr? Wie auch immer; sie arbeiteten gut zusammen und unter ihnen hatte sich eine kleine Gruppe von Jungs gebildet, die regelmäßig zusammen rumhingen.

„Gut, gut. Kommst du nach der Schicht in den Pub?"

„Ich weiß nicht."

„Wir haben es nach dieser Schicht verdammt noch mal verdient. Vic wird dort sein. Kevin geht auch, oder?" Jordan hob seine Stimme und zog Kevin in das Gespräch.

„Ja, definitiv." Kevin ging weiter zur Umkleide. Hayden musste da auch rein. Sich den Rauchgeruch aus den Haaren duschen.

„Siehst du? Und dieser Verlierer von Miguel wäre auch da, wenn er nicht in einer anderen Crew als Vic steckengeblieben wäre."

Vic hatte sich mit Miguel bei der Arbeit angefreundet und vor einigen Jahren hatten die vier den Kern ihrer Gruppe gebildet. Vor einigen Monaten war Miguel jedoch in die C-Crew auf seiner Station versetzt worden und hatte jetzt weniger freie Tage zusammen mit Vic. Insgeheim vermutete Hayden, dass Miguel über diese Veränderung erfreut war, wenn man Vics wachsende Bitterkeit nach seiner zweiten gescheiterten Ehe bedachte.

„Das klingt gut."

„Dann sei kein Weichei und geh mit uns aus."

Hayden rollte mit den Augen und sah sich um, aber niemand schien es gehört zu haben. Hayden wusste, dass Jordan sich nichts dabei dachte, aber er musste bei der Arbeit vorsichtiger sein.

„Also, kommst du?"

„Ja, ja." Nur, weil er sich wegen seines neuen Mitbewohners weniger Sorgen machen würde, wenn er etwas anderes zu tun hätte, statt auf Jez zu warten. Und er war am Verhungern. Um elf Uhr vormittags seine Schicht zu beenden, bedeutete immer, dass er ein großes Mittagessen aß.

Jordan lächelte ihn an und schlug ihm wieder auf den Rücken, bevor er sich in die Küche zurückzog. Hayden seufzte und ging zu den Duschen.

HAYDEN BEDEUTETE dem Kellner, dass er zahlen wollte und zückte seine Brieftasche. Er war schon zu lange geblieben und wenn Jez sich beeilt hatte, würde Hayden zu spät nach Hause kommen.

„Komm schon, Kumpel, bleib noch ein oder zwei Minuten hier." Jordan, ein bisschen mitgenommen von den drei Bieren, die er hastig hinuntergestürzt hatte, während Hayden gerade mal eines getrunken hatte, schlug ihm auf den Rücken. Wenn das so weiterging, hätte er am Ende einen handförmigen blauen Fleck über seinem Schulterblatt.

„Tut mir leid, Mann."

„Wirst du langsam alt?", stimmte Vic ein. „Wir wissen alle, dass du nicht einer kleinen Frau gehorchst wie Kevin."

Kevin, der normalerweise der erste war, der nach Hause zu seiner Frau ging, zeigte dem Tisch der Feuerwehrleute den Mittelfinger und die anderen lachten. Hayden zuckte mit den Schultern und unterdrückte ein Kribbeln des

6

Unbehagens. Er war auf der Arbeit und es war meistens in Ordnung, auch wenn seine Kumpels sich immer noch so unreif verhielten wie Jungs in einer Studentenverbindung. Vielleicht wäre es ein größeres Problem, wenn er nicht als hetero durchginge, aber er würde sie mit Sicherheit nicht für Worte kritisieren, die keine Rolle spielen.

Alle seine Freunde waren Feuerwehrleute oder Polizisten und er war der einzige Schwule. Obwohl sie ihn akzeptierten, konnte sich das ändern, wenn er es schaffte, einen Freund zu finden und sie sich der Tatsache stellen mussten, dass es Hayden gefallen könnte, sich ficken zu lassen. Gut, dass Hayden diesen Wunschtraum aufgegeben hatte. Die gelegentlichen spöttischen Beleidigungen störten ihn nicht allzu sehr.

Die Rechnung kam mit einem weiteren Bier und Hayden starrte in die Runde, in der alle schuldig aussahen, aber keine Reue zeigten.

„Im Ernst, Leute, ich muss los." Er schob ein paar Scheine unter das feuchte Papier der Rechnung. „Sonst kann ich nicht fahren. Hast du vergessen, dass ich heute meinen neuen Mitbewohner treffe?"

Kevin, der einzige andere Typ, der nicht betrunken war, antwortete: „Ich habe es vergessen. Miguels Bruder, richtig?"

Hayden nickte.

Vic warf ihm einen vielsagenden Blick zu. „Das ist richtig. Der Broadway-Schauspieler. Denkst du, er tendiert in Haydens Richtung? Oder müssen wir ihn warnen, dass er im Begriff ist, mit unserem ansässigen Po-Piraten zusammenzuziehen?"

Hayden zwang sich zu einem angespannten Lächeln. „Ich glaube nicht, dass es etwas gibt, worüber man sich Sorgen machen müsste." Hayden hatte niemals gefragt, aber als Miguel ihn gebeten hatte, Jez bei sich wohnen zu lassen, hätte er wohl erwähnt, wenn der Junge auch schwul wäre.

„Oho. Vielleicht wirst du am Ende noch ein Fotzenknecht. Oder ein Schwanzknecht. Diese Theaterschauspieler sind doch alle schwul wie Drei-Dollar-Scheine."

Die Kellnerin, eine reizende Frau, die versuchte als Schauspielerin Fuß zu fassen und die seit ihrer Ankunft mit Vic geflirtet hatte, runzelte die Stirn und knallte das Bier auf den Tisch, das sie vor ihm hatte abstellen wollen.

Vic machte große Augen, als er zu ihr aufsah. „Was denn?"

Sie antwortete nicht, aber ihre Mine war so frostig, dass sie alle ihre Bierkrüge hätte vereisen können. Wenn Vic dachte, dass er heute Abend Glück hätte, würde er bald etwas anderes herausfinden.

„Du musst dir keine Sorgen um Jez machen. Oder um mich. Nichts wird sich ändern. Das ist nur vorübergehend, bis Jez eine eigene Wohnung gefunden hat."

„Ha. Wenn er nur annähernd wie Miguel gebaut ist, wird er dich wie einen Zweig zerbrechen, wenn du ihn auch nur komisch ansiehst."

Die Abzweigung der Konversation in Richtung seines Sexuallebens bereitete ihm Unbehagen, besonders in Bezug auf Miguels kleinen Bruder. Definitiv Zeit, um zu gehen. „Trinkt nicht zu viel. Jez sagte, er hätte nicht viel Zeug im Lieferwagen, aber wenn es mehr ist, als ich verkraften kann, rufe ich euch Wichser morgen zu unbezahlter Arbeit."

Nachdem Hayden aufgestanden war, verlor Jordan keine Zeit, das unberührte Glas an Haydens Platz zu schnappen.

„Ich werde auch gehen", sagte Kevin und warf ein paar Scheine auf den Tisch, als er aufstand.

Noch ein paar weitere Verhöhnungen über Kevins Eier oder deren Fehlen wurden über den Tisch gerufen, aber Kevin schüttelte sie so gutmütig ab wie immer und lenkte die Aufmerksamkeit von Haydens neuem Wohnarrangement ab. Hayden wartete auf Kevin und zusammen gingen sie zum Ausgang.

Draußen auf dem Parkplatz nahm Kevin das Gespräch wieder auf. „Du solltest Jez irgendwann mal mitbringen."

Hayden zuckte mit den Schultern. „Vielleicht. Ich bin sicher, er hat seine eigenen Freunde." Als ob Hayden wissen konnte, ob er und Jez miteinander auskommen würden. Zum Teufel, er hatte sich kaum daran erinnert, dass Miguel einen jüngeren Bruder hatte. Jez kam nicht einmal in den Ferien nach Hause, zumindest nicht, als Hayden noch dort draußen gelebt hatte.

„Das ist nicht seine Heimatstadt. Die ist sieben Stunden nördlich. Und er hat seit fast einem Jahrzehnt nicht mehr in Kalifornien gelebt. Er kennt hier vielleicht niemanden außer seinem Bruder."

„Ja, du hast wahrscheinlich recht." Und er war viel zu bedacht, um den Rest ihrer dummen Freunde zu ertragen. Vielleicht hatte seine Frau einen besänftigenden Einfluss. Oder vielleicht war es diese Eigenschaft, die dafür gesorgt hatte, dass Kevin der erste in ihrer Gruppe war, der in einer langfristigen Partnerschaft lebte. So oder so, er hatte recht, obwohl Hayden hoffte, dass Jez so sehr damit beschäftigt sein würde, seinen neuen Job zu beginnen und eine eigene Wohnung zu finden, dass es nicht an Hayden hängen bleiben würde, der Ersatz-Freund zu sein.

Hayden hatte keine Ahnung, wie man sich mit jemandem anfreundete, dessen Lebenserfahrungen sich so sehr von seinen eigenen unterschieden. Abgesehen von der Freundschaft mit ein paar Polizisten, die als Bekanntschaft bei Notfalleinsätzen angefangen hatte, bestand Haydens soziales Umfeld seit mehr als einem Jahrzehnt nur aus Feuerwehrleuten und manchmal ihren Frauen.

HAYDEN FUHR entlang der breiten, von Bäumen gesäumten Straße nach Hause. Manchmal war ihm alles zu still, aber er war noch nie versucht gewesen, einen Mitbewohner zu finden. Er lud die Jungs oft während großer Sportereignisse zu Bier und Snacks ein und das half, die Einsamkeit zu bekämpfen.

Vielleicht – nur vielleicht – hätten Miguel und er zusammen wohnen können, wenn Miguel einen Job in Pasadena bekommen hätte. Aber Hayden fühlte sich nicht wohl dabei, sein Privatleben mit seinen anderen Mitarbeitern zu teilen. Hayden verstand den Grund, warum Miguel ihn um diesen Gefallen gebeten hatte, aber das machte ihn nicht weniger vorsichtig.

Hey, wie schlimm konnte es schon sein? Miguel war sein bester Freund. Jez brauchte einen Platz zum Leben, keine gebrauchsfertige Bestie, auch wenn Hayden auf dem Markt war. Jede nötige Unterstützung oder grundlegenden Freundschaftsdienst würde Miguel leisten können.

Ein kleiner Kastenwagen stand am Bordstein und parkte schräg mit der Rückseite zur Haustür. Hayden zog sein Handy heraus und verzog das Gesicht. Scheiße. Er hatte ein paar Anrufe von einer unbekannten Nummer ignoriert. Er hätte wissen müssen, dass das Jez war.

Er mochte es nicht, zu spät zu kommen. Er war bereits ein wenig verunsichert von den Hänseleien in der Bar, und nun türmten sich seine Schuldgefühle auf wie der Kleinlaster vor ihm.

Hayden parkte seinen Truck auf der Straße hinter dem Umzugswagen und stieg aus. Einige Kisten hatten es bereits bis zur Veranda geschafft, aber von Jez selbst gab es keine Spur. Vermutlich war er irgendwo da draußen in der Nähe. Hayden hatte den Ersatzschlüssel in der Tasche und er ließ seine Türen nie unverschlossen. Jez hätte sich also gar nicht häuslich einrichten können. Wären Katzeneinbrüche Jez' bevorzugter Zeitvertreib, hätte Miguel ihn das sicher wissen lassen. Hayden runzelte die Stirn. Das alles war in letzter Minute arrangiert worden. Er war sich sicher, wenn Jez auf der Flucht vor rechtlichen Problemen gewesen wäre, hätte Miguel ihn zumindest gewarnt.

Ja. Miguel würde eine solche Bombe nicht vor ihm verbergen.

Er ging den Gang zu seiner Haustür hinauf und fand einen Kerl, der sich auf der Bank auf seiner Veranda ausgestreckt und einen Arm über sein Gesicht gelegt hatte. Sein helles, blaugrünes T-Shirt war hochgerutscht und enthüllte einen Streifen seines flachen, gebräunten Bauchs. Es gab eine Art Grafik auf dem T-Shirt, aber der andere Arm des Kerls warf einen Schatten darauf.

Ob Jez – und er hoffte sehr, dass das Jez war – wie Miguel aussah oder nicht, er war jedenfalls nicht so gebaut wie sein Bruder. Jez fehlte sowohl Miguels Größe als auch seine Masse, obwohl er genauso fit zu sein schien wie Miguel, aber auf eine andere Weise. Jez' schwarzes Haar war locker und fransig, durchsetzt mit einem leuchtenden Rot, wie es in der Natur nie vorkommt.

Welche Art von Rolle hatte Jez übernommen, die eine solche Frisur erforderte? Miguel war vage gewesen, obwohl er fest und steif behauptet hatte, dass Jez der Arbeit wegen nach Kalifornien zog. Was auch immer Miguel gesagt oder nicht gesagt hatte, Hayden vermutete ein wenig Verzweiflung hinter Jez' Umzug. Die Schauspielerei war ein hartes Geschäft und vielleicht versuchte Jez es an einer anderen Küste, um es irgendwo zu schaffen. Es war vielleicht mehr der

Traum von einem Job als eine eigentliche Anstellung gewesen, die ihn quer durchs Land zurückgebracht hatte.

Ohne eine Hypothek konnte Hayden es sich leisten, Miguels Bruder monatelang über Wasser zu halten, wenn nötig mietfrei. Falls Miguel das brauchte.

„Jez. Hey, Jez." Hayden war nicht laut, aber sein schroffer, ungeduldiger Ton rüttelte Jez wach und er setzte sich sofort auf, blinzelte und sah etwas verloren aus.

Für etwa eine Sekunde oder so. Lange genug, dass Haydens Bauch sich vor Angst verkrampfte und er geschockt auf den heißen Schwan starrte, der früher einmal das hässliche Entlein Jez gewesen war. Atemberaubend, auch wenn Jez nicht sein normaler Typ war. Zum Teufel, er sollte Miguels kleinen Bruder nicht attraktiv finden. Aber egal, wie sein Gehirn in Verleugnung aufschrie, die plötzliche Feuchte seiner Handflächen, der Anstieg der Herzfrequenz, seine rasche Atmung und ein Zucken in der Leistengegend sagten die Wahrheit.

Jez runzelte die Stirn und sprang mit unerwarteter Anmut auf die Füße. Er war kleiner und zarter als Hayden, fast das Gegenteil seines Bruders. Wenn Miguel die Masse abbekommen hatte, dann Jez das gute Aussehen. Nicht, dass Miguel hässlich war, aber wow.

War Jez vielleicht ein wenig zu anmutig? Ein ganz klein wenig? Dann bemerkte Hayden die Grafik auf dem T-Shirt. Ein Einhorn mit einer Regenbogenmähne, das Regenbögen furzte. Verdammte Scheiße. Das Letzte, was er brauchte, war ein femininer schwuler Typ, der mit ihm zusammenwohnte. Wenn die Jungs ihn trafen, würden sie ihn gnadenlos damit aufziehen und Jez war nicht einmal *sein* verdammter Typ.

„Wird auch Zeit, dass du nach Hause kommst. Kannst du mich endlich reinlassen?", beschwerte sich Jez.

Hayden unterdrückte ein Knurren und trat um ein paar verstreute Kisten herum, um die Tür zu öffnen. Nachdem Hayden sie weit aufgestoßen hatte, drehte er sich um und fand Jez genau hinter sich mit einem großen Karton in den Armen.

„Lass mich dir damit helfen." Hayden streckte die Hand aus, um die Kiste zu nehmen, aber Jez zog sie mit einem Aufschrei weg. „Hast du dir wehgetan? Ich kann dir das abnehmen, wenn es schwer ist." Er bemühte sich, seinen Ton zu dämpfen, um Jez nicht wieder ausflippen zu lassen.

„Nein, es ist in Ordnung. Ich komme zurecht. Ich bin nicht schwach, weißt du." Wenn der Ton giftig sein könnte, hätte Hayden schon zuckend auf dem Boden gelegen.

„Okay, okay." Hayden ging zurück ins Haus und gab Jez genug Platz, um durch die Tür zu gehen.

„Wo soll ich meine Sachen hinstellen?" Jez' gereizte Stimme wurde nicht viel weicher, aber sie klang etwas versöhnlicher, als er an Hayden vorbeizog.

„Die Treppe hoch, die letzte Tür links. Willst du alles selbst machen oder darf ich die anderen Kisten berühren?"

Jez, schon halb auf der Treppe, hielt inne und ließ die Schultern hängen.

Schuldgefühle packten Hayden. Jez war in wenigen Tagen allein quer durchs Land gefahren, um in eine ihm unbekannte Stadt zu ziehen, in einen Staat, in den er für den größten Teil eines Jahrzehnts nicht zurückgekehrt war – zumindest soweit Hayden wusste. Er musste erschöpft sein und obwohl er zuerst auf ihn losgegangen war, sollte Hayden sich dafür entschuldigen, dass er zu spät gekommen war, anstatt zurückzufauchen. Wenn seine Oma ihn jetzt hören könnte, wäre sie schrecklich enttäuscht.

„Tut mir leid. Der Inhalt ist zerbrechlich. Wenn du bitte bei den anderen helfen könntest, wäre ich dankbar." Jez sah nicht zu Hayden zurück, aber er klang seltsam traurig.

Hayden holte tief Luft, entschlossen neu anzufangen. „Kein Problem. Wir werden deine Sachen im Handumdrehen ausgeladen haben."

Um ihnen beiden Zeit zu geben und um sich wieder zu sammeln, machte sich Hayden auf den Weg zum Lastwagen, um zu sehen, wie lange es dauern würde, bis die Dinge entladen waren oder ob er die Armee der unbezahlten Arbeiter einberufen musste, selbst wenn sein kratzbürstiger neuer Mitbewohner Einspruch erheben sollte.

Ein Blick war alles, was nötig war. Jez hatte nicht viel Zeug und er schien keine Möbel zu haben. Gut, dass Haydens Gästezimmer ein Bett hatte.

JEZ BOUCHET stellte seinen Karton sanft auf das Bett, drehte sich dann um, sprang zur Tür, schlug sie zu und keuchte, als wäre er gerade einen Marathon gelaufen.

Zum Teufel, so hatte er seine Bekanntschaft mit Hayden nicht erneuern wollen. Er war so ein zickiger Arsch gewesen, aber er war eine verdammte Ewigkeit gefahren und hatte nicht mehr nur an sich selbst zu denken.

Jez hob den Kopf und horchte, ob Hayden sich näherte. Die Treppe hatte so geknarrt, dass sich niemand vorbeischleichen könnte und Hayden war größer und schwerer als Jez. Aber von den Stufen war nichts zu hören.

Das Schloss an der Tür sah aus, als würde es sich durch ein kräftiges Rütteln öffnen lassen, aber Jez schloss trotzdem ab und näherte sich dann dem kostbaren Karton auf dem Bett. Er klappte ihn auf und blickte hinein.

„Hey, Baby. Nur noch ein bisschen länger."

Traurige braune Augen sahen ihn aus einem pelzigen, faltigen Gesicht aus hellbraunem Fell an – ein stummer Protest gegen die Gefangenschaft in der Transportbox. Jez wollte seinen bezaubernden Mopswelpen am liebsten auf der Stelle herausholen und kuscheln, aber er wagte es nicht. Noch nicht.

„Keine Sorge. Wir werden eine haustierfreundliche Wohnung finden, schneller, als du deine Futterschüssel leerfressen kannst." Was schnell ging. Für

11

so ein kleines Geschöpf konnte sein Welpe Essen einsaugen wie nichts. Jez kannte Los Angeles überhaupt nicht und hatte nicht das Risiko eingehen wollen, sich versehentlich auf eine Wohnung festzulegen, ohne sie vorher gesehen zu haben. Nur um vielleicht herauszufinden, dass sie sich in einem beschissenen Stadtteil befand, in dem er sich Sorgen machen musste, geschlagen zu werden oder die in schlechterem Zustand war als die gezeigten Online-Fotos.

Miguel hatte ihm versichert, dass es Hayden nichts ausmachte, Jez für ein paar Monate unterzubringen, aber Jez hatte ihm nichts von seinem Welpen erzählt. Miguels Wohnung war tierfrei und Jez war sich nur allzu bewusst, dass Hayden keine Hunde mochte. Überhaupt nicht.

Jez öffnete teilweise den reisetaschenartigen Transportbehälter und steckte seine Hand in die Öffnung, sodass sein kampflustiges Baby, Fang, seine Hand ablecken konnte.

„Ich weiß, ich weiß", flüsterte er. „Du warst so brav, aber ich kann dich noch nicht rauslassen." Aber er konnte seinem Baby vielleicht etwas mehr Bewegungsfreiheit geben.

Er zog seine Hand heraus und begutachtete die Größe des Schranks. Viel größer als der Schrank in seiner Wohnung in Brooklyn. Jez schob den Karton in den Schrank, holte ein Kissen aus der Transporttasche und breitete es in der Box aus, die die Tasche umgab. Dann öffnete er sie ganz, Fang schoss heraus und sprang auf seinen kurzen Mopsbeinen auf Jez zu.

„Da ist ja mein großer, harter Junge. Guter Fang."

Fang wedelte nicht nur mit seinem geringelten Schwanz, sein ganzer Welpenhintern wackelte.

„Sei jetzt ein braver Junge. Es dauert nicht mehr lange." Der nächste Schritt bestand darin, Fangs Futter- und Wasserschalen hereinzuschmuggeln. Dann wäre Fang versorgt, bis sie den Rest des Trucks ausgepackt hatten. Danach konnte Jez behaupten, erschöpft zu sein – was keine Lüge wäre – sich in sein Zimmer zurückziehen und Fang rauslassen. Er war auf der Fahrt von New York ein so braves, süßes Baby gewesen, obwohl er in der Transportbox auf dem Beifahrersitz gesessen hatte. Aber da hatte er Jez die ganze Zeit sehen können. Jez hatte während der letzten Stunden auf die Tube gedrückt und verzweifelt versucht, es zu Hayden zu schaffen, bevor dessen Schicht zu Ende war, damit er Fang in sein trojanisches Kartonpferd verfrachten konnte. Aber dann war Hayden nicht sofort nach Hause gekommen. Jez war in der kühlen Nachmittagsbrise auf Haydens Veranda eingeschlafen, aber als er aufwachte, war er ausgeflippt und hatte Angst um Fang gehabt. Es hätte höllisch heiß sein können, wenn er im Sommer umgezogen wäre.

Jez hatte auch das große Glück, dass Fang noch kein richtiges, lautes Bellen entwickelt hatte. Die einzigen Geräusche, die er machte, waren ein schnüffelndes Grunzen, das sich eines Tages zu einem Bellen entwickeln könnte und ein leises

Wimmern, wovon nichts laut genug sein sollte, um durch eine geschlossene Tür Haydens Aufmerksamkeit auf sich zu ziehen.

Oh Gott. Das war so ein verdammtes Chaos. Jez' ganzes Leben war ein verdammtes Chaos. Der einzige Silberstreifen am Horizont, neben Fang, war das unerwartete Jobangebot, das es ihm ermöglicht hatte, das Leben, das er in New York aufgebaut hatte, stehen und liegen zu lassen und ohne einen Blick zurück an die Westküste zu fliehen.

Er hätte sich nur gewünscht, dass er es früher kapiert hätte, als Miguel zum ersten Mal die unglaublich kleine Fläche seiner Wohnung beschrieben hatte. Jez war sich so sicher gewesen, dass er bei Miguel wohnen könnte, aber Miguel war losgegangen und hatte ein Abkommen mit Hayden getroffen.

Andererseits war es möglich, dass Miguel mehr daran interessiert war, dass Jez seinem Liebesleben nicht im Weg stand, als dass er sich Sorgen machte, dass Jez nirgendwo schlafen konnte.

Nein. Sein Bruder konnte ein Arsch sein, aber das wäre fieser als üblich. Außerdem, selbst wenn Jez einen Platz zum Schlafen hatte, hatte er einen halbwüchsigen Mops, der vor dem Vermieter versteckt werden musste und er brauchte einen Ort, an dem er seine Sachen verstauen konnte.

Jez war dankbar für die Zuflucht in Haydens Haus. Aber das änderte nichts an der Tatsache, dass er nie in der Lage sein würde, sich vollständig zu entspannen, nie richtig zu atmen. Nicht, bis er eine eigene Wohnung gefunden hatte.

Als er die Schranktür schloss, sah er sich im Gästezimmer um. Für ein so altes Haus wie dieses war der Raum fast charakterlos. Es hatte zumindest ein Bett. Anfangs hatte er keine Ahnung, was ihn erwartete, aber von dem, was er bisher gesehen hatte, hatte Hayden die Grundlage für einen tollen Platz. Das Haus war auch groß genug, dass er und Hayden nicht aufeinanderhocken würden. Seine Wangen erhitzten sich bei der Doppeldeutigkeit. Jez war vielleicht erst zwölf gewesen, als er Hayden das letzte Mal gesehen hatte, aber er hatte sich später, in seinen Teenagerjahren, sehr gut an ihn erinnert. Und so sehr er Hayden auch nicht mögen wollte, es war ein wenig peinlich, sich daran zu erinnern, wie oft er sich während seiner unruhigen, hormonellen Pubertät vorgestellt hatte, dass Hayden auf ihm liegen würde.

Dann verzog Jez das Gesicht. Kein Fernseher. Sein eigener war kurz vor seinem Umzug kaputtgegangen. Würde Hayden ihn die wenigen Shows sehen lassen, die er für unverzichtbar hielt? Dennoch war das mehr Luxus, als er erwartet hatte. Vielleicht mehr, als er verdiente.

Das markante Knarren der Treppe alarmierte ihn, dass Hayden nach Jez' Temperamentsausbruch die Geduld verloren hatte. Es war unangebracht gewesen und Jez schuldete Hayden wohl eine Entschuldigung. Wie wachsam er in Haydens Gegenwart auch immer sein musste – Jez war erschöpft und brauchte dringend einen Ort, an dem er sich ausruhen konnte und wollte sich nicht Miguels besten Freund zum Feind machen. In ein paar Tagen, wenn er sich ein wenig erholt hatte, würde er versuchen herauszufinden, wie er sich ein neues Leben aufbauen konnte. Ob er Rechtsbeistand brauchte. Sich seinen neuen Arbeitsplatz ansehen. Er hatte noch weitere zwei Wochen, bis der neue Job begann, was ihm genügend Zeit geben sollte, eine neue Wohnung zu finden.

Haydens Schritte kamen näher, Jez stürzte zur Tür, entriegelte und öffnete sie mit einer einzigen schnellen Bewegung.

Hayden grinste ihn über einem weiteren Karton an, und Jez war schließlich gezwungen, die Veränderungen in Haydens Aussehen anzuerkennen. Aus Sorge um Fang und wegen der Benommenheit von seinem unterbrochenen Nickerchen hatte er vorhin Haydens Attraktivität ignoriert, aber jetzt traf es ihn wie ein Schlag. Er hatte sich halb davon überzeugt gehabt, dass der Hayden, an den er sich in seinen frühen Jahren erinnert hatte, eine aus unzähligen feuchten Träumen geborene Fantasie gewesen war. Der Hayden, der mit achtzehn Jahren seine kleine Stadt verlassen hatte – während ein nicht geouteter, zwölfjähriger Jez getrauert hatte – war nun offensichtlich ein Mann. Der Hayden, der vor ihm stand, hatte sich auf dem Weg zum Erwachsensein zu etwas ausgewachsen, das wesentlich attraktiver war und mehr Sex hatte, so unmöglich das auch erschien. Dunkles Haar, moosgrüne Augen, sehr helle Haut. Und überall leckbar, verdammt.

Warum konnte ihm nicht mal was Gutes passieren? Einem Hayden mit einem Bierbauch oder dünner werdendem Haar zu widerstehen, wäre leichter gewesen. Andererseits würde dieses dumme, herzliche, sexy Lächeln bis ins hohe Alter zu Hayden gehören und es war dieses Lächeln, das Jez' Herz höherschlagen ließ.

Haydens Ausdruck veränderte sich nicht. Das bedeutete, dass er Jez seine Gedanken nicht angesehen hatte. Man musste für die kleinen Dinge dankbar sein.

„Bereit für ein paar weitere Kisten?"

2

WENIGE STUNDEN später überprüfte Jez sein Zimmer. Er musste den Laster zurückbringen, aber bevor er das tat, musste alles für Fang vorbereitet sein. Danach würde er ein paar wichtige Dinge wie Toilettenartikel, Kleidung und Handtücher auspacken.

Futter- und Wasserschälchen im Schrank – erledigt. Er musste etwas zusammenbasteln, um sicherzustellen, dass Fang es nicht schaffte, die Tür versehentlich zu schließen, aber das war eher ein Problem, sobald er anfing zu arbeiten. Bis dahin wäre er oft genug da, dass Fang nicht verhungern würde.

Hundebett in der Ecke versteckt, hinter der Kommode, die den Blick von der Tür blockierte – erledigt. Haustiertransporttasche auf dem obersten Regal im Schrank, ganz nach hinten geschoben – erledigt. Welpentreppe … vorerst im Schrank. Er würde sie hervorholen, wenn er ins Bett ging, sodass die kleinen Stummelbeine leicht auf das Bett und wieder herunterkommen konnten. Aber bis Jez allein war, musste Fang darauf verzichten, im Bett zu schlafen, wenn Jez nicht da war. Welpentoilette mit Auflagen für den Notfall im Schrank ausgelegt – erledigt. Der Nagel an der Innenwand des Schranks war der perfekte Ort, um eine Leine und Plastiktütchen für Hundekacke aufzuhängen.

Falls Hayden hereinkam, gab Jez' Zimmer keine offensichtlichen und unmittelbaren Hinweise darauf, dass sich in diesem Raum auch ein noch nicht ausgewachsener Mops aufhielt. Nicht, als ob Hayden einen Grund hätte, Jez' privaten Raum zu betreten, aber er wollte kein Risiko eingehen.

Jez befreite seinen verschlafenen Welpen aus seinem Behältnis und knuddelte ihn. Fang leckte sein Gesicht und Jez richtete den bezaubernden Kragen in Form einer karierten Fliege, den er eine knappe Woche zuvor bestellt hatte, ehe er gezwungen gewesen war, seine Zelte abzubrechen. Er würde sie bald gegen die einfarbige Purpurschleife tauschen müssen, denn Fang würde wahrscheinlich versuchen, an der Fliege zu kauen, aber die lilafarbene war auch witzig.

Wenigstens hatte er Fang schon lange genug, um ihn größtenteils trainiert und stubenrein zu haben, aber ein Blick auf die Uhr sagte ihm, dass er Fang bald in den Hinterhof würde schmuggeln müssen, obwohl das warten konnte, bis er den Umzugswagen zurückgebracht hatte. Er setzte Fang auf das Hundebett, schlüpfte dann aus dem Zimmer und schloss die Tür fest hinter sich. Die restlichen Kartons konnte er später auspacken. Oder auch gar nicht, je nachdem, wie schnell er eine passende Wohnung fand.

Er wünschte sich, er hätte ein Schloss für die Tür, aber hoffentlich konnte er darauf vertrauen, dass Hayden kein riesiger Arsch war.

15

Jez hatte es fast bis zur Haustür geschafft, als Hayden seinen Namen rief und er mit dem Türgriff in der Hand erstarrte.

„Ja?" Sein Puls beschleunigte sich. Hatte Hayden Fang entdeckt? Sicherlich nicht. Jez war so vorsichtig gewesen.

„Willst du jetzt den Laster zurückbringen?"

„Ähm, ja. Das war der Plan."

„Lass mich meine Schlüssel holen und ich fahre dir nach."

„Ich dachte, du wolltest duschen." Die Temperaturen in Pasadena mochten mild sein – ein typischer Tag Anfang Oktober, so hatte er gehört – aber sie hatten hart gearbeitet und waren beide verschwitzt und erschöpft. Nun, Jez war es. Irgendwie schaffte Hayden es immer noch, nur ein wenig zerzaust und in jeder Hinsicht lecker auszusehen.

„Das kann warten."

Das fühlte sich wie ein Trick an. Oder vielleicht gewann seine Paranoia allmählich die Oberhand. Er war nur deshalb hier, weil Miguel kein Arsch war, also lag es nahe, dass das auch für seine Freunde galt. Jez wollte seine Entscheidungen aber nicht auf ein Charakterurteil stützen, das sein geiles, zwölfjähriges Selbst gefällt hatte. Sein fünfundzwanzigjähriges Selbst war in dieser Hinsicht nicht vertrauenswürdig, wofür der beste Beweis war, dass er sich als seinen letzten Partner Jayson Bain ausgesucht hatte, der Inbegriff eines von Selbsthass erfüllten Schrankbewohners. Aber er vertraute sein Leben und seine Sicherheit auch gerade seinem älteren Bruder an, den er seit acht Jahren nicht mehr gesehen hatte. Er war sich nicht sicher, ob Hayden herausgefunden hatte, dass Jez schwul war – wobei er sich nicht mehr viel Mühe gab, um es zu verstecken.

Er war sich auch nicht sicher, ob Hayden an dem engstirnigen Konservatismus ihrer winzigen Heimatstadt festgehalten hatte, oder ob er die liberalere und aufgeschlossenere Haltung von L.A. angenommen hatte. Als ihm klargeworden war, wie beschissen es wäre, in Willow Ridge offen schwul zu leben, hatte er sich für einen Moment gefragt, ob Hayden deshalb so plötzlich weggegangen war. Es gab Gerüchte, dass Hayden homosexuell sei, aber Jez hatte ebenso von einem Mädchen in Sacramento gehört, das er angeblich geschwängert hatte und die dann davongelaufen war, um eine Schrotflintenhochzeit zu vermeiden. Jez musste einfach darauf vertrauen, dass Miguel ihn nicht einer Situation aussetzen würde, in der seine Sicherheit tatsächlich gefährdet wäre. Wenn Schwulsein eine ihrer Gemeinsamkeiten wäre, hätte Miguel es sicherlich erwähnt.

Er hatte nicht recht gewusst, wie er die erhitzten Blicke interpretieren sollte, die Hayden ihm bei der Begrüßung zugeworfen hatte. Er war von seinem Nickerchen benommen gewesen, aber er hatte den Eindruck gehabt, Hayden hätte ihn gemustert und gemocht, was er sah. Aber dann hatte er nur noch verärgert ausgesehen. Es war dumm, zu denken, dass es etwas anderes sein könnte.

Jez drehte sich um und die Aufrichtigkeit in Haydens Gesicht überzeugte ihn. „Sicher. Das wäre toll. Danke."

DIE ZÄHE, unangenehme Stille in Haydens Kombi ließ die fünfzehnminütige Fahrtzeit viel länger erscheinen. Es konnten aber auch seine Paranoia und seine Erschöpfung sein, die sich zu Wort meldeten. Jez erinnerte sich nicht daran, dass Hayden sehr gesprächig war, also war das Schweigen vielleicht normal. Es half nicht, dass Jez nicht aufhören konnte, seinen Blick auf Haydens kantiges Kinn, die muskulösen Arme und starken Hände zu richten, als er seinen Wagen geschickt durch die Seitenstraßen der Wohnviertel von Pasadena steuerte. Wäre er sicher gewesen, dass Miguel ihm die Wahrheit sagte, hätte er gefragt, ob Hayden auch schwul war. Ein paar Dinge, die sein Bruder im Laufe der Jahre gesagt hatte, hatten in Jez den Verdacht geweckt, dass das der Fall sein könnte. Aber sein erster Blick auf den Mann hatte ihn vom Gegenteil überzeugt. Nicht, dass schwule Männer nicht so gebaut sein konnten wie Hayden, aber Jez hatte nicht so viel Glück. Und selbst wenn Hayden schwul war, gehörte er vermutlich auch zur Sorte der selbsthassenden Schrankbewohner.

Jez seufzte. Andererseits könnte ein gewöhnlicher Idiot im Schrank im Vergleich zu seinem letzten Freund eine Verbesserung sein. So oder so, es war unwahrscheinlich, dass er es sich in Haydens Haus gemütlich machte und Jez hatte vor, längst weg zu sein, bevor die Vertrautheit einen seiner Selbsterhaltungstriebe auflöste. Einem Mann, der keine Hunde mochte, konnte man ohnehin nicht trauen.

Wie die Hälfte der Häuser in der Straße hatte auch Hayden keine Einfahrt, also parkte er vor dem Haus. Jez' Schweigen schien ihn nicht zu stören, dennoch hielt er inne, nachdem er den Motor abgestellt hatte. Jez hatte nach der Tür greifen wollen, erstarrte und wartete.

„Ich gehe duschen, und ich dachte, ich könnte Pizza bestellen. Irgendwelche Allergien oder Beläge, die du nicht magst?"

Ein Muskel in Jez' Kiefer zuckte, obwohl sein Magen sehnsüchtig knurrte. Er wollte seinen neuen Mitbewohner nicht schon am ersten Tag vor den Kopf stoßen, nicht, wenn er es verhindern konnte. Aber Jez war verdammt erschöpft. Er brauchte selbst eine Dusche und etwas Kuschelzeit mit Fang – nachdem der Welpe sein Geschäft verrichtet hatte. Andererseits hatte Jez seit seiner Abreise aus Kingman, Arizona, die über acht Stunden zurücklag, nichts gegessen, hatte keine Lust gehabt, Lebensmittel einzukaufen und schon sehr lange keine Pizza mehr gegessen. Vielleicht hat er eine kleine Belohnung verdient.

„Danke. Das klingt gut. Ausgenommen … Ähm … Ich bin Veganer."

Ein winziges Grinsen hob Haydens Mundwinkel an, als er nickte. „Nun, du hast dir eine gute Stadt ausgesucht. Ich werde ein Lokal mit veganer Pizza finden, das liefert."

Jez atmete tief ein. „Danke, Hayden. Für alles." Trotz seiner Ängste war er dankbar, dass Hayden zugestimmt hatte, ihn in sein Haus aufzunehmen, und das Angebot einer Pizza war mehr, als Jez erwartet hatte.

17

„Jederzeit, Jez, jederzeit."

Haydens Stimme erklang aufrichtig, aber Jez war schon einmal getäuscht worden. Allerdings war es nur weise, nett zu sein, und Jez wollte nicht an einem Ort leben, wo er sich die ganze Zeit vor seinem Mitbewohner in Acht nehmen musste.

Sie stiegen aus dem Wagen und gingen zur Tür. Hayden reichte ihm einen Schlüssel an einem Ring mit einem roten Löschfahrzeug und Jez musste grinsen.

„Das hätte ich fast vergessen. Öffnet die Vorder- und Hintertür. Ich habe kein Sicherheitssystem, aber ich lasse auch die Türen nicht unversperrt. Die Gegend ist ziemlich sicher, aber ich bin mit ein paar Polizisten befreundet, die mir in den Hintern treten, wenn ich keine grundlegenden Vorsichtsmaßnahmen treffe."

Jez schauderte innerlich bei dem Gedanken an Haydens Polizeifreunde. Er hatte in New York keine allzu guten Erfahrungen mit den Gesetzeshütern gemacht, aber er würde versuchen, sie nicht mit Haydens Freunden in einen Topf zu werfen. „Danke." Haydens Dusche würde Jez genügend Zeit geben, um Fang für eine Pinkelpause rauszuschmuggeln und dann könnte Jez zurück ins Haus sausen und die schnellste Dusche seines Lebens nehmen.

„Also, ich treffe dich nach der Dusche im Wohnzimmer?", fragte Hayden. „Wir könnten uns beim Essen einen Film ansehen oder so."

Ein wenig von Jez' Freude verschwand. Ein Film bedeutete mehr Zeit, als er unten hatte verbringen wollen, ehe er ins Bett fiel, aber er wollte Hayden nicht abblitzen lassen.

„Klingt gut." Jez zögerte und ließ Hayden vor sich die Treppe hinaufgehen, was ihm den zusätzlichen Bonus gab, die Muskeln von Haydens spektakulärem Arsch in seiner gut abgetragenen Jeans arbeiten zu sehen. Ja, das würde eine herausfordernde Zeit für ihn werden, sowohl mental als auch … libidinös? War das überhaupt ein Wort? Wie auch immer. Er würde geil und misstrauisch sein, bis er eine eigene Wohnung hatte, sowie besorgt um Fang, also erwartete er in den nächsten Tagen eine Menge Spannungen.

Eine Polizeisirene heulte in der Ferne und ließ Jez' Puls hochschnellen. Er hielt auf der Treppe inne, atmete tief durch und hoffte, dass der plötzliche Lärm nicht zu einem Panikanfall führte. Das war das Letzte, was er Hayden erklären wollte.

Wenige Minuten später war er weitgehend wieder normal. Es schien, als wäre es für ihn der neue Normalzustand, dass er bei lauten Geräuschen zusammenzuckte und ihn Menschenansammlungen in Panik versetzen. Die bleierne Müdigkeit half auch nicht, aber wenn er jetzt schlafen ging, wäre er die ganze Nacht an einem nicht vertrauten Ort wach und das wäre schlimmer. Wenn auch sonst nichts, so war zumindest seine Libido aus dem Winterschlaf erwacht. Dabei wäre es für alle besser, wenn sie da geblieben wäre.

HAYDEN BESTELLTE zwei Pizzen, weil er nicht sicher war, ob er damit umgehen konnte, die fleischlose, käselose Abscheulichkeit, die er für Jez bestellt hatte, zu essen. Hayden aß gesund mit viel Gemüse – er konnte es sich nicht leisten, moppelig zu werden, sonst wäre er als Feuerwehrmann weniger effektiv. Aber durch und durch vegan erschien ihm übermäßig schwierig und unnötig.

Er setzte sich vor den Fernseher und wartete darauf, dass Jez mit seiner überlangen Dusche fertig wurde. Gut, dass der Warmwasserbereiter in gutem Zustand war, aber lange zu duschen war etwas, das sich die meisten Kalifornier nach der jüngsten langen Dürre abgewöhnt hatten. Im vergangenen Winter hatte es genügend Niederschläge gegeben, um die Lage zu entspannen, aber die Schonfrist war vielleicht nur vorübergehend. Eventuell würde er es nebenbei erwähnen, obwohl er nicht wollte, dass es so aussah, als würde er mit Jez schimpfen. Bisher war Jez nicht so, wie er es erwartet hatte und er hatte eine seltsame Nervosität bemerkt, als wäre Jez jederzeit bereit, die Flucht zu ergreifen, was bewirkte, dass Hayden sich unbehaglich fühlte. Er wollte nicht, dass Miguels Bruder Angst vor ihm hatte. Das wäre nicht richtig.

Dass er sich so unerwartet – und unwillkommen – zu Jez hingezogen fühlte, hatte eine intensive Neugierde ausgelöst. Er hatte nicht vorgehabt, Pizza anzubieten, aber so nicht einer von ihnen die Absicht hatte, einen Fernseher für das Schlafzimmer zu kaufen, würden sie einige Zeit zusammen im Wohnzimmer verbringen. Nicht, dass Hayden all seine freien Tage außerhalb der Schicht damit verbracht hätte, bis zum Abwinken fernzusehen, aber viele. So entspannte er sich am liebsten. Wenn er und Miguel zusammen frei hatten, gingen sie wandern, zelten oder fuhren sogar nach Mexiko. Er trank zu viel mit den Jungs, sah sich Football oder Baseball an, besuchte manchmal sogar Spiele. Wenn er verzweifelt einen Schwanz brauchte, ging er in einen Club. Das konnte sich doch nicht so sehr von dem unterscheiden, was Jez zum Vergnügen tat, oder?

Aber Hayden konnte dieses Einhorn T-Shirt, in dem sich jemand wie er nie im Leben sehen lassen würde, nicht aus dem Kopf bekommen. Bedeutete das, sie waren zu unterschiedlich, um miteinander auszukommen?

Hayden schaltete träge durch die Kanäle und wartete. Er hatte nicht erwartet, dass die Pizza ankommen würde, bevor Jez mit dem Duschen fertig war, aber Jez sorgte dafür, dass es knapp wurde. Er hielt bei einem Baseballspiel an, einer Wiederholung eines der letzten Nachsaisonspiele. Er folgte keinem der beiden Teams, aber es würde helfen, die Zeit zu überbrücken. Und vielleicht lag er mit seinen Annahmen falsch. Jez könnte ihn überraschen. Vielleicht war der Typ verrückt nach Baseball.

Hayden sah noch einmal auf die Uhr. Sollte er einen Gesundheitscheck machen, um sicherzustellen, dass es Jez gut ging? Wie lange war zu lang? Was wäre, wenn er ins Badezimmer stürmen würde, nur um herauszufinden, dass Jez sich gemütlich einen runterholte?

Unerwartete Hitzewellen überfluteten Haydens ganzen Körper und er bewegte sich unbehaglich. Das Letzte, was er wollte, war ein mentales Bild von

Jez, triefnass und die Augen halb geschlossen, wie er seinen harten Schwanz streichelte.

Ein kleines Stöhnen entschlüpfte Haydens Kehle, als er sich aufrichtete. Er hatte noch nie zuvor eine Vorliebe für Masochismus gehabt, aber was sollte das sonst sein? Er musste flachgelegt werden. Allerdings nicht heute Abend, denn da hatte er sich vorgenommen, dass er seinen neuen Mitbewohner kennenlernen würde – platonisch.

Das seltsame Klappern seiner alten Rohre signalisierte, dass Jez das Wasser abgestellt hatte, und Hayden atmete erleichtert auf. Je früher Jez voll bekleidet auftauchte, umso eher konnte Hayden aufhören, an seinen schlanken, nackten, nassen Körper zu denken.

Verdammt!

Hayden rappelte sich von der Couch hoch und spazierte in die Küche, um ein paar Biere zur Pizza, sowie einige Papierservietten zu holen. Er hielt die beiden Biere und machte eine schnelle, mentale Berechnung. Jep, Jez war alt genug, um zu trinken, und hoffentlich würde das kalte Bier helfen, seine Libido zu beruhigen. Dumme Schwänze. Manchmal konnte man einfach nicht mit Vernunft gegen sie ankommen.

Kaum hatte er die Biere abgestellt und war wieder auf das Sofa gefallen, als es an der Tür klingelte und er wieder aufstand, um sie zu öffnen.

Mit den Pizzen in der Hand stand er im Eingangsbereich und war sich nicht sicher, ob er den Herd anstellen sollte, um Jez' Pizza warmzuhalten. Sein eigener Magen war inzwischen bereit, beinahe alles hinunterzuschlingen – bis hin zur veganen Pizza, die genauso gut roch wie seine eigene. Wenn Jez nicht bald auftauchte, würde sein Instinkt für Höflichkeit versagen und er würde anfangen zu futtern.

Die Dielen im oberen Flur knarrten, das Geräusch einer Person, die sich der Treppe näherte. Hayden grinste – Entscheidung getroffen. Er nahm beide Pizzen mit ins Wohnzimmer und legte sie auf den Couchtisch.

Die Treppe knarrte, als ob Jez entweder zögernd auftrat oder versuchte leise zu sein, aber dieses alte Haus war nie wirklich still. Da Hayden nie das Glück gehabt hatte, sich an seiner Großmutter vorbeizuschleichen, hatte Jez nicht die geringste Chance. Jez hatte nicht Haydens Motivation, zu einer Verabredung zu kommen, ohne seiner Oma etwas erklären zu müssen. Sie war in einer Weise verständnisvoll und unterstützend gewesen, wie seine Eltern es nie waren, aber das bedeutete nicht, dass Hayden sich dabei wohl gefühlt hätte, an ihrem Zimmer vorbeizurauschen und zu sagen „Ich gehe aus, um einen Typen abzuschleppen, ich bin in ein paar Stunden zurück!"

Ein unangenehmes Gefühl erfasste ihn. Würde Jez seine Verabredungen mitbringen? Hayden konnte nicht nein sagen, aber er war sich nicht sicher, was er davon hielt, seinen Lebensraum mit jemandem zu teilen, der ein Sexualleben hatte. Wenn seine Oma ein Sexleben gehabt hätte, als sie noch am Leben war, hätte sie es super geheim gehalten, wofür Haydens Psyche ihr für immer dankbar war – aber er hatte nie mit einem Mitbewohner gelebt. Es war nicht dasselbe, wie während eines Trainings mit einem anderen Kerl ein Zimmer zu teilen oder in der Feuerwache zu schlafen.

Würde er in der Lage sein ... Dinge zu hören? Würde er Jez beim Sex hören können? Umgekehrt konnte das nicht passieren, denn Hayden brachte nie Sexpartner mit nach Hause.

Hayden hatte das definitiv nicht gründlich genug durchdacht, denn der Gedanke an Jez und mögliche Sexgeräusche tat nichts, um ihn nach dem Kopfkino von Jez' Dusche abzukühlen.

Mit einem Schaudern am ganzen Körper zwang Hayden alle unangemessenen Gedanken weg, gerade als Jez auftauchte.

„Alles in Ordnung?"

„Ja, sicher. Das ist eine gute Dusche."

„Für so ein altes Haus ist der Wasserdruck gut." Hayden verzichtete darauf, die Augen zu verdrehen. Warum um alles in der Welt sprach er mit Jez über den verdammten Wasserdruck?

Jez nickte und fragte sich offensichtlich dasselbe.

„Die Pizza ist da."

Jez lächelte. „Das sehe ich."

Haydens Wangen wurden heiß. Noch mehr Offensichtliches, das er laut aussprach. Als nächstes würde er Jez noch erzählen, der Himmel sei blau und das Wasser nass. Dennoch grinste er als Antwort. „Ich habe dir auch ein Bier mitgebracht."

Das brachte ihm eine gerümpfte Nase ein. „Tut mir leid, ich trinke kein Bier."

Er trank kein Bier? „Wirklich?"

Jez zuckte mit den Schultern. „Zu viele Kalorien für zu wenig Genuss. Die Pizza ist für heute genug Luxus. Ich kann mir ein Wasser holen." Mit der gleichen geschmeidigen Anmut, die er den ganzen Tag über gezeigt hatte, schlenderte Jez in die Küche. Hayden erlaubte sich einen ganz kurzen Blick auf den runden Arsch, den abgetragene Jeans umspannten, bevor er es sich mit den beiden Flaschen Bier auf seiner Seite des Couchtisches auf dem Sofa bequem machte.

Er hätte es besser wissen sollen. Er war mit genug Möchtegern-Schauspielern und Models ausgegangen, um zu wissen, dass sie alle beim Essen super wählerisch waren. Hayden aß gesund, sowohl allein als auch in der Station – Pizza war auch für ihn ein Luxus – aber er war sich nicht sicher, ob er auf Bier verzichten könnte. Wenn schon nichts anderes, so machte es die Dinge einfacher, wenn er mit den Jungs zusammen war. Er müsste morgen mit Jez Lebensmittel einkaufen gehen, denn obwohl Hayden nicht wie ein wohlhabender Student aus reichem Haus aß, mochte er trotzdem Fleisch, Käse und Meeresfrüchte. Es war nicht genug im Haus, um Jez für längere Zeit zu füttern, und er hatte nie eines der Pseudoproteine gekauft, die ein Veganer vielleicht brauchte.

Jez kam mit einem Glas Wasser zurück und er setzte sich vorsichtig ans andere Ende des Sofas. Hayden wollte spontan die unangenehme Stille mit der Frage überbrücken, ob es Jez etwas ausmachte, wenn Hayden Fleisch aß, aber er würde nicht in seinem eigenen verdammten Haus das Fleischessen aufgeben.

„Danke, dass du die Pizza bestellt hast. Ich hoffe, es war nicht zu viel Mühe."

„Überhaupt kein Problem." Zumal die Pizzeria, bei der die Feuerwache bestellte, vegetarische und vegane Optionen anbot. Ein paar der Jungs mochten gelegentlich vegetarisches Essen oder bestellten fleischlose Pizza, ohne dass es besondere Beschwerden gab. Aber er glaubte nicht, dass er seine Muskelmasse und Proteinzufuhr mit einer rein pflanzlichen Ernährung aufrechterhalten könnte. Als Jez den Deckel seiner Pizzaschachtel anhob, sah der „Käse" nicht wirklich echt aus. Produkte auf Cashew-Basis konnten die klebrige, cremige Qualität von geschmolzenem Mozzarella nicht nachahmen.

Hayden setzte sich wieder auf die Couch und schaltete zu einem anderen Baseballspiel um, aber Jez' gerümpfte Nase ließ ihn innerlich seufzen.

„Kein Sportfan?" Seine Frage brachte Jez nicht gerade dazu, sich zu entspannen, als ob er Hayden verdächtigte, ein Urteil zu fällen. Es würde sich als eine kleine Herausforderung für sie erweisen, den Fernseher zu teilen, obwohl Hayden DVR hatte, das künftig mehr im Einsatz sein würde als bisher.

Jez zuckte mit den Schultern. „Nicht sehr. Ich habe nichts dagegen, mir gelegentlich ein Hockeyspiel anzusehen, aber meistens nicht."

Hayden konnte sein Entsetzen nicht verbergen. „Hockey? Für einen gebürtigen Kalifornier? Warum Hockey?" Es war ein Sport, sicher, aber die Hälfte des Spaßes an den Sportarten, die er gerne sah, war die persönliche Erfahrung, das Spiel entweder während der Schule oder in den halbprofessionellen Baseballspielen zu spielen, die von Teams bestritten wurden, die hauptsächlich aus Ersthelfern bestanden. Hayden hatte in seinem Leben noch nie auf Schlittschuhen gestanden und wusste, dass verdammt gut eiszulaufen auch nicht Teil von Jez' prägenden Jahren gewesen war.

„Ich war acht Jahre in New York. Sie lieben Hockey im Norden. Ich hatte auch kurz eine Beziehung mit einem Spieler in einer Jugendmannschaft, aus der die NHL ihre Nachwuchsspieler bezieht. Ich habe es schätzen gelernt."

Hayden blinzelte. Da war es. Klar ausgesprochen. Was Miguel nicht ein einziges Mal klar gesagt hatte. Jez war definitiv schwul. Oder bi. Es gab schwule Männer im Profisport, obwohl die, von denen man es wusste, rar waren. Aber für die NHL spielten keine Frauen. Hayden wusste vielleicht nicht viel über Hockey, aber das wusste er. Nicht, dass Hayden seinen Verdacht in Bezug auf Jez nicht schon vorher gehabt hatte, lange bevor er vor seiner Haustür in einem T-Shirt mit einem Einhorn und Regenbögen aufgetaucht war. Schließlich hatten sie beide Willow Ridge so schnell wie möglich verlassen. Der Unterschied war, dass Hayden die Stadt danach noch mindestens dreimal besucht hatte, aber soweit er wusste, war Jez nie wieder zurückgekehrt.

„Du bist mit einem professionellen Hockeyspieler ausgegangen? Was ist passiert?" Hayden platzte mit der Frage heraus, bevor er sich bremsen konnte, obwohl er es normalerweise vermied, aufdringliche persönliche Fragen zu stellen, in der Hoffnung, selbst keine ähnlichen Fragen beantworten zu müssen.

Zum ersten Mal, seit er die Treppe heruntergekommen war, sah Jez Hayden an. Er zog überrascht die Augenbrauen hoch, entweder wegen Haydens aufdringlicher Neugierde oder dem Umstand, dass Hayden die Tatsache, dass Jez sich mit einem Mann verabredet hatte, nicht in Frage stellte.

„Er war nicht geoutet." Hayden hörte die Enttäuschung in Jez' Stimme ganz deutlich. War Jez einer von denen, die dachten, dass prinzipiell jeder schwule Mann geoutet sein sollte? Oder war er traurig, dass die Beziehung nicht funktioniert hatte?

„Das ist alles?"

„Nein. Nicht ganz. Aber es hätte vielleicht nicht so enden müssen, wenn er nicht in die NHL berufen worden wäre."

„Oh. Das tut mir leid." Hayden wandte sich wieder seiner Pizza zu, nicht sicher, ob einer von ihnen dieses Thema weiterverfolgen wollte.

Sie aßen beide ein paar Minuten lang schweigend, bevor Jez seufzte, aber diesmal klang es zufrieden. „Die Pizza ist fantastisch."

Hayden nickte und schluckte hastig, damit er reagieren konnte. „Ich hatte noch nie eine vegane Pizza von dort." Oder von irgendwo, jemals. Und würde hoffentlich auch nie eine essen müssen. „Aber ich mag ihre normale Pizza, also hatte ich gehofft, dass sie okay sein würde."

„Das ist sie. Besser als okay. Danke."

Die leichte Spannung ließ nach, als sie aßen, aber sie sahen immer noch das Baseballspiel. „Wie wäre es mit einem Film? Was siehst du dir gerne an?" Er ahnte auch dort keine Überschneidungen in ihrem Geschmack, aber nach Jahren des Zusammenlebens mit seiner Oma konnte er so ziemlich alles sehen und einen Weg finden, es zu genießen.

Jez zuckte wieder mit den Schultern. „Ich hatte nie viel Zeit für Filme. Aber ich mag Komödien. Und Action."

Hayden atmete erleichtert aus. Er war ein wenig besorgt gewesen, dass Jez' Lieblingsfilme untertitelte Art-House Filme oder deprimierende Dramen sein würden, die er am wenigsten mochte. Zum Teufel, Hayden hatte nichts gegen eine gute, romantische Komödie oder einen der herzerwärmenden Weihnachtsfilme, die für das Fernsehen produziert wurden, obwohl er das seinen Freunden gegenüber nie zugegeben hätte.

Eine schnelle Suche bei seinem Streaming-Service ergab *Sahara*, den sie beide gesehen und gemocht hatten. Die nicht übermäßig beeindruckende Darbietung erforderte nicht viel Aufmerksamkeit oder Intelligenz, war aber dennoch ansprechend und amüsant.

Jez aß ein paar Pizzastücke, bevor er sagte, er wäre satt. Er wartete, bis Hayden die Hälfte seiner Pizza aufgegessen hatte und brachte dann beide Kartons in die Küche und stellte sie in den Kühlschrank. Als er ins Wohnzimmer zurückkehrte, zögerte er, als wäre er sich nicht sicher, ob er sich wieder setzen sollte, aber schließlich rutschte er wieder auf seinen Platz am anderen Ende der Couch.

WARUM MUSSTE Hayden einen von Jez' Lieblingsfilmen auswählen? Das verdammte Ding war wie Kryptonit. Es war egal, wann er gespielt wurde, Jez musste ihn sich ansehen. Jez hatte ihn sogar auf DVD gekauft in diesen unglaublich mageren Zeiten, als er gerade erst von zu Hause ausgezogen war und sich nichts anderes leisten konnte als den nackten Datentarif für sein Handy. Nicht, dass er einen DVD-Player gehabt hätte, aber sein Laptop spielte DVDs gut ab. Wenn er wegen einer schwierigen Klasse, eines Lehrers, eines Klassenkameraden, seines Seelenschmerzes oder seines mangelnden Fortschritts am Broadway deprimiert gewesen war, hatte er sich mit einer von etwa einem Dutzend DVDs getröstet. Und wenn der Film im Fernsehen auftauchte? Nun, dann sah er ihn sich einfach noch mal an. An diesem Punkt kannte er praktisch das gesamte Drehbuch auswendig.

Er hätte nie erwartet, irgendeine Art von Gemeinsamkeit mit Hayden zu finden, schon gar nicht so früh. Es gab ihm ein wenig Hoffnung, dass das Leben hier nicht ganz schrecklich sein würde.

Die Normalität von allem – es war, als ob Jez mit einem Date oder einem Freund auf der Couch sitzen würde – gab ihm etwas Trost. Er sah immer wieder verstohlen auf Haydens Kinn und seine starke, muskulöse Figur, wie er es im Auto getan hatte. Wenn Jez einen Mann von Grund auf neu bauen könnte, würde der Hayden verdammt ähnlichsehen. Und in brennende Gebäude zu laufen, um Menschen zu retten? So sexy. Zumindest bei anderen Männern als seinem Bruder.

Tatsächlich hätte dies das beste Date seit langem sein können. Wenn er nur keine Geheimnisse gehabt hätte, von denen er nicht wollte, dass Hayden sie herausfand. Wenn Hayden nur auf die eine oder andere Weise bestätigen würde, ob er schwul oder bi war. Wenn Hayden Jez doch nur als attraktiven Mann sehen könnte und nicht als den nervigen Bruder seines besten Freundes. Noch mehr hätte Jez sich allerdings gewünscht, dass er sein Leben in New York nicht ohne Ankündigung hätte aufgeben müssen. Aber wenn Wünsche Fische wären, würden sie alle knietief in stinkenden Fischkadavern stehen.

Jez dachte, dass er es leider nicht schaffen würde, den ganzen Film über wach zu bleiben. Die Müdigkeit war ihm bis in die Knochen gekrochen und ließ seine Augen brennen von der Anstrengung, sie offen zu halten. Er wollte aber nicht unhöflich wirken. Hayden tat ihm wirklich einen Gefallen.

Hayden räusperte sich und Jez spannte sich an.

„Wie kommt es eigentlich, dass du dich jetzt Jez nennst? Ich weiß, dass Miguel es nicht mit einem ch-Laut ausgesprochen hat, aber so oder so, Jez Perez? Hilft dir der gereimte Name, Rollen in Stücken zu bekommen oder was immer du am Broadway gemacht hast?"

Verdammt, Miguel. Nein, das war nicht fair. Miguel war der Einzige in seiner Familie, der sich jemals einen Dreck um ihn gekümmert hatte, und Miguel hatte der Familie nie gesagt, dass sie noch in Kontakt waren – wahrscheinlich eine weise Entscheidung. Aber auch er hatte niemals über irgendetwas sprechen wollen, das Jez' sexuelle Orientierung berühren oder damit zusammenhängen konnte. Nicht, dass sein verdammter Job etwas mit der Tatsache zu tun hatte, dass er Schwänze mochte, aber Miguel hatte alles in seinem Kopf zusammengepackt und wollte nie das Siegel über der Realität von Jez' Existenz brechen.

Als Jez Miguel angerufen und um Hilfe gebettelt hatte, und Miguel die Kontrolle übernahm, indem er sagte, er hätte die Dinge mit Hayden geklärt, hatte Miguel sich nicht die Mühe gemacht, Hayden viel zu erzählen. Kaum mehr, als er der Familie gesagt hatte, und das war praktisch nichts. Wie konnte Miguel denken, das wäre vernünftig? Schließlich hätte Hayden ebenso gut ein tyrannisierender Homophober sein können. Und Miguel würde einen Homophoben nicht erkennen, wenn er über ihn stolperte.

„In den meisten Fällen, wenn die Leute meinen Namen nicht hören, sind sie von jemandem namens Jesús ziemlich verwirrt. Es gab nicht einen weißen Lehrer in der Schule, der nicht mindestens einmal und oft mehr als einmal über die Aussprache gestolpert wäre. Es war, als wären sie von Natur aus nicht in der Lage, zu verstehen, dass es einfach ein verdammter Name ist, noch dazu ein in der Latino-Gemeinschaft ziemlich beliebter. Ich habe einen Künstlernamen angenommen und dabei einfach die verzerrte erste Silbe meines Vornamens genommen und sie mit dem letzten Buchstaben meines Nachnamens verbunden." Als ob er für den Rest seines verdammten Lebens mit Perez belastet sein wollte. Er wollte nicht, dass seine Karriere und das neue Leben, für das er so hart gekämpft hatte, in irgendeiner Weise mit der Familie verbunden blieben, die ihn verstoßen hatte.

Er war durch Haydens entspannte Einstellung und die fast traumhafte Normalität, seit er auf Haydens Veranda aufgewacht war, in ein Gefühl der Entspannung gehüllt worden. Aber das war nun weg.

Hayden grunzte. „Oh. Interessant. Du hast also auch einen anderen Nachnamen?"

Jez vermied es kaum, die Augen zu verdrehen. Im Ernst, was hatte Miguel Hayden erzählt? Oder vielleicht war Hayden einer von denen, die nur so taten, als würden sie zuhören. „Ja. Bouchet."

„Das ist Französisch, nicht wahr? Warum hast du das gewählt?"

Was? Nur weil seine Herkunft Latino war, sollte er keinen verdammten französischen Namen wählen? Bis auf Miguel würde Jez seine Familie auf der Stelle verleugnen. Das passierte mit einem Menschen, wenn er verstoßen wurde, aber er hatte das Gefühl, dass Hayden gar nichts von dem vergangenen Streit in der Familie Perez wusste. Sobald er es sich leisten konnte, würde er seinen Namen offiziell ändern.

Anstatt seine Bitterkeit an Hayden auszulassen, was der nicht verdient hatte, zuckte Jez mit den Schultern. „Keine Ahnung. Bin irgendwo darauf gestoßen und der Name hat mich einfach angesprochen." Das war mehr oder weniger die Wahrheit. Vor vielen Jahren, in einem beschissenen Motelzimmer, als er für immer aus seinem Elternhaus verbannt worden war, war er verzweifelt auf der Suche nach jeder Art von Ablenkung gewesen, die ihn vom Denken abhalten konnte. Der Fernseher des Motels hatte aus dem letzten Loch gepfiffen und mit vom Weinen roten und gereizten Augen hatte er einen Film nach dem anderen gesehen. Er erinnerte sich nicht an den Film, den er gesehen hatte, an nichts davon. Aber er hatte den Namen Bouchet im Abspann gesehen und er hatte ihn angesprochen. Als ob er zu ihm gehörte. Also nahm er ihn und machte ihn sich zu Eigen, zu einem Künstlernamen, der viel besser zu ihm passte, als sein Geburtsname es je getan hatte. Jesús Perez starb in diesem schmutzigen Hotelzimmer und Jez Bouchet wurde geboren.

„Jez Bouchet." Hayden klang fast so, als würde er Jez' Namen so aufmerksam genießen wie jemand, der Weine probiert. Jez konnte nicht umhin, zuzugeben, dass es ihm einen kleinen Schauer über den Rücken jagte, seinen gewählten Namen in Haydens weichem Bariton zu hören. „Er gefällt mir. Ich sage voraus, dass du großen Erfolg haben wirst."

Jez hob eine Augenbraue. „Ähm, danke?" Man hätte einwenden können, dass er bereits einige bescheidene Erfolge zu verzeichnen hatte, aber er wollte nicht damit prahlen. Dank Miguels offensichtlicher Zurückhaltung wusste Hayden vielleicht nicht einmal genau, was Jez für seinen Lebensunterhalt getan hatte, und schon gar nicht, welche Rollen er gespielt hatte. Das machte nichts. Nicht, dass er Haydens Herablassung brauchte. Außerdem hatte er oben einen Welpen, der sich über einen weiteren Ortswechsel aufregen würde, und etwa zwölf Stunden lang zu schlafen, oder solange Fang ihn eben schlafen ließ, klang es trotz seiner Liebe zu *Sahara* himmlisch. Wie auf rohen Eiern um Hayden herumzulaufen, war nicht einfach, wenn er müde war. Es ermüdete ihn nur noch schneller.

„Ich glaube, ich gehe ins Bett. Es war ein langer Tag."

Ein Aufblitzen von etwas, das Enttäuschung sein mochte, huschte über Haydens Gesicht, aber es war im Handumdrehen verschwunden. „Sicher. Wir sehen uns morgen. Jedenfalls für eine Weile. Ich bin wieder im Einsatz. Für die Zukunft: Meine Schichten dauern von elf bis elf, und mein Dienstplan hängt am Kühlschrank."

26

„Danke für die Pizza." Scheiße. Das erinnerte ihn daran, dass er in diesem Haus buchstäblich nichts zu essen hatte, außer einer halben Pizza.

Hayden schien jedoch fast seine Gedanken zu lesen. „Ich kann dich morgen zum Supermarkt fahren, aber bediene dich bei allem, was ich hier zu essen habe."

„Ich weiß das zu schätzen. Obwohl ich sehen werde, was ich tun kann, um ein Auto zu kaufen oder etwas über öffentliche Verkehrsmittel herauszufinden."

Hayden zuckte mit den Schultern. „Keine Sorge."

Ein verdammtes Auto. Ein weiterer Punkt auf seiner Liste. Jez konnte sich jedoch nichts vormachen. Er wäre trotz des Verkehrs besser dran, mit dem Auto zur Arbeit zu fahren, als sich auf öffentliche Verkehrsmittel oder Taxis zu verlassen. Es war verdammt lange her, dass er Auto gefahren war. Die Tage, in denen er mit diesem beschissenen Blecheimer gekämpft hatte, der sich als Miet-LKW ausgegeben hatte, zählten nicht als Fahren. Er hatte noch nie zuvor ein Auto besessen, weil es in New York nicht notwendig gewesen war, aber er musste akzeptieren, dass er nicht mehr in New York war und vielleicht auch nie wieder zurückkehren würde.

Wenigstens hatte er einen warmen, verschmusten Welpen zum Kuscheln. Er war sich nicht sicher gewesen, ob er Fang nehmen sollte, aber ohne diesen halbwüchsigen Mops hätte Jez schon tausend Mal seinen verdammten Verstand verloren.

Als er nach oben ging, warf er einen letzten Blick auf Hayden und seufzte. Er vermisste es, einen Mann zum Kuscheln zu haben und sich das Hirn rausficken zu lassen. Aber selbst wenn er Hayden als alten Freund bezeichnen konnte, machten viel zu viele Dinge an ihm Jez nervös, nicht zuletzt die Frage, wie er auf einen in seinem Zimmer versteckten Hund reagieren würde.

3

JEZ WURDE von nassen Welpenküssen an seinem Ohr geweckt.

„Igitt. Das ist einfach ekelhaft." Jez versuchte mit seinem fetten, warmen Welpen zu schimpfen, aber Fang leckte als Antwort über seine Nase. Jez prustete und wischte sich das Gesicht ab. „Im Ernst, einfach nur eklig."

Fangs kleiner Hintern hörte aber nicht auf zu wackeln. Wahrscheinlich, weil Jez seinem Tonfall keine wirkliche Kritik oder echten Ekel beifügen konnte. Fang war zu verdammt süß. Jez war in den vier Monaten, seit das hellbraune Fellbündel ihn in Besitz genommen hatte, nicht einmal wirklich wütend auf ihn geworden.

Fang ließ sein raues, kleines Bellen hören, das nicht wie ein echtes Bellen klang und Jez bemerkte, wie hell der Raum war. Er kramte nach seinem Handy und zog es vom Ladegerät. Verdammt. Er hatte bis nach Mittag geschlafen. Jez war eher ein Morgenmensch und schlief nur lange, wenn er am Abend zuvor getrunken hatte. Was angesichts der leeren Kalorien in hochprozentigem Alkohol nicht allzu oft vorkam. In seinem Beruf würde eine Gewichtszunahme die Anzahl der Jobs, die er bekommen konnte, erheblich reduzieren, obwohl er mit seinem neuen Engagement ein kleines bisschen Spielraum haben würde. Da es sich um eine Fernsehserie mit Unterbrechungen handelte, wäre er vielleicht in der Lage, mit seiner Ernährung und seinem Trainingsplan phasenweise etwas lockerer umzugehen.

Jez dehnte sich und die sanften Schmerzen in seinen Muskeln erinnerten ihn daran, dass es über eine Woche her war, seit er richtig trainiert hatte. Zwischen dem hektischen Packen, seinen Bemühungen, sein Leben in New York zum Abschluss zu bringen und der kräfteraubenden Fahrt entlang der Hypotenuse des Landes hatte er keine Zeit für irgendetwas gehabt, das nicht unbedingt erforderlich war, um Körper, Seele und Welpen zusammenzuhalten.

Aber er begann den Mangel zu spüren und musste sehen, wo und wie er ihn beheben konnte. Wenn sonst nichts klappte, konnte er in Haydens Nachbarschaft joggen gehen. Durch den Schleier seiner Erschöpfung hatte er eine Fülle von grünen und extra breiten Wohnstraßen bemerkt, als er in dem Mietwagen durch Haydens Teil von Pasadena gefahren war.

Fang grunzte und stupste ihn mit den Pfoten. Jez setzte sich auf und blickte auf Fangs Welpenunterlage. Verdammt. Dem fast trockenen gelben Fleck nach zu urteilen, hatte er scheinbar nicht mitbekommen, dass Fang versucht hatte, ihn in der Nacht zu wecken. Das Wichtigste zuerst. Den Kleinen draußen auf eine Grünfläche bringen, bevor seine kleinen Augäpfel gelb wurden. Oder bevor er in Haydens

Haus ohne die Welpenunterlage einen Unfall hatte, denn das würde keinen von ihnen bei ihrem vorübergehenden Gastgeber beliebt machen.

Da Jez so lange geschlafen hatte, würde Hayden bei der Arbeit sein, was wiederum bedeutete, dass er Fang sicher im Hinterhof vor die Tür halten konnte. Nicht allein und nicht ohne Leine, bis Jez die Chance gehabt hatte, die Umgebung zu erkunden. Wenn der Hinterhof nicht funktionierte oder keine Umzäunung hatte, die Privatsphäre garantierte, musste er vielleicht auch vermeiden, dass die Nachbarn Fang sahen. Hayden schien nicht der Typ zu sein, der sich mit seinen Nachbarn anfreundete und über Grillpartys und Rasenmäher eine Verbindung aufbaute, aber man konnte nie wissen. Jez konnte nicht riskieren, dass einer von ihnen Hayden nach dem neuen Hund fragte.

Jez stand auf und zog das erste T-Shirt und die ersten Shorts an, die er aus seiner Reisetasche zog, ein großartiger Vorteil des Lebens in Südkalifornien. New York wäre im Oktober viel kühler. Er nahm Fang in die Arme, hüpfte leichtfüßig nach unten und bemerkte, wie jeder Schritt knarrte. Es würde schwer zu erklären sein, warum er zwei oder dreimal am Tag „Luft schnappen" musste. Vielleicht musste er vortäuschen, dass er rauchte.

Als Fang im Hinterhof sein Geschäft erledigt hatte – der Hof war sowohl privat als auch gut eingezäunt – nahm Jez ihn an die Leine, während sie ihre neuen Wohnräume erkundeten.

Er hatte in der vergangenen Nacht einen Teil des Hauses gesehen, obwohl er ihm nicht viel Aufmerksamkeit geschenkt hatte. Die Substanz war toll, aber es war total krass spartanisch. Die Wände in Haydens Haus waren kahl und schmucklos. Von außen war das Haus typisch rustikales Kunsthandwerk, aber das Innere war weiß getüncht. Das Einzige, was es daran hinderte, wie eine Art Anstalt auszusehen, waren die ramponierten, braunen Ledersessel und die passende Couch im Wohnzimmer, die dunklen Holzmöbel im Esszimmer und die Parkettböden. Sogar die Küche hatte reinweiße Möbel auf wunderschönen Terrakotta-Fliesen. Wenn Hayden für die grausame Wandfarbe verantwortlich war, wie sehr musste ihn das warme Siena gestört haben?

Hayden hatte nicht gesagt, dass irgendwelche Räume verboten oder privat wären, also wanderte Jez durch die Küche und Fangs Nägel klickten auf die Fliesen, als er ihm folgte. Jez liebte den Grundriss eines alten Hauses. Es hatte nicht das vorgefertigte Schema F-Layout, das neuere Häuser zu haben schienen. Dieser Ort bot um jede Ecke eine Überraschung, ob es nun ein winziger Winkel, ein ganzer anderer Raum oder ein Kamin war. Obwohl er vermutete, dass Feuerwehrmann Hayden den Kamin nicht benutzte.

Jez öffnete eine Tür in der Küche, um ein weiteres kahles Zimmer zu finden, das Hayden zum Heimtrainingsraum erklärt hatte. In der hinteren Ecke standen ein Schreibtisch und ein Aktenschrank, aber Jez nahm an, dass sie nicht viel genutzt wurden. Abgesehen vom Bezahlen von Rechnungen und Steuern, wusste er nicht, wozu Hayden sich mit einem Bürobereich abgeben sollte. Es brauchte nicht mehr als einen Blick auf Haydens beeindruckenden Körper, um Jez zu bestätigen, dass der Fitnessteil des Raumes viel wichtiger war.

Er biss sich auf die Lippe und versuchte verzweifelt, sich nicht vorzustellen, wie Hayden mit den Gewichten arbeitete, die Haut glitschig vor Schweiß, die Muskeln aufgepumpt, die Venen auf seinen Unterarmen hervortretend. Sein Blut floss nach Süden und sein Schwanz schwoll an.

Nein, um Himmels willen, nein. Keine Lust auf das Alpha-Männchen, das vielleicht schwul war oder auch nicht. Der wahrscheinlich nicht schwul war und es nicht zu schätzen wüsste, die sexuellen Fantasien des jüngeren Bruders seines besten Freundes zu beflügeln.

Sich in einen weiteren ungeeigneten Mann zu verlieben, wäre der Gipfel der Torheit und wenn Jez das hier vermasselte, wären seine Zufluchtsmöglichkeiten stark eingeschränkt.

Jez zog sich aus dem Raum zurück und schloss die Tür mit einem nachdrücklichen Knall. Sein Schwanz musste die Botschaft umgehend erfassen – Hayden war tabu.

Eine weitere Tür, hinter der er die Garage erwartet hatte, öffnete sich zu einer Waschküche. Er lachte. Kein Waschsalon mehr, zumindest solange er hier war. Waschsalons waren scheiße und er hatte gehört, dass L.A.-Wohnungen mit eigener Waschküche besonders knapp und ein echter Luxus waren.

Auf der gegenüberliegenden Seite des Hauses, entlang der halben Länge des Seitenhofes, befand sich eine … Jez wusste nicht, was es war. Überdachte Veranda? Wintergarten? So etwas in der Art, jedenfalls war es den Elementen nicht ausgesetzt. Aber dieser Raum hatte eine ganze Fensterwand, die von der Decke dreiviertel der Höhe bis zum Boden reichte. Hayden nutzte die wunderschöne, leichte, luftige Atmosphäre offensichtlich nicht aus, da sie nichts anderes enthielt als eine weiße Korbliege und einen passenden Couchtisch. Niemand bei Verstand würde für längere Zeit auf einem kissenlosen Korb sitzen. Im Gegensatz zu einem Großteil des restlichen Hauptgeschosses gab es hier eine Art flauschigen Berberteppich in einer hellen Sandfarbe. Jez schnaubte. Hatte Hayden nach einem schneeweißen Teppich gesucht? Er musste irgendwann gemerkt haben, dass ein weißer Teppich eine wirklich lausige Idee war, selbst wenn er es geschafft hätte, das Haus hermetisch abzudichten.

Dennoch wäre dieser Raum für Jez ideal zum Trainieren. Verdammt, er war schöner als das Studio, in dem er die meisten Jahre seiner Karriere geprobt hatte. Alleine daran zu denken, wie er in diesem Raum seine Dehnübungen machte, durch die Fenster den Blick auf das üppige Grün, mit Sonnenlicht, das hereinströmte, beruhigte ihn, als ob er eine Tablette gegen Beklemmungen eingeworfen hätte. Ohne die benebelnden Nebenwirkungen.

Verdammte Scheiße. Er wollte dieses Zimmer und sah bereits das Bedauern vorher, das er empfinden würde, wenn er eine neue Wohnung fand. Noch mehr, als er es bereuen würde, keine Waschküche mehr zu haben. Sein neuer Job hatte einen

Studio-Raum, in dem er seine Dehnübungen machen und proben konnte, aber Jez machte sich keine Illusionen darüber, sich eine Wohnung mit genügend Platz zum Trainieren leisten zu können. Er würde sich auch ein Fitnessstudio suchen müssen, das hoffentlich in der Nähe dieser sagenumwobenen Wohnung liegen würde, die er erst mal finden musste.

Eine Prioritätenliste sollte helfen. Erstens: ein Auto finden, denn das würde es einfacher machen, Wohnungen zu besichtigen und Fang an den Tagen, an denen Hayden nicht arbeitete, in einen Park zu bringen.

Aus heiterem Himmel kehrte ein Großteil seiner Anspannung zurück. Er hob Fang auf, vergrub sein Gesicht in dem warmen Fell und atmete einfach.

Entschlossen, einen weiteren Verzweiflungsanfall abzuwehren, ging Jez wieder nach oben. Da das Erdgeschoss groß war, gab es auch im oberen Stockwerk mehrere Räume. Er vermied entschieden Haydens Zimmer. Als er gestern Abend auf der Couch neben einem frisch geduschten Hayden gesessen hatte, waren die Auswirkungen auf seinen Geruchssinn verheerend gewesen. Er konnte sich nur ausmalen, wie ein ganzer Raum sein musste, in dem Haydens Duft – auch ein intimerer als der von Duschgel – alles durchdrang. Eine Katastrophe. Besonders für jemanden, der durch und durch entschlossen war, sich nicht in Lust zu verlieren.

Eine der Türen führte zu einem anderen Gästezimmer, das genauso kahl war wie das, in dem Jez wohnte. Eine Tür führte trügerisch nur zu einem flachen Wäscheschrank und eine andere öffnete sich zu einer Treppe, die zum Dachboden zu führen schien. Der letzte Raum interessierte ihn jedoch sehr.

Seine Wände waren auch weiß gestrichen – Jez konnte nicht glauben, dass die krankenhausähnliche Farbgebung dem Haus eigen war – aber darin stapelten sich Kartons. Und nicht das zufällige Durcheinander von unterschiedlich großen Kartons, wie Jez sie bei den Märkten und Schnapsläden in seiner Nachbarschaft zusammengesucht hatte. Nein, es handelte sich um den Typ, der von einer Spedition gekauft worden war und sie waren alle identisch groß und exakt an einer Wand gestapelt.

Begierig zu wissen, was in diesen Kisten war, bewegte Jez ein paar. Sie waren nicht so schwer, wie er erwartet hatte, aber keine von ihnen schien beschriftet zu sein. Komisch. Für jemanden, der einen sehr geordneten Lebensstil pflegte, kamen ihm säuberlich verpackte Kartons ohne Etiketten völlig untypisch vor.

Auf keinen Fall könnte er jedoch rechtfertigen, hier herumzuschnüffeln. Nicht, wenn er die gleiche Höflichkeit von Hayden erwartete. Und er konnte sich keine subtile Art vorstellen, wie er danach fragen konnte.

Ein wütendes Knurren in seinem Magen unterbrach seine Überlegungen und erinnerte ihn daran, dass er sowohl Frühstück als auch Mittagessen verschlafen hatte. Hoffentlich konnte er in Haydens Küche etwas Essbares finden, denn der Einkauf von Lebensmitteln würde bis morgen warten müssen, wenn Hayden wieder frei hatte. Jez machte sich keine Illusionen über seine Möglichkeiten, an einem Nachmittag ein Auto zu kaufen, selbst wenn er es sich hätte leisten können, direkt in ein Autohaus zu gehen und an Ort und Stelle etwas Neues zu kaufen. Was er nicht konnte.

Den Dachboden zu erforschen, war verlockend, musste aber einen Tag länger warten. Er musste die Speisekammer durchsuchen und sich dann über Gebrauchtwagenhändler und Kundenberichte schlau machen. Er versteckte Fang in seinem Zimmer – es machte keinen Sinn, dass er sich daran gewöhnte, im Haus Auslauf zu haben – und sprintete dann zurück in die Küche.

Das Haus hallte ein wenig und strahlte ein seltsames Gefühl der Leere aus, das es am Vortag nicht gehabt hatte. Hayden hinterließ Spuren an einem Ort, was in dieser winterlich weißen Kulisse vielleicht nicht schwer war. Aber Jez hatte nicht erwartet, diese Präsenz zu vermissen, auch wenn Haydens Abwesenheit Jez erlaubte, sich zu entspannen, so gut er konnte. Das Entspannen war ihm in den letzten Wochen nicht leicht gefallen, noch bevor er sich entschieden hatte, wegzuziehen und zu flüchten – was das Klügste war, was er hatte tun können. Es würde lange dauern, bis er sich sicher fühlte, wenn er es überhaupt jemals konnte. Im Moment hatte er Pillen, um einen Zustand der Ruhe vorzutäuschen, aber wenn der Ortswechsel nicht half, musste er seiner ständig wachsenden mentalen Aufgabenliste die Suche nach einem Therapeuten hinzufügen.

Jez seufzte. Hayden machte ihn nervös, bewirkte aber seltsamerweise auch, dass er sich sicher fühlte. Der Widerspruch veranlasste ihn, sich zu fragen, ob er diesmal wirklich seinen verdammten Verstand verlor. Hayden hätte ihn nerven müssen, Punkt. Aber er vermutete, dass die Nacht allein in diesem knarrenden Haus zu verbringen, ihn noch mehr erschüttern würde. Letzte Nacht hatte er tief und lange geschlafen und er dachte nicht, dass er das auf die fast dreitausend Meilen Entfernung von dem Ort zurückführen konnte, an dem sein Leben implodiert war.

AUF HAYDENS erstaunlich bequemer Ledercouch eingerollt sah Jez sich einen weiteren Film an, während er Popcorn aß und ein wenig davon mit Fang teilte, der sich neben ihn kuschelte. Was Hayden nicht wusste, konnte ihn auch nicht stören. Fang hatte so superkurzes Fell, dass er kaum haarte und Hayden arbeitete in einer 24-Stunden-Schicht. Es war nicht nötig, sein Baby eingesperrt zu halten, wenn Jez allein in diesem großen Haus herumschlurfte.

Er lehnte sich nach vorne und hörte dem Dialog aufmerksam zu. Das Paar lag im Bett und sie bekannten ihre Liebe zueinander, aber ihre Stimmen waren leiser als in der vorherigen Szene. Er hatte die Fernbedienung aufgehoben, um die Lautstärke hochzufahren, als ihn ein lauter Knall auf die Füße springen ließ. Fang stieß ein Bellen aus, als Jez herumwirbelte und vom Fenster zur Tür blickte. Er packte die Fernbedienung mit plötzlich kalten Fingern und versuchte, sein rasendes Herz zu ignorieren.

Es dauerte den Bruchteil einer Sekunde, um herauszufinden, dass er das Zuschlagen einer Autotür gehört hatte und weitere zwanzig Minuten, in denen er gebannt auf den Fernseher starrte, damit das Adrenalin wieder abfließen konnte. Das letzte Mal, als er in einem so großen Haus gewesen war, hatte er mit seinen Eltern und Geschwistern zusammengewohnt und war fast nie allein zu Hause gewesen.

Plötzliche laute Geräusche wie ein Auto mit lauter Musik, das vorbeifuhr oder gelegentlich eine Sirene, erschreckten ihn. Die Wände seiner New Yorker Wohnung hatten hauchdünne Wände gehabt und obwohl er allein gelebt hatte, hatten ihn die engen Räume und das Wissen, dass nur wenige Meter entfernt andere Menschen waren, getröstet. Haydens Haus fühlte sich viel isolierter an und wenn Jez zu sehr darüber nachdachte, konnte er sich vorstellen, in einem Horrorfilm zu sein.

Der bloße Gedanke an Horrorfilme ließ ihn wieder aufstehen und die Jalousien schließen. Es fühlte sich ein wenig so an, als würde ihn jemand beobachten, auch wenn das lächerlich war. Er erschrak ein wenig vor sich selbst.

Aber zu viel Angst zum Schlafen zu haben, wäre eine Demütigung, die Jez nicht brauchen konnte, ob Hayden oder sein Bruder nun jemals die Wahrheit erfahren würden oder nicht. Stattdessen wickelte er sich in seine Lieblingskuscheldecke – Hayden hätte von der Farbenpracht einen Herzanfall bekommen – und konzentrierte sich auf die Romanze.

Wenigstens konnte er etwas zu Essen zusammenschustern. Die Pizza war gut gewesen, aber nicht zwei Tage hintereinander. Hayden war kein kompletter Höhlenmensch, wenn es ums Essen ging. Er kochte offensichtlich – es war nicht einfach, sich so gut in Form zu halten, wenn man von Take Away und Fertiggerichten lebte – aber Fleisch, Käse und Eier hatten einen hohen Anteil. Jez hatte immerhin genug Gemüse und Gewürze gefunden, um ein anständiges Pfannengericht zusammenzustellen und die Zutaten kurz anzubraten. Die Dose mit gebackenen Bohnen, die er hinten im Schrank gefunden hatte, war vegetarisch, also hatte er auch die gegessen, um ein wenig Protein zu bekommen. Wahrscheinlich hatte Hayden die vegetarische Version aus Versehen gekauft, aber das kam Jez zugute.

Er würde nicht verhungern und vielleicht war Hayden immer noch bereit, ihn morgen zum Einkaufen mitzunehmen. Der Kauf eines Autos würde mehr Anstrengung erfordern, als er gedacht hatte – es gab einfach so verdammt viele Angebote und all die Funktionen, Preise und Verbraucherberichte gaben ihm das Gefühl, wieder in der Schule zu sein. Er liebte es, zu lesen, wenn er nicht tanzte, aber er las Romane, keine Erfahrungsberichte. Wie fand man heraus, welche Art von Auto man kaufen sollte, wenn es Jahre her war, seit man überhaupt eines gefahren hatte? Von dieser Art Lektüre drehte sich in seinem Kopf alles.

Angesichts der Größe von Haydens Truck dachte er nicht, dass er von seinem neuen Mitbewohner angemessene Ratschläge bekommen konnte. Das Manövrieren des Mietlasters hatte ihn davon abgehalten, etwas Großes fahren zu wollen. Klein, süß, zuverlässig und preiswert. Das waren die vier Schlüsselwörter und doch war es irgendwie nicht so einfach, wie er es sich vorgestellt hatte.

Sein Telefon klingelte und Jez sah auf den Bildschirm. Miguel. Wäre es jemand anderes gewesen, hätte er den Anruf auf die Mailbox gehen lassen.

„Hi, Miguel." Jez hielt den Film an, als er antwortete.

„Hey, kleiner Bruder."

Jez rollte mit den Augen. Sein großer Bruder gab sich viel Mühe, um wie ein Kumpel zu klingen und es irritierte Jez extrem. Vielleicht, weil er von so vielen von ihnen angegriffen und belästigt worden war. „Was gibt es?"

„Ich wollte nur sehen, wie du dich eingelebt hast. Hayden geht es gut, oder?"

Jez wusste nicht einmal, was die letzte Frage bedeuten sollte. „Sicher. Er ist okay. Alles ist gut." Er und Miguel hatten einander während der ganzen Zeit, in der Jez in New York gelebt hatte, nicht besucht, aber sie hatten regelmäßig telefoniert. Nichts zu Tiefgehendes, aber es war eine Verbindung und Jez war dankbar, seinen Bruder in seinem Leben zu haben. Miguel machte sich Sorgen um ihn, auch wenn er nie etwas über Jez' Liebesleben hören wollte.

„Ich ziehe heute Abend mit ein paar Freunden durch einige Clubs. Willst du mitkommen? Ich weiß, dass Hayden heute arbeitet."

Miguel hat einen Belohnungskeks verdient. Er machte das Angebot, ohne sich so anzuhören, als würde er sich lieber seine Weisheitszähne ohne Betäubung entfernen lassen, obwohl Jez verdammt gut wusste, dass Miguel nicht wollte, dass er zusagte. Und er war sich zu 60 oder 70 Prozent sicher, dass Miguel ihn sogar in Gespräche und dergleichen einbeziehen würde, wenn er konnte. Es war jedoch Samstagabend. Miguel würde keinen Fuß in einen schwulen Club setzen, und Jez hatte keine wirkliche Lust, mit einem Haufen testosteronvergifteter Männer herumzuhängen, während Miguel und seine Freunde ihr Bestes gaben, um mit der weiblichen Bevölkerung von Los Angeles zu schlafen.

„Danke M, aber ich bin immer noch erledigt von der langen Fahrt. Vielleicht beim nächsten Mal." Jez war nicht umsonst Schauspieler. Er klang ziemlich glaubwürdig.

„Ja, sicher. Brauchst du etwas?"

Jez seufzte. „Ich weiß nicht. Denkst du, du könntest mich diese Woche begleiten, um dir mit mir ein paar Autos anzusehen?"

Miguel machte ein unverbindliches Geräusch in seiner Kehle. „Hm-hm. Vielleicht. Ich habe ab Mittwoch vier Tage frei, aber ich fahre mit einigen der Jungs zum Big Bear Lake. Ich werde den größten Teil meines freien Tages am Montag damit verbringen, Besorgungen dafür zu machen. Kann das bis nächste Woche warten?"

„Ja, natürlich. Keine Eile." Die Dreharbeiten begannen erst in der ersten Novemberwoche, obwohl er davor an einigen Produktionstreffen teilnehmen musste. Wer weiß? Vielleicht würde Jez bis dahin selbst herausfinden, welche Art von Auto er kaufen sollte, und das Problem wäre gelöst.

„Geht Hayden mit dir campen?"

„Nein. Wir haben vor, irgendwann nach Thanksgiving über ein langes Wochenende bei kaltem Wetter zu campen, aber diesmal kommt er nicht mit."

Jez war sich nicht sicher, ob er erleichtert sein sollte, aber er war es. Laut dem Kalender am Kühlschrank begannen Haydens vier freie Tage am Dienstag und Jez war sich nicht sicher, wie er Fang rausschmuggeln würde, um sein Geschäft zu erledigen, während Hayden herumhing. Andererseits hatte Hayden vielleicht doch ein soziales Leben und wäre ohnehin die meiste Zeit weg.

Angesichts der erhitzten Blicke, von denen Jez meinte, dass Hayden sie vielleicht auf ihn gerichtet hatte, fragte er sich, ob Hayden sich trotzdem mit Frauen treffen würde. War er bisexuell? Im Schrank? Ein kleinerer schwarzer Klumpen bildete sich in seinem Bauch. Mann oder Frau, er dachte nicht, dass er dabei sein wollte, wenn Hayden einen Sexpartner mit nach Hause brachte.

Kein Problem, das er mit seinem Bruder besprechen konnte. Alles, was mit Jez' Sexleben oder seiner Karriere zu tun hatte, war Miguel so unangenehm, dass er nicht drüber redete oder das Thema wechselte.

Als ob Jez vorhätte, seinem großen Bruder vom ersten Mal zu erzählen, als er von einer Prostatamassage gekommen war oder von jemandem geleckt worden wurde. Das waren keine Details für die Familie, auch wenn Miguel nicht gerade pathologische Angst vor zu viel Information hatte.

„Viel Spaß beim Zelten." Jez wollte verärgert sein, dass Miguel nicht alles fallenlassen hatte, um ihm zu helfen, aber es war alles so in letzter Minute passiert, dass es nicht fair war, Miguel die Schuld zu geben. Schließlich hatte er dafür gesorgt, dass Jez eine sichere Unterkunft fand.

„Danke, Mann."

Jez rollte wieder mit den Augen. „Möchtest du irgendwann mal essen gehen? Vielleicht nach deinem Ausflug?"

„Sicher. Wir können gehen, wenn Hayden und ich einen gemeinsamen freien Tag haben. Wir könnten zu dritt gehen. Das würde Spaß machen."

Zu dritt? Hatte Miguel Angst, mit ihm gesehen zu werden? Oder war er nur wegen der unbehaglichen Stille besorgt?

„Klingt nach Spaß." Damit war Jez immer noch viel zu sehr auf sich allein gestellt. Verdammt. Er musste ein paar Freunde finden. Die meisten seiner Freunde in New York … nun, sie hatten ihm keine Rückendeckung gegeben, als er sie gebraucht hatte und er hatte sie so entschieden zurückgelassen wie alles andere. Womit nur noch Fang übrig war. Der war großartig, aber ein wenig unzulänglich, wenn es um verbalen Austausch ging, und ein absolut beschissener Ratgeber.

„Ich muss los", sagte Miguel. Jez war nicht überrascht, als der unverwechselbare Klang einer Kumpel-Herde im Hintergrund zu hören war. „Viel Spaß heute Abend."

Miguel lachte ins Telefon, bevor der Anruf unterbrochen wurde. Ja, so hörte sich ein Mann an, der beabsichtigte, jemanden flachzulegen. Jez war ein wenig eifersüchtig, weil es so lange her war, und seine Dürreperiode zu beenden erforderte geeignete Perspektiven. Er hatte keine. Das würde sich erst ändern, wenn er herausfand, wo die guten Clubs waren – möglichst ohne ziellos durch West Hollywood zu wandern – und ob er es ohne Panikattacke schaffen würde.

Außerdem musste er etwas von seiner Energie zurückgewinnen, sowohl geistig als auch körperlich. Seine jüngste Beziehung zu Jayson hatte ihn fast überzeugt, dass psychische Vampire existierten. Jayson hatte ihn ausgesaugt und nur Adrenalin hatte Jez dazu gebracht, bis nach Los Angeles zu flüchten. Jetzt war das Adrenalin weg und Jez hatte keine Reserven mehr.

Wenn er ausging, würde er sowohl Spaß haben als auch befriedigt werden wollen. Keine Chance, wenn die Clubs hier annähernd so waren wie die Clubs, die er damals in New York besucht hatte. Der Schwarm der Kerle, der Schweiß, die Hitze, das Pulsieren eines Basses, der tief in den Eingeweiden pochte .... das waren alles Dinge, die ihm normalerweise gefielen. Aber mit seinen neuen Ängsten würde er höchstens dreißig oder vierzig Sekunden durchhalten, ehe er schreiend hinauslief. Nicht gerade erregende Voraussetzungen für alle Beteiligten.

„Du liebst mich immer noch, nicht wahr, Fang?" Fang wackelte mit seinem Hintern und seinem Korkenzieherschwanz, bevor er auf Jez kletterte, um an seinem Kinn zu lecken, und Jez damit zum Lachen brachte. „Guter Junge."

Im Moment war alle Aufregung, die er brauchte, nur auf dem Bildschirm. Wenn er verzweifelt kommen wollte, hatte er Pornos, Gleitmittel und eine private Dusche. Eine erbärmliche Lösung. Und wenn er versucht war, sich in Haydens Laken herumzuwälzen, während er sich einen runterholte, dann war das ein Geheimnis, das er mit niemandem teilen musste. Nicht einmal mit Fang.

WEGEN DER superlangen Duschen würde Hayden wirklich etwas sagen müssen. Die Dürre mochte vorübergehend vorbei sein, aber das bedeutete nicht, dass Wasser zu verschwenden eine gute Idee war. Es war einfach nicht so reichlich vorhanden wie an der Ostküste.

Er sah auf die Uhr. Wenn sie nicht bald losziehen würden, wäre der Lebensmittelladen vollgestopft mit den Massen, die nach der Kirche für das Sonntagsessen einkauften, und den verkaterten Typen, die zum Brunch gingen und denen nun klar wurde, dass sie die ganze Woche von Essen zum Mitnehmen leben würden, wenn sie nichts unternahmen und Hayden hasste es, da hineingezogen zu werden. Manchmal ließ er sich Lebensmittel liefern, aber meistens ging er entweder kurz vor oder kurz nach einer Schicht an einem Wochentag einkaufen.

Das hielt ihn davon ab, zum Mörder zu werden. Niemand schien einen Plan zu haben, lief ziellos umher und schob seinen Wagen in Schlangenlinien durch die Gänge. War es so schwer, einen Wagen zu schieben, als würde man eine Straße entlangfahren? Auf der rechten Seite zu bleiben? Und die Anzahl der Leute, die keine Liste hatten oder wussten, ob sie mehr als fünfzehn Gegenstände gekauft hatten oder auch nur wussten, wo sie ihre verdammte Brieftasche hingesteckt hatten, wuchs am Wochenende exponentiell.

In der Regel ging er am Sonntag nie einkaufen, es sei denn, er konnte vor seiner Schicht gehen, nicht danach. Wenn er um elf Uhr den Stützpunkt verließ, war es schon zu spät für Lebensmittel, geschweige denn, dass er zurückkam, um Jez abzuholen, nur um ihn noch unter der Dusche vorzufinden. Er war auch nicht begeistert gewesen, Jez' Geschirr vom vergangenen Abend noch in der Spüle zu finden, als er nach Hause kam. Das Spülen des Geschirrs hatte nicht lange gedauert, aber er hatte immer noch erwartet, dass Jez vor ihm fertig sein würde. Nein.

Die Zeit tickte weiter und Hayden wollte diese Einkaufsfahrt unbedingt abblasen und sich für ein paar Stunden hinlegen, aber das war Jez gegenüber nicht fair. Haydens Vorräte waren nicht für vegane Ernährung geeignet und er wollte nicht, dass Jez verhungerte. Aber er wollte auch nicht mehr Zeit in einem Lebensmittelgeschäft verbringen, als er musste.

Pfeif drauf.

Hayden lief die Treppe hinauf und hielt vor der Tür des Gästebads inne. Was wäre, wenn dies nicht nur ein einfacher Fall von Schwelgen unter dem heißen Wasser war? Was, wenn Jez sich einen runterholte?

Hayden konnte jetzt ebenso wenig aufhören, an Jez in der Dusche zu denken wie an dem Tag, als Jez eingezogen war. Diese Gedanken hatten auch viel zu viele seiner Bereitschaftsstunden auf der Feuerwache in Anspruch genommen und er musste ehrlich zugeben, dass das zu seiner heutigen üblen Laune beigetragen hatte. Irgendeine Art von Anziehungskraft zu Miguels Bruder zu entwickeln, war an sich schon eine schlechte Nachricht, aber Jez … Was würde mit Jez anfangen? Jez, der offensichtlich schwul war. Auf den die meisten Klischees direkt zuzutreffen schienen. Dessen schöner, runder, enger Arsch immer so perfekt wackelte – selbst, wenn er Kartons trug. Hayden hatte den größten Teil des Umzugstages so arrangiert, dass er hinter Jez gegangen war und sich vorgestellt hatte, diesen Arsch zu kneten, ihn zu lecken, ihn zu beißen und ihn tagelang zu vögeln.

Es war eine Sache, so einen Kerl in einem Club zu ficken. Seine Freunde wären nicht da, um ungehobelte Kommentare abzugeben, sodass kein Risiko bestand, dass sich einer von ihnen unwohl fühlte. Kein Risiko, irgendwen vorstellen zu müssen, flüchtige Affären wurden Freunden nicht vorgestellt. Aber es lag nahe, dass Jez angesichts seiner Verwandtschaft mit Miguel und seiner Anwesenheit in Haydens Gästezimmer am Ende zu Aktivitäten mit den Jungs eingeladen würde. Er würde nicht dazu passen und es wäre noch schlimmer, wenn jemand dachte, sie hätten etwas miteinander.

Hayden schauderte. Miguel würde ihn umbringen, wenn er nach Jez gierte, und die Jungs würden ihn entweder hassen oder verspotten. Er hatte auf beide Möglichkeiten wenig Lust, aber er konnte auch nicht den glatten, braunen Streifen Haut vergessen – den allerersten Teil des erwachsenen Jez, den er erspäht hatte. Die Frage, ob er auf seiner Zunge so glatt wäre, wie er aussah, hatte ihn seit Freitagnachmittag auf Halbmast gehalten und ziemlich wütend gemacht.

Er straffte seinen Rücken. Seine Willenskraft war stark. Stark genug, um einem mageren Stück Erotik standzuhalten. Er hatte die Kontrolle über sein Schicksal und seinen verfickten Schwanz und er würde seine Sehnsucht ignorieren. Kontrolle zu zeigen, war etwas, was er fast jeden Tag tat. Wenn man sich einem Feuer gegenüber sah und die Begeisterung des Adrenalins mit den Angstaspekten bekämpfte. Manchmal war es auch ein Kampf, ruhig zu bleiben, anstatt wild vorwärts zu stürmen oder so schnell wie möglich in die andere Richtung zu laufen. Einem schlanken Schauspieler zu widerstehen, sollte im Vergleich dazu ein Kinderspiel sein.

Dann öffnete sich die Tür und Jez stand in einer Dunstwolke da, seine Augen funkelten, er roch nach warmem Zucker und – am verheerendsten von allem – er trug nichts als ein Handtuch um die Hüften. Hayden unterdrückte ein Stöhnen, als seine Willenskraft schmolz und die Schicksalsgötter böse lachten. Hayden hatte noch nie jemanden getroffen, der so sehr all seine Knöpfe drückte. Hatte er sich mit seinem „üblichen" Typ geirrt? Ein seltsames Flattern machte sich in seinem Bauch breit, während sein Verstand leer wurde. Er hob die Hände.

„Ähm. Hi. Stimmt etwas nicht?"

Haydens Ohren erhitzten sich. Er war so verloren in seinen unmöglichen Gedanken, dass er das Abstellen des Wassers nicht gehört hatte. Hoffentlich würde Jez nicht merken, wie nah Hayden davor gewesen war, ihn zu packen und zu küssen.

„Nein. Ja." Seine Wangen schlossen sich an und Hayden verfluchte innerlich seine Haut, die unter allen möglichen emotionalen Umständen rot wurde, einschließlich völliger Verlegenheit. „Ich meine, es wäre besser, zum Laden zu gehen, bevor es zu voll wird. Sonntagnachmittage können übel sein. Und außerdem … du erinnerst dich vielleicht nicht, aber Kalifornien ist anfällig für Dürren?"

Wow. Auch eine Art, nicht schwach zu werden. Und sein Sarkasmus war überragend. Hayden wünschte sich, er könnte wieder nach unten gehen und vergessen, dass dieses lächerliche Gespräch jemals stattgefunden hatte.

„Oh. Scheiße. Entschuldigung. Ich schätze, ich sollte weniger duschen."

Hayden zuckte mit den Schultern, als ob es ihm egal wäre. Als hätte es ihn nicht nach oben getrieben, in der Absicht, Jez die Meinung zu sagen. Als wäre er nicht von dem Gedanken abgelenkt worden, das verfluchte Handtuch zu öffnen und an dem zu saugen, was darunter lag. Weil er allmählich vermutete, dass seine Irritation über die langen Duschen ihre Wurzeln in seiner Unfähigkeit hatten, sich ausgeglichen zu fühlen, seit Jez vor seiner Haustür aufgetaucht war. Sein Ärger über das schmutzige Geschirr basierte darauf, dass er schmutziges Geschirr hasste und war völlig rational, aber vielleicht sollte er Jez etwas Spielraum geben. Wenn es so weiterging, würde er aber sicher etwas sagen.

Jez räusperte sich und Hayden zog seinen Blick von Jez' köstlicher Brust nach oben und begegnete seinem Blick. Ein Muskel zuckte unwillkürlich an seiner Schläfe, eine physische Manifestation seines wachsenden Ärgers – über sich selbst.

Jez wartete und Hayden strengte sein Gedächtnis an. Richtig. Sie hatten ein Gespräch geführt, egal wie künstlich und gestelzt es gewesen war. „Kürzere Duschen. Ja. Bemüh dich einfach. Wir sind nicht auf Wasserrationen oder so, aber es gibt immer noch Vorschriften über die Bewässerung des Rasens und dergleichen."

Den Rasen wässern? Er war ein verdammter Idiot. Es würde keine Rolle spielen, welche Meinung Haydens Schwanz in dieser Angelegenheit hatte, Jez würde nichts mit ihm zu tun haben wollen, wenn er sich nicht zusammenriss.

Jez nickte. „Also, wenn wir loslegen wollen, muss ich mich, ähm, anziehen."

Was Hayden klarmachte, dass er Jez im Badezimmer blockierte und dabei anzüglich grinste. Das würde ihm keinen Preis im Wettbewerb um den besten Mitbewohner einbringen.

„Richtig. Tut mir leid." Hayden trat beiseite und Jez betrachtete ihn mit einem lustigen, kleinen Grinsen, als wäre Hayden seltsam und niedlich zugleich. Sowohl das Flattern in seinem Bauch als auch seine Angst vor der Zukunft nahmen astronomisch zu. „Ähm, ich treffe dich dann unten."

Hayden stürmte wieder nach unten und warf sich auf die Couch, drückte aggressiv auf der Fernbedienung herum und hoffte, etwas zu finden, das ihn von den unerträglichen letzten zehn Minuten ablenken würde.

Was zum Teufel war los mit ihm? Kein Typ war ihm je auf diese Weise unter die Haut gegangen. Konnte es einfach ein Fall von verbotenen Früchten sein?

Fast schneller, als Hayden sein Gleichgewicht wiedergefunden hatte, tapste Jez die Treppe herunter. Keine Regenbogen-Einhörner auf seinem Hemd, aber die Farbe war eine Art dunkelrosa, wie Hayden es nie tragen würde, und eng genug, um Haydens Empfindsamkeit zu belasten. Diesmal würde Hayden nicht hinter Jez herlaufen, denn diese hautengen Jeans würden seiner mühsam unterdrückten Libido nicht helfen.

„Bereit?" Haydens Stimme war um eine Oktave gefallen und er räusperte sich. Einkaufen, nicht Sex. Kein Sex. Kein gottverdammter Sex. Niemals. Nicht mit diesem Mann.

„Ja. Danke, dass du das tust. Hoffentlich brauche ich nicht zu lange, um ein eigenes Auto zu kaufen."

Hayden schnappte sich ein paar wiederverwendbare Stofftaschen aus dem Flurschrank. Ein seltsames kleines Keuchen ließ ihn sich umdrehen.

„Stimmt etwas nicht?"

Jez lächelte, aber es fehlte ein wenig Glanz. „Nein. Ich habe nur bemerkt, dass ich wiederverwendbare Taschen auf meine Liste setzen muss. Ich bin mir ziemlich sicher, dass ich vergessen habe, meine einzupacken."

Großartig. Hayden konnte seinen Verstand nicht aus der Hose bekommen – oder aus Jez' Hose – und Jez wurde seltsam emotional bei Einkaufstaschen. Ein ziemlich schräges Paar. Er führte sie hinaus in die Mittagssonne und sein Magen knurrte. Noch ein weiterer guter Grund für seine Irritation und ein verdammt guter Grund, zu diesem Zeitpunkt nicht zum Lebensmitteleinkauf zu gehen. Er würde am Ende seinen Wagen voller Eis und Oreos haben.

„Heilige Scheiße, es ist heiß hier."

Hayden kicherte. „Ja, hier wird es nicht so früh kühler wie in Willow Ridge. Und obwohl es erst Oktober ist, könnte es in New York gerade schneien. Wir haben nur Glück, dass der Tag, an dem du eingezogen bist, ziemlich mild war, denn sonst hätte es verdammt unangenehm sein können."

Jez lachte. Es war das erste Mal, dass Hayden ihn lachen hörte seit damals in Willow Ridge, als Jez noch ein Kind gewesen war. Und es steigerte das Flattern, von dem er dachte, dass er es endlich unter Kontrolle gebracht hätte, auf fünf vor zwölf. Das war einfach inakzeptabel.

Hayden presste die Lippen zusammen, das Kinn so angespannt, dass er fast erstarrt war und fuhr sie schweigend zum Laden. Die Stille wurde nur von Jez unterbrochen, der an den Satellitensendern auf seinem Radio herumspielte.

Als sie parkten – nur etwa sieben Minuten, nachdem sie in Haydens Truck gestiegen waren und viel zu weit von den Türen entfernt – atmete Hayden mit einem Seufzer der Erleichterung aus und sprang aus dem Wagen. Vielleicht hätten sie reden sollen. Nichts hatte ihn von Jez' zuckersüßem Geruch abgelenkt, der ihn an Hafermehl, Apfelkuchen und Chai-Tee erinnerte. Duschgel? Duftwasser? Aftershave? Er hatte keine Ahnung, aber das Produkt musste voller Voodoo und schwarzer Magie sein.

Was hatte er getan, um das zu verdienen? Offensichtlich hatte er in einem vergangenen Leben etwas gewaltig versaut und das Karma lachte sich kaputt über seine missliche Lage. Wenn nur Jez gleichermaßen betroffen wäre, würde sich Hayden vielleicht nicht so verdammt idiotisch fühlen, aber Hayden hatte keinen lüsternen Blick aufgefangen. Nicht einen einzigen.

Und wenn er ehrlich war, schmerzte es sein Ego.

Nachdem er die automatischen Türen passiert hatte, atmete er tief ein. Der Supermarkt roch immer nach einer seltsamen Kombination aus erdiger Vegetation, verdorbener Milch und Bleichmittel. Es reichte, um den Duft von Jez aus seiner Nase zu vertreiben.

„Ich habe einen Wagen. Wir können ihn uns genauso gut teilen", sagte Jez von hinter ihm. Hayden nickte zögernd. So viel zu seiner genialen Idee, Jez zu sagen, dass er ihn in etwa zwanzig Minuten an der Kasse treffen würde. Oder in einer halben Stunde.

Jez lächelte ihn an und Hayden konnte sich einfach nicht dazu durchringen, es vorzuschlagen. Der Typ kannte hier niemanden. Hayden konnte zumindest mit ihm einkaufen.

Hayden zog sein Handy heraus. „Ich fange mit dem Obst und Gemüse an und arbeite mich dann zur anderen Seite des Ladens durch. Wo ist deine Liste?"

„Oh, gut. Ich fange auch gerne bei Obst und Gemüse an. Aber ich habe keine Liste. Ich mag es, zu sehen, welches Obst und Gemüse interessant aussieht und taste mich dann im Gehen von da aus vorwärts."

Hayden starrte ihn an und hoffte, dass er etwas falsch verstanden hatte. Ein Einkaufsbummel im Supermarkt. An einem Sonntagnachmittag. Vergiss das Karma, er musste gestorben und in der Hölle gelandet sein.

Eine Stunde später, als sie in einer absurd langen Schlange an der Kasse warteten, war Hayden gezwungen, zwei sehr bedauerliche Dinge festzustellen. Erstens war Jez die Art von Einkäufer, der Hayden dazu brachte, mit einer Menge von Schimpfwörtern zu fluchen – nur in Gedanken, versteht sich. Zweitens war Jez hübsch genug und unterhaltsam genug, dass es Hayden nichts ausgemacht hatte, mehr als das Doppelte der üblichen Zeit im Supermarkt zu verbringen. Und es gab noch eine dritte Sache. Seine Speisekammer und sein Kühlschrank würden bald mit einer Reihe von Dingen gefüllt sein, die zu essen Hayden nie in Betracht gezogen hätte, geschweige denn sie zu kaufen.

Es war sowohl charmant als auch erschreckend vertraut gewesen, besonders, als er den fast unvermeidlichen und unwillkürlichen Reflex gespürt hatte, Jez mit einer Hand im Rücken zu führen. Jedes Mal, wenn es passiert war, hatte Hayden es geschafft, sich zu bremsen, bevor er ihn berührt hatte, aber er wusste nicht, was mit ihm los war. Er hatte noch nie einen Freund gehabt, also wusste er nicht, was es mit Jez auf sich hatte, dass er all diese Gefühle und Handlungen auslöste, die Hayden mit Menschen verband, die in einer Partnerschaft waren.

Andererseits war er auch nie mit jemandem außer seiner Mutter zum Einkaufen gegangen, als er ein Kind war. Als er bei seiner Oma eingezogen war, hatte sich ihr Zustand bereits verschlechtert und Hayden hatte alle Einkäufe allein erledigt. Es hatte eindeutig seinen Reiz, für diese Aufgabe Gesellschaft zu haben, auch wenn es dafür doppelt so lange dauerte.

Nach ein oder zwei Ewigkeiten schafften sie es zurück zum Auto. Jez lächelte, also hatte er ihren Ausflug nicht schrecklich gefunden und allein dafür war Hayden bereit, ihn vielleicht sogar wieder zum Einkaufen mitzunehmen.

„Möchtest du, dass ich heute Abend für uns beide koche?"

„Oh, mach dir um mich keine Sorgen. Ich werde eine Weile schlafen, wenn wir nach Hause kommen. Ich werde mir etwas zum Abendessen ausdenken, wenn ich aufstehe." Wie eines der fetten, saftigen Steaks, die er mitgenommen hatte. Mit Brokkoli und Spargel, damit es nicht allzu schlimm für ihn war.

41

„Bist du sicher? Ich verspreche, veganes Essen ist nicht nur Tofu und Grünkohl."

Hayden schnaubte. „Erwartest du, dass ich das glaube, nachdem ich gesehen habe, dass du genau diese beiden Dinge in den Wagen gelegt hast?"

Dafür erntete er ein weiteres Lachen. „Okay. Manchmal ist es Tofu und Grünkohl. Aber ich würde dich dem nicht aussetzen. Und ich habe keine Rezepte, die ich mag, wo die beiden kombiniert werden. Du bist in Sicherheit. Lass das nicht den Grund sein, warum du nicht essen wirst, was ich koche."

Wenn er ehrlich war, war das ein kleines Problem. Er sah in Jez' Teil der Lebensmittel nichts, was für ihn sättigend genug wäre, selbst wenn es fantastisch schmeckte. Aber er hatte nicht gelogen, als er behauptet hatte, er wäre müde.

„Ich bin wirklich erledigt. Wir hatten ein paar Feuer, die wir in der Nacht bekämpft haben. Es gab keine echten Pausen und ich brauche dringend ein Nickerchen." Das klang nicht allzu männlich, aber es war die verdammte Wahrheit. Im Moment war es fast schmerzhaft, wach zu bleiben. Sein Jez-unterbrochener Schlaf hatte auch nicht geholfen.

„Oh. Natürlich. Du hättest etwas sagen sollen. Ich hätte alleine einkaufen gehen können."

Hayden fragte erst gar nicht, wie er dorthin gekommen wäre, weil er nicht zugeben wollte, dass er Jez seinen Truck nicht geliehen hätte. Erst wenn sie sich besser kannten und erst, nachdem er gesehen hatte, wie Jez etwas anderes als einen schlecht ausbalancierten, schlecht gefederten, gemieteten Umzugswagen fuhr. Denn mit dem Transporter war er nicht spektakulär gefahren und Hayden hing sehr an seinem Truck.

„Habe ich gern getan." Mehr oder weniger. „Und ich habe ja auch Lebensmittel gebraucht." Was die Wahrheit war. „Aber die Nacht holt mich plötzlicher ein, als ich erwartet habe."

Jez nickte, scheinbar beschwichtigt. Ein riesiges Gähnen ließ Haydens Kiefer knacken und seine Augen tränen. Definitiv nicht der Tag, an dem man mit Essen experimentieren sollte. Er konnte nicht objektiv sein.

„Ich werde diese Woche versuchen, ein Auto zu finden."

Jez' bedrückter Tonfall hätte Hayden fast dazu veranlasst, hinüberzugreifen und ihm aufs Knie zu klopfen. Hayden brauchte keinen konkreten Beweis, um zu wissen, dass Jez in irgendeiner Weise zu berühren diese unmögliche Verliebtheit nur noch verstärken würde. Stattdessen sprach er das Problem verbal an. „Was ist daran so schlimm?"

Jez zuckte mit den Schultern. „Es ist nicht schlimm, nehme ich an. Ich weiß einfach nicht viel über Autos und ich bin mir nicht sicher, was ich nehmen soll. Die Möglichkeiten sind fast endlos und irgendwie überwältigend."

„Ah. Ich hatte dieses Problem nie. Ich fahre Pick-ups, seit ich Fahren gelernt habe und dieser hier." – Hayden streichelte das Armaturenbrett seines Babys – „Ich wollte ihn sofort. Es gab keine andere Möglichkeit."

Jez rollte mit den Augen und brachte Hayden zum Lachen. „Das ist keine Hilfe. Ich nehme nicht an, dass du überhaupt etwas über normale Autos weißt?"

„Nein. Tut mir leid. Ich kann dir nicht helfen." Ein paar der Jungs von der Feuerwache hatten kürzlich Autos mit Frauen oder Freundinnen gekauft und hätten vielleicht Einblick, aber Hayden wollte nicht fragen. Was würden sie aus dieser Art von Frage schließen? Er war bereits besorgt, dass er mit Jez und den Jungs bei einer Veranstaltung landen könnte, weil er nicht sicher war, ob er seine Anziehungskraft verbergen konnte. Die Frage nach Autoempfehlungen klang so, als würde Hayden sich zu persönlich für Jez interessieren, nicht wahr?

„Keine Sorge. Ich werde mir etwas ausdenken. Schnell, hoffe ich."

Hayden hoffte das auch. Er schnüffelte diskret und bekam einen weiteren verbotenen Hauch von Jez' süßem und würzigem Duft, der noch nicht verblasst war. Was nützte verdorbene Milch, wenn sie einen so köstlichen Geruch nicht überdecken konnte?

Sie waren fast zu Hause, als Jez wieder sprach. „Ich habe mich gefragt, ob ich den Wintergarten benutzen könnte. Zum Trainieren. Er sieht nicht so aus, als würdest du dich dort oft aufhalten."

„Nein, tue ich nicht. Wenn ich Sonne will, gehe ich auf die Terrasse." Hayden hielt inne. „Ich schätze, das könnte bei deinen Allergien schwer sein, oder?"

Jez starrte ihn an und Hayden lachte. „Junge, ich habe dich kaum erkannt, als du aufgetaucht bist, aber ich erinnere mich an Miguels kleinen Bruder, der die Hälfte des Jahres damit verbracht hat, zu niesen und Taschentücher herumzuschleppen."

Jez errötete schwach und wand sich eindeutig. Es war nicht mitfühlend, aber es gefiel Hayden, dass er nicht der Einzige war, dem heute etwas peinlich war. „Ich nehme jetzt Medikamente. Es ist viel besser."

Dennoch erinnerte sich Hayden daran, wie unglücklich Jez gewesen war, besonders, als seine Schwestern angefangen hatten, von Jungs Blumen zu bekommen. Rosen schienen in Ordnung zu sein, aber fast alles andere war unmöglich.

„Schau, meine Oma hat viel Zeit damit verbracht, die Pflanzen im Hof zu kultivieren. Ich habe überhaupt keinen grünen Daumen und habe mein Bestes getan, um ihn sauber und ordentlich zu halten, aber wenn es da draußen irgendwelche Pflanzen gibt, die besonders schlecht sind, lass es mich wissen und wir nehmen sie raus."

Er hatte es wieder geschafft, Jez zu überraschen. „Hoffentlich finde ich eine Wohnung, bevor das notwendig wird, aber danke für das Angebot. Das bedeutet mir viel."

Verdammte Scheiße. Es war dumm, ein solches Angebot zu machen. Jez war nur vorübergehend hier – er war kein richtiger Mitbewohner. Es konnte ungemütlich werden, wenn Jez länger hier wohnte.

Hayden räusperte sich. „Ich habe auch einen Haufen Gewichte und ein paar Fitnessgeräte in meinem Büro. Du kannst sie gerne benutzen." Am besten, wenn Hayden nicht zu Hause war. Er genoss den Anblick eines großen, muskulösen Mannes, der trainierte, aber zuzusehen, wie der weniger muskulöse, aber nicht weniger fitte Jez trainierte, würde ihn seinen verdammten Verstand verlieren lassen.

„Oh. Danke. Darauf komme ich vielleicht zurück, aber ich mochte die Schwingungen im Wintergarten sehr."

Schwingungen. Wer war dieser Typ? Wären da nicht Miguels Zusicherungen und einige Ähnlichkeiten um ihre Augen und Münder, wüsste er nicht, wie jemand herausfinden sollte, dass die beiden verwandt waren. Die anderen Geschwister hatten, soweit er sich erinnerte, viel mehr mit Miguel gemeinsam als mit Jez. Aber sie waren auch alle in der Nähe von zu Hause geblieben, Miguel hatte nach Los Angeles den weitesten Weg gewählt.

Wie auch immer, er würde Jez' Bitte, den Wintergarten zu benutzen, nicht ablehnen. Das Haus war ohnehin viel zu groß für ihn allein. Auf eine unglaublich qualvolle Art und Weise wäre es schön, vorübergehend Gesellschaft zu haben.

„Sicher. Mach, was du willst. Wir können die Möbel auf die Terrasse oder in die Garage bringen, wenn du sie aus dem Weg haben willst."

Jez hüpfte ein wenig in seinem Sitz, als hätte Hayden ihm einen spektakulären Gefallen getan. „Das wäre perfekt. Ich danke dir. Diese Fahrt quer durchs Land war lang und ich habe meine Trainingseinheiten vermisst."

Hayden wollte nicht darüber nachdenken. Er hatte ein Bett, das nach ihm rief. Er würde schlafen und nicht von irgendeiner Art von Training träumen, das Jez absolvieren könnte.

„Falls du überhaupt gerne laufen gehst, könnten wir mal zusammen gehen." Wo zum Teufel war das hergekommen? Hayden wollte sich selbst eine reinhauen. Er hatte Angst, zu sehen, was Jez für eine geeignete Laufmontur halten würde.

„Danke. Ich ziehe ein Laufband vor, aber bis ich weiß, wo ich wohnen werde, will ich keinem Fitnessstudio beitreten."

Die Worte kamen mit einer verwirrenden Mischung von Gefühlen und Hayden war zu erschöpft, um sie zu entschlüsseln. Außerdem wollte er ohnehin nicht wissen, was das alles bedeutete. Unwissenheit war ein Segen.

Als sie nach Hause kamen, hielt sich Hayden gerade lange genug unten auf, um seine Einkäufe wegzuräumen. Da es Jahre her war, dass er sich eine Küche geteilt hatte, hatte er erwartet, dass sie sich oft gegenseitig in die Quere kommen und gegen Arbeitsflächen und Türen stoßen würden, aber Jez bewegte sich anmutig, fast mühelos um ihn herum. Noch ehe sich das auf ihn auswirken konnte, flüchtete Hayden nach oben.

Er machte es sich unter der Decke bequem, ohne genügend Energie, um sich mit der halben Erektion zu befassen, die fast ständig sein Begleiter gewesen war, seit Jez an diesem Morgen die Tür zum Badezimmer geöffnet hatte. Jez versuchte leise zu sein und während Jez Hayden auf einer zutiefst persönlichen Ebene störte, mochte er es zu wissen, dass noch jemand im Haus war. Er war eindeutig einsam gewesen.

Einen Freund, einen Partner oder einen Ehemann zu haben würde helfen, aber er hatte nicht das Gefühl, dass das jemals eine Option sein könnte. Vielleicht würde er, nachdem Jez ausgezogen war, ernsthaft über die Idee eines Mitbewohners nachdenken müssen.

Das markante Knarren der Böden ließ ihn Jez' Weg zum Wintergarten verfolgen und es gefiel Hayden, dass eines der Lieblingszimmer seiner Großmutter nun genutzt würde. Sein Leben gab einfach nicht genug her, um das Haus auszufüllen.

4

HAYDEN ERWACHTE aus einem heißen und schweren Traum, der Jez' geschmeidigen Körper unter ihm beinhaltet hatte, nackt und hart. Er wusste nicht, was ihn aufgeschreckt hatte, aber er hatte nicht aufwachen wollen. Ein kurzer Blick auf seine Tür bestätigte, dass sie geschlossen war. Sie zu schließen, während Jez bei ihm lebte, schien weise zu sein, aber es war eine Gewohnheit, die er nach dem Tod seiner Oma abgelegt hatte und es würde einige Mühe kosten, sie wieder aufzunehmen.

Er schob seine Hand unter die Decke, rief sich den lebhaften Traum in Erinnerung und begann sich zu streicheln. Er schloss die Augen vor dem Sonnenlicht und ließ seiner Phantasie freien Lauf auf eine Weise, wie er es nicht mehr getan hatte, seit er zum ersten Mal erkannte, dass er Jez von Kopf bis Fuß lecken wollte.

Würde Jez überall glatt sein? Hayden hatte noch nie mit einer Frau geschlafen und war normalerweise nicht an Weichheit interessiert, aber er könnte nach der weichen Haut über Jez' harten Muskeln süchtig werden. Er stellte sich vor, wie er seinen Abendbartschatten über Jez' unglaubliche Brust rieb. Die Dinge wurden ein wenig unschärfer, als er an Jez' Leiste ankam. Ob sein Schwanz lang und dünn war? Kurz und dick? Beschnitten oder nicht? Noch wichtiger war, dass Hayden diesen süßen, würzigen Duft einatmen wollte, wobei sein Mund Jez' Schwanz umschloss – egal welche Größe er hatte – und seine Nase in Jez' Schamhaaren vergraben war.

Es sei denn … Hayden keuchte und zog hart und schnell, wobei Lusttropfen seine Bewegungen erleichterten. Es hatte diese Zeit gegeben, als Hayden in einen Stripclub gegangen war – was er selten tat, weil es sich komisch anfühlte, alleine zu gehen. Einer der Jungs, der ähnlich wie Jez gebaut war, wenn auch nicht so schön, war völlig unbehaart gewesen und hatte Hayden durch einen plötzlichen Anstieg der Erregung schockiert. Was, wenn Jez glatt gewachst war? Hayden stellte sich vor, Jez' unbehaarte Eier in seinen Mund zu saugen und stöhnte, als er in seiner Faust abspritzte.

Hayden hielt seinen schlaff werdenden Schwanz fest, bis sich seine Herzfrequenz wieder normalisiert hatte. Er atmete tief durch, ließ die Trägheit nach dem Orgasmus durch ihn hindurchfließen und entspannte sich auf eine Weise, die er seit der Ankunft von Jez nicht mehr erlebt hatte. Das nächste Mal, wenn er Jez sah – was in ein paar Minuten sein konnte – musste er vorsichtig sein, nicht daran zu denken, wie er zur Fantasie eines nackten, keuchenden, verschwitzten Jez

46

gewichst hatte. Wenn er sich einen Mitbewohner suchen wollte, müsste er einen finden, zu dem er sich nicht hingezogen fühlte.

Eine dumpfe, wimmernde Art von Bellen brachte ihn dazu, sich aufzusetzen. Keiner seiner Nachbarn hatte Hunde und er war definitiv von einem Bellen geweckt worden – er erinnerte sich jetzt, weil es sich in seinem Traum nicht in die köstlichen Sexgeräusche von Jez eingefügt hatte. Hayden hörte aufmerksam hin, aber er hörte nichts mehr. Nun da er ganz wach war, meldete sich sein Magen mit einem lauten Knurren. Heilige Scheiße, er war am Verhungern. Er schnappte sein Handy und überprüfte den Bildschirm. Kein verdammtes Wunder. Normalerweise schlief er nach einer Schicht für ein paar Stunden, wachte dann auf und ging seinem Tag nach, bis er abends zu einer vernünftigen Zeit wieder wie ein normaler Mensch schlafen ging, aber nach dem Einkauf war er komplett abgestürzt und hatte bis zum Morgen durchgeschlafen.

Die Klebrigkeit des auskühlenden Spermas trieb ihn aus dem Bett und in sein angrenzendes Badezimmer. Er duschte und zog sich so schnell wie möglich an, da sein Magen Nahrung einforderte. Steak und Eier also heute Morgen, da er es nicht geschafft hatte, aufzuwachen, um Steak zum Abendessen zu machen.

Sobald er die Tür öffnete, war er sich fast sicher, dass Jez nicht da war. Sicher, seine Schlafzimmertür war geschlossen, aber Hayden hatte zu viel Zeit allein in diesem Haus verbracht, um nicht zu spüren, wann eine andere Person anwesend war. Seltsamerweise fühlte sich das Haus jedoch trotz Jez' Abwesenheit nicht mehr so leer an wie in den letzten Jahren.

Das Knarren unter seinem Gewicht, als er auf die oberste Stufe trat, war so vertraut, dass Hayden es nur deshalb überhaupt bemerkte, weil unmittelbar darauf ein weiteres gedämpftes Bellen folgte. War es von hinten gekommen?

Hayden drehte sich um und ging langsam den Flur entlang, die Ohren in höchster Alarmbereitschaft. Eine laute Diele, direkt vor Jez' Tür, übertönte, was er für ein weiteres Bellen hielt. Er hatte in Jez' Sachen keinen Fernseher gesehen, aber er war auch den ganzen Samstag auf der Arbeit gewesen. Jez hätte irgendwo hingehen und einen kaufen können, vielleicht hatte er ihn angelassen?

Etwas sagte Hayden, dass er nach einem Strohhalm griff. Im Allgemeinen war die offensichtlichste Antwort die richtige.

„Jez?" Hayden klopfte an. „Jez, bist du da drin?" Aber Hayden kannte die Antwort. Außer, dass da ein Geräusch war. Ein Kratzen auf der anderen Seite der Tür, in der Nähe seiner Füße.

Scheiß drauf. Er würde sich später entschuldigen. Er öffnete die Tür.

Ein winziger, brauner Hund sprang heraus, der so heftig wedelte, dass er fast zu einem Kreis gerollt war. Große Augen starrten flehend zu ihm herauf, umgeben von all den traurigen, kleinen Falten und einer eingedrückten, schwarzen Nase. Hayden zerschmolz an Ort und Stelle zu einer Pfütze.

„Hallo auch dir." Hayden saß im Schneidersitz auf dem Boden, achtete darauf, diesen scheinbaren zweiten geheimen Mitbewohner nicht zu zerquetschen, und fand sich mit einem Welpen auf dem Schoß wieder. Möpse waren an sich klein, aber Hayden dachte nicht, dass er schon ausgewachsen war. Ein kurzer Blick bestätigte, dass es sich um einen kleinen Jungen handelte und dann war er völlig damit beschäftigt, nicht in winzigen Welpenküssen zu ertrinken.

„Bist du nicht ein guter Junge?" Hayden hatte seinen eigenen Hund und die Babysprache, die damit einherging, wenn niemand einen hören konnte, nicht vergessen. Er vermisste Scout bis heute und hatte mit dem Gedanken gespielt, sich einen neuen Hund zu holen, nachdem seine Oma gestorben war, aber seine Arbeitszeiten machten es unmöglich. Es würde einen Freund – oder einen Mitbewohner – erfordern, der zu regelmäßigeren Zeiten zu Hause war, damit das passieren konnte.

Wie konnte er an dem Tag, als Jez eingezogen war, eine Hundetasche übersehen haben? Er hatte keine Kisten gesehen, die als Hundeutensilien bezeichnet waren und er war neugierig genug gewesen, jedes Etikett zu lesen. Er hatte keine Ahnung, warum weder Jez noch Miguel einen Hund erwähnt hatten. Obwohl er über die Geheimhaltung von allem ein wenig sauer war, war er nicht unglücklich über die Anwesenheit eines Hundes in seinem Haus.

Hayden kuschelte weiter mit dem kleinen Mops und verlor die Zeit aus den Augen, bis sich der Welpe beruhigte und sich auf seinem Schoß niederließ. Hayden nutzte die Ruhepause, um das am Halsband baumelnde Etikett zu inspizieren.

„Fang?" Hayden lachte laut auf und strich mit einem Finger über die New Yorker Telefonnummer, von der er nun wusste, dass sie Jez gehörte. „Du, mein Freund, hast eine unmögliche Aufgabe vor dir, wenn du versuchst, in diesen Namen hineinzuwachsen. Was hat sich dein Daddy dabei gedacht?" Er hob sanft Fangs Schnauze an und bekam sofort einen weiteren Kuss für seine Mühe. Er war sich nicht sicher, ob Fang überhaupt Zähne besaß, die dieser Namensgebung gerecht würden – seine Persönlichkeit war so sonnig, dass die Leute um ihn herum lächeln mussten, wie Hayden es getan hatte, seit er die Tür geöffnet hatte.

„Dein Daddy ist ein großer, gemeiner Daddy, nicht wahr, der dich die ganze Zeit in seinem Schlafzimmer lässt." Vielleicht war das kleine Bündel nicht stubenrein? Hayden schnüffelte, aber das Einzige, was er riechen konnte, war ein schwacher Überrest von Jez' verführerischem Duft. Überhaupt keine Pisse oder Scheiße. Fang hatte gebellt, aber nicht, weil er pinkeln musste.

„Wie sieht es mit deinem Frühstück aus?" Haydens Magen war nicht glücklich darüber, das Frühstück zu verschieben, aber Jez war nicht hier und dieses kleine Baby hatte etwas gewollt, entweder Nahrung oder Liebe oder beides. Und Hayden wollte es ihm nur zu gern geben. Er stand auf, hielt Fang vorsichtig in den Armen und trat in Jez' privaten Raum. Noch etwas, wofür er sich wahrscheinlich würde entschuldigen müssen, wäre da nicht das riesige und doch winzige Geheimnis in seinen Armen. Hayden lachte wieder. Seine Oma hatte Liebesromane verschlungen und auch wenn Hayden noch nie einen von ihnen gelesen hatte, war das geheime

Baby ein beliebtes Thema gewesen. Seine Oma wäre genauso amüsiert gewesen wie er, dass Hayden nun Beweise für sein eigenes geheimes Baby hatte.

Ein weißes, blau umrandetes Kissen lag auf dem Boden in der Nähe von Fangs kleinem Hundebett, vermutlich für Unfälle, aber immer noch unberührt. Jez' Boden und Bett waren mit einem beunruhigenden Durcheinander von Kleidung bedeckt, das anscheinend explodiert war. Sie war über Stapel von Kisten gelegt, von denen einige offen und meist voll waren. Ein Koffer lag auf der Kommode und sein Inhalt quoll heraus wie ein Lavastrom vom Mount Chaos. Hayden schnitt eine Grimasse. Wie konnte Jez das aushalten? Noch wichtiger war die Frage, wie es überhaupt möglich war, in wenigen Tagen eine solche Katastrophe zu verursachen? Er konnte Jez nicht sagen, dass er sein Zimmer aufräumen sollte, aber er hätte es auf jeden Fall gern getan.

Er ließ einen Kuss auf Fangs warmen Kopf fallen und stöberte auf der Suche nach Fangs Essen und Wasser weiter herum. Aber er fand nichts. Stirnrunzelnd öffnete er die Schranktür und Fang zappelte in seinen Armen und wollte unbedingt nach unten.

„So ist es gut, Junge." Fang tauchte kopfüber in eine Schüssel mit Trockenfutter. „Armes Baby."

Sicherlich hätte Jez die Schranktür nicht geschlossen, weil er wusste, dass Fangs Essen und Wasser drin waren? Das passte weder zu dem sensiblen Jungen, den er gekannt hatte noch zu dem empfindlichen Mann, den er gerade kennenlernte, obwohl er immer noch nicht sicher war, was er von dem geheimen Baby halten sollte. Dann bemerkte er ein Holzlineal, das auf dem Boden im Schrank lag, mit winzigen Zahnabdrücken, die es an beiden Enden beschädigt hatten. Jez musste es benutzt haben, um die Schranktür offen zu halten, hatte aber nicht bemerkt, dass Fang es für ein Kauspielzeug hielt. Oh, dummes Baby. Er musste sicherstellen, dass Jez Fang ein paar richtige Kausnacks für Hunde besorgte. Holzsplitter waren nicht gut für Hunde. Wenn Fang im Schrank gefangen gewesen wäre, dann hätte er zwar genug zu Essen und zu Trinken gehabt, aber Hayden hätte ihn nie gehört und das wäre verdammt schade gewesen.

Er drückte die Schranktür weit auf. Jetzt, da das Geheimnis gelüftet war, konnte er Jez vielleicht davon überzeugen, Fangs Geschirr in die Küche zu stellen, wo Verschüttetes leichter zu beseitigen wäre.

Mit mehr Licht im Schrank – der auch mit einem Gewirr von Kleidern gefüllt war, die etwas zufällig dort hingen – entdeckte Hayden eine Hundetasche im Regal, ganz hinten in einer dunklen Ecke.

Nein. Die hatte er definitiv am Umzugstag nicht gesehen. Wie zum Teufel konnte Jez so hinterhältig sein?

Der Hunger war für den Moment gestillt, Fang drehte sich um und blickte zu ihm auf, die Zunge heraushängend, mit faltigen kleinen Wangen, die zu einem Welpenlächeln gehoben waren. Haydens Magen wählte diesen Moment, um ihm mitzuteilen, dass noch jemand Nahrung benötigte. Jetzt.

„Willst du mir Gesellschaft leisten, während ich Frühstück mache?"

Fang wackelte bejahend mit seinem Hintern und folgte Hayden aus dem Raum, als ob ihm das Haus gehörte. Bis sie zur Treppe kamen. Hayden war auf halbem Weg nach unten, als er ein Wimmern hörte, sich umdrehte und Fang sah, wie er oben an der Treppe auf und ab lief.

Hayden schüttelte den Kopf. Er war so dumm. Nicht nur war jede Stufe fast so hoch wie Fang, er musste mit Jez auch in einer Wohnung gelebt haben. Es war möglich, dass er noch nie zuvor eine Treppe benutzen musste. Wäre Hayden sein Besitzer gewesen, hätte er den Hund in die Arme genommen und ihn jede Treppe hinunter getragen, um Unfälle zu vermeiden.

Hayden war im Moment zu hungrig, um Fang das Treppensteigen beizubringen. Er ging wieder nach oben, packte Fang und trug ihn in die Küche. Vielleicht würde er ihn nach dem Mittagessen mit nach hinten nehmen, um zu sehen, was Fang über das Apportieren wusste. Die wenigen Schritte von seiner Terrasse hinunter zum Gras wären gut, um das Gehen über Treppen zu üben.

Er braucht ein Leckerli. Vielleicht würde ein bisschen Käse ausreichen, da er nicht wusste, wo Jez Hundeleckereien aufbewahrte und nicht in seinen Schubladen stöbern wollte, um sie zu finden. Obwohl er zugeben musste, dass er unersättlich neugierig darauf war, was er über Jez herausfinden konnte, indem er seine persönlichen Sachen durchging, aber nur ein totaler Mistkerl würde das tun.

Vielleicht könnte er mit Fang sogar zur örtlichen Tierhandlung fahren und ein paar Dinge aussuchen. Er war noch nie dort gewesen, aber es sah so aus, als wären Haustiere drinnen willkommen. Andererseits könnte er vielleicht einfach nur herumlungern, etwas Wäsche waschen, sich im Hof entspannen und die Gesellschaft eines Hundes genießen.

JEZ ATMETE tief aus, als er das Taxi verließ.

„Danke, Mann."

Der Fahrer nickte und fuhr weg.

Der Autokauf würde eine noch schlimmere Qual sein, als er erwartet hatte.

Er war früh aufgestanden, hatte im Wintergarten etwas Yoga gemacht und versucht so leise wie möglich zu sein, um Hayden nicht zu stören. Schwache Schatten unter seinen moosgrünen Augen hatten seine Erschöpfung bestätigt. Jez hatte abends allein gegessen. Zu wissen, dass Hayden im Haus war, war ein ungewohntes Gefühl, aber nicht unwillkommen.

Er war sich außerdem sicher, dass Hayden ihm erregte Blicke zugeworfen hatte. Ihre Fahrt zum Lebensmittelgeschäft war voll sexueller Spannung und Anspielungen gewesen. Wenn jemand in einem Club so mit Jez geflirtet hätte, hätte das vielleicht zu Orgasmen geführt. Die letzten Wochen in New York waren so stressig gewesen, dass er sich gefragt hatte, ob er jemals wieder eine Erektion haben würde. Dass seine Libido von einem Mann zum Leben erweckt wurde, der so falsch für ihn war, beunruhigte ihn. Nicht auf die Weise, wie Jayson für ihn falsch gewesen war, denn Hayden war ein guter Kerl. Jez' Unfähigkeit, einen geeigneten Mann zu finden, sprach von einem tief sitzenden Fehler in seinem Charakter. Es musste so sein. Warum waren es die großen, athletischen und bi-neugierigen oder tief im Schrank sitzenden Männer, die ihn ansprachen? So attraktiv sie auch sein mochten, keiner von ihnen würde bleiben und offen sein. Er hätte gedacht, dass ein fauler Apfel wie Jayson die Anziehungskraft von Männern wie Hayden für die Ewigkeit zerstört hätte.

Er musste einen verdammten Bibliothekar oder Violinist finden, mit dem er ausgehen konnte.

Jez steckte seinen Schlüssel in das Schloss und stolperte hinein. Er würde definitiv nicht nach einem Gebrauchtwagenhändler suchen. Die waren die schlimmsten. Verdammt aufdringlich und verlogen. Nein, er wusste nichts über Autos und hätte mehr recherchieren sollen, bevor er zum nächsten Gebrauchtwagenhändler ging, aber er hatte gehofft, jemanden zu finden, der ihm helfen würde. Jez betrachtete sich in erster Linie als Tänzer und Sänger, dann erst als Schauspieler, aber nachdem er den größten Teil seines Erwachsenenlebens im Theater und umgeben von Schauspielern verbracht hatte, fiel es ihm leicht, jemanden zu erkennen, der so falsch war wie ein Drei-Dollar-Schein.

Seine Zeit in den Clubs hatte ihn auch gelehrt, Verzweiflung zu wittern, und nach Stunden des Kampfes gegen all den Mist, in denen er versucht hatte, ein Gefühl für ein Auto zu bekommen, das zu ihm passen würde, war er mit einem Gefühl weggegangen, als hätte er sich von jemandem bezahlen lassen, um sich einem Fetisch hinzugeben, mit dem er sich nicht wohl fühlte: desillusioniert und ein wenig schmutzig. Die Ankunft in einem Taxi hatte der Sache nicht geholfen. Sie dachten wahrscheinlich, er wäre genauso verzweifelt wie sie.

Ohne Rücksicht auf die lauten Dielenböden, da Hayden schon längst auf der Arbeit hätte sein sollen, rannte Jez die Treppe hinauf und hielt oben abrupt an. Seine Tür war offen.

„Fang?" Jez brachte das Wort kaum heraus. Sicherlich hatte er seine Tür nicht offen gelassen, als er heute Morgen gegangen war. Das konnte einfach nicht sein. „Fang?" Aber kein Welpe kam, um ihn mit einem wackelnden Hintern und wedelndem Korkenzieherschwanz zu begrüßen.

Zur Sicherheit hechtete Jez auf den Boden, um unter dem Bett nachzusehen, aber immer noch kein Fang.

Die Angst kratzte in seinem Hals. Wo war sein Hund? Hatte Hayden Fang gefunden?

Er durchsuchte das ganze Haus, rief sogar auf den Dachboden und öffnete Haydens Schlafzimmertür. Aber es gab keine Spur von seinem Hund.

Aufsteigende Tränen brannten in seinen Augen und reizten seine Nase. Wie hatte er nur so dumm sein können? Jez lief nach draußen, nach hinten und vorne, rief nach Fang und der strahlend sonnige Tag kam ihm in seiner Panik wie ein Hohn vor.

Hatte Hayden Fang gefunden? Oder war Fang entkommen? Er hatte ein Halsband mit Jez' Handynummer getragen, aber das bedeutete nicht, dass er nicht im Tierheim gelandet war. Gab es hier in der Nähe Kojoten? Er hatte Horrorgeschichten über kleine Hunde und Kojoten gehört.

Verschwitzt und zerzaust fiel er auf die Couch und schniefte. Mit zitternden Fingern rief er eine Liste von Tierheimen in der Nähe auf seinem Telefon auf und hoffte von ganzem Herzen, dass eines von ihnen Fang hatte und dass er nicht verletzt war. Wenn er dort keinen Erfolg hatte, würde er Miguel anrufen und sehen, ob sein Bruder ihm bei der Suche helfen konnte.

Die Haustür ging auf und er hörte Hayden sprechen. „Wer ist ein guter Junge? Du siehst mit dem Halstuch so gut aus." Die Tür schlug zu.

Aber es war das schroffe kleine Bellen, das Jez dazu brachte, auf die Füße zu springen und in die Eingangshalle zu rennen.

„Fang!" Er fiel auf die Knie und Fang begrüßte ihn so enthusiastisch wie eh und je, die kleine Welpenzunge wischte die Tränen weg, die er einfach nicht zurückhalten konnte. Er schniefte an Fangs Hals und war sich vage bewusst, dass da über Fangs süßem lila Kragen ein neues Halstuch war.

Nach einem tiefen, schaudernden Atemzug starrte er Hayden an. „Ich dachte, er wäre weg. Ich bin nach Hause gekommen und er war weg. Ich habe … Ich habe überall gesucht." Jez konnte sich nicht dazu durchringen, Fang loszulassen und umklammerte ihn weiter.

Nun ging auch Hayden vor Jez auf die Knie. „Es tut mir so leid, Jez. Ich hätte dir sagen sollen, dass ich mit ihm wegfahre. Ich habe eine Notiz am Kühlschrank hinterlassen, aber du hättest keinen Grund gehabt, dort nachzusehen. Ich hätte es deutlicher machen sollen. Wir waren nur in der Tierhandlung, ein wenig einkaufen." Hayden streckte die Hand aus und umfasste Jez' Gesicht mit seiner großen Hand, bevor er mit einem schwieligen Daumen über sein Kinn strich. Sie blieben ein paar lange Minuten so, bis Jez' Tränen getrocknet waren und er Fang auf den Boden setzte. Er watschelte sofort mit seinem kleinen Welpenhintern in Richtung Küche, als hätte er einen Plan des Hauses.

Jez hatte ein wenig Schluckauf bekommen. Hayden stöhnte und stand auf, bevor er Jez aufhalf. Auf einem harten Boden zu knien, war nie angenehm und Jez hatte es nur getan, wenn er betrunken genug war, um es nicht zu spüren. Seine Knie wurden beim Tanzen genug missbraucht.

„Alles in Ordnung?" Hayden hatte Jez' Arm nicht losgelassen und sein Griff war warm und beruhigend. Aber das ergab überhaupt keinen Sinn.

„Ich verstehe nicht." Warum sollte Hayden mit Fang einkaufen gehen? Nach der Tüte zu urteilen, die er bei der Tür hatte fallen lassen, war das Halstuch nicht das einzige Neue, das Fang bekommen hatte. Tief im Inneren hatte Jez solche Angst gehabt, dass Hayden Fang in ein Tierheim gebracht hatte.

„Warum hast du mir nichts von Fang erzählt? Das verstehe ich überhaupt nicht."

„Du magst keine Hunde." Offensichtlich. Warum sonst hätte Jez es geheim halten sollen?

„Ich liebe Hunde."

Jez runzelte die Stirn, die Bewegung zog an seinen geschwollenen Augenlidern und er schniefte. Auch Hayden runzelte die Stirn, aber er wirkte nicht verärgert. Nur so verwirrt, wie Jez sich fühlte.

„Komm schon. Hol dir in der Küche ein Glas Wasser. Ich komme gleich nach."

Jez gehorchte und blickte sich nach Fang um, aber es schien, als hätte er seinen kleinen Welpenhintern woanders hinbewegt. Die hämmernde Panik war zurückgegangen und Jez fühlte sich ausgelaugt. Etwas Wasser war eine gute Idee.

Hayden kam herein, als er gerade ein Glas gefüllt hatte. „Ich habe keine Taschentücher, also habe ich einfach Toilettenpapier aus dem Badezimmer im Erdgeschoss geholt."

Das würde sich ändern, wenn Jez etwas zu sagen hätte. Bei seinen Allergien war er nicht bereit, sich auf Toilettenpapier zu verlassen. Aber er nahm es dankbar und putzte sich die Nase.

„Warum denkst du, ich würde keine Hunde mögen? Ich war am Boden zerstört, als meine Eltern Scout einschläfern mussten. Ohne die Tatsache, dass ich 24-Stunden-Schichten auf der Arbeit verbringe, hätte ich jetzt einen eigenen Hund."

Jez schüttelte wütend den Kopf. „Nein. Ich habe gehört, wie du mit deinen Freunden über … Scout gesprochen hast. Du hast ihn gehasst. Du hast gesagt, er sei alt und stinkig gewesen und dass du ihn nicht vermissen würdest."

Die Heldenverehrung war nach diesem Vorfall etwas zurückgegangen, nur ein paar Jahre bevor Hayden sein Zuhause verlassen hatte. Jez hatte schon immer einen Hund gewollt, aber seine Eltern hielten nichts von Haustieren. Nicht nur, dass er den besten Freund seines älteren Bruders bewundert hatte, er war wahnsinnig eifersüchtig auf den Hund gewesen, den Hayden für sich allein hatte, da er keine Geschwister hatte und nie mit ihnen teilen oder vererbte Sachen tragen musste.

Hayden atmete so scharf ein, als hätte Jez ihn geschlagen. „Verdammt. Das hätte ich fast vergessen. Das … hat sicher kein gutes Licht auf mich geworfen. Ich war am Boden zerstört. Aber ich habe mich auch dafür geschämt, dass ich geweint habe. Dafür, wie traurig ich war. Also habe ich geschimpft und gelogen und gesagt, es sei mir egal, um den Schmerz zu verbergen. Ich war mir nicht sicher, ob die Jungs mir geglaubt haben, also bin ich irgendwie überrascht, dass du es getan hast. Aber ich schätze, du warst damals noch sehr jung. Ich war sechzehn, also warst du ungefähr zehn Jahre alt oder so?"

Jez nickte. Vielleicht war ihm in der Unschuld seiner Jugend eine so subtile Nuance entgangen. Erst ein paar Jahre später, als er angefangen hatte zu erkennen, wie sehr er von den Erwartungen seiner Familie abwich und wie verletzend

Menschen sein können, auch wenn sie nicht gerade Beleidigungen oder Fäuste benutzten, begann er die Lügen zu sehen. Die Schauspielerei hatte ihm inzwischen einen Vorteil beim Lesen von Nuancen verschafft, und die Art und Weise, wie Hayden ihn anstarrte, ließ Gedanken aufkommen, die alles andere als unschuldig waren.

Er kam einen kleinen Schritt näher und Hayden zuckte nicht zusammen und wandte auch seinen Blick nicht ab.

„Es tut mir so leid, dass du dachtest, du müsstest Fang verstecken. Ich finde ihn bezaubernd."

Jez verzog den Mund zu einem Lächeln. „Ja, das habe ich bemerkt, auch wenn ich mich einen Moment lang gefragt habe, ob du durch einen Außerirdischen ersetzt worden bist." Die Tüte mit dem Welpenluxus hatte nicht gelogen.

Hayden scharrte mit den Füßen und stellte sie näher zusammen. „Ich schätze, Miguel denkt wohl auch, dass ich Hunde hasse, da er Fang ebenfalls nie erwähnt hat."

Jez errötete leicht und seine Haut, die bereits vom Weinen gereizt war, brannte noch etwas heißer. „Er weiß es nicht."

Hayden zog eine Augenbraue hoch. „Du hast deinem Bruder nicht gesagt, dass du einen Hund hast? Wie lange hast du Fang schon?"

„Etwa vier Monate. Er ist jetzt sieben Monate alt und er ist von der kleineren Sorte, also wirkt er etwas jünger."

„Vier Monate und du hast es Miguel nie erzählt?"

Scheiße. Hayden würde nicht lockerlassen. Er zuckte mit den Schultern. „Ich weiß nicht. Miguel und ich reden nicht so oft und es ist normalerweise nur ein kurzer Check-in, nicht wie … ein Gespräch. Weißt du?"

Jetzt starrte Hayden ihn an, als wäre es Jez, der durch einen Außerirdischen ersetzt worden war. Ernsthaft, wie hatte Hayden nicht bemerken können, dass Miguel das einzige Familienmitglied war, das Jez anerkannt hatte und von dem er anerkannt wurde, dass sie einander aber nicht nahestanden? Zum Teufel, Jez hatte Miguel nicht einmal persönlich gesehen, seit er mit siebzehn Jahren sein Zuhause verlassen hatte. Miguel hatte sich wahrscheinlich nicht sehr verändert, aber es waren immerhin acht Jahre. Er war sich nicht sicher, ob einer von ihnen den anderen aus einer Gruppe herauspicken könnte. Vielleicht wusste Miguel nicht, dass seine Weigerung, über etwas zu diskutieren, das zu schwul sein könnte wie Jez' Liebesleben oder seine Karriere, sie daran hinderte, einander so nahe zu sein, wie Jez es sich gewünscht hätte.

„Ich schätze schon", sagte Hayden langsam. Andererseits standen sich Hayden und Miguel noch immer nahe. Nah genug, dass Miguel um einen Gefallen dieser Größenordnung bitten konnte, während nur Verzweiflung Jez dazu gebracht hatte, Miguel um Hilfe zu bitten. „Hoffentlich könnt ihr einander wieder näherkommen, jetzt, wo ihr in der gleichen Stadt lebt."

Jez nickte, obwohl er sich da überhaupt nicht sicher war. Miguel hatte es nicht eilig gehabt, sich mit ihm zu treffen. „Also ist es wirklich in Ordnung, dass Fang hier ist?"

Er hatte solche Angst gehabt. Jede Meile, die er L.A. nähergekommen war, hatte er sich mehr Gedanken gemacht und geplant, wie er Fang versteckt halten würde. Und jetzt hatte eine seiner größten Sorgen sich mit ein paar Worten aufgelöst.

„Natürlich. Wenn er stubenrein ist, musst du ihn nicht in deinem Zimmer lassen. Und selbst, wenn er nicht stubenrein ist, könnte die Küche ein schönerer Ort sein, um ihn einzusperren."

Jez senkte seine Stimme. „Du willst nur eine Chance, ihn zu verwöhnen."

Hayden grinste und bewegte sich. „Du hast meinen Geheimplan durchschaut. Du könntest ihn auch in der Küche füttern."

„Darf ich?" Irgendwie standen sie nahe genug, dass Haydens Körperwärme zu Jez ausstrahlte wie Flammen, die über seine Haut leckten.

„Ja." Haydens Stimme wurde tiefer und er beugte sich vor.

Es lag nichts Missverständliches in diesem Blick, dieser Bewegung, und so, als hätte er sein ganzes Leben darauf gewartet, neigte Jez einladend den Kopf – eine Einladung, die Hayden ohne zu zögern annahm.

Zuerst waren Haydens Lippen weich und knabberten forschend am Rand von Jez' Mund entlang. Dann schlang Hayden seine Arme um Jez' Taille. Jez seufzte in den Kuss und öffnete sich Haydens Zunge, einer Choreographie, die sich natürlicher entfaltete als alles, was Jez je erlebt hatte.

Jez legte seine Arme um Haydens Schultern, drückte sich an ihn und Hayden stöhnte an seinem Mund. Ein stahlharter Balken des Verlangens drückte bedürftig gegen Jez' Bauch, passend zu seiner eigenen Erektion, und Hayden bewegte seine Hände von Jez' Taille zu seinem Hintern, packte ihn und knetete.

Haydens Zunge glitt in seinen Mund und Jez begegnete ihr, als sie einander verschlangen, die Hitze des Kusses steigerte sich rasch und wild, heiß genug, um der Sonne Konkurrenz zu machen.

Jez stöhnte und drückte sich näher heran, obwohl er sich nicht sicher war, ob das noch möglich war, ohne nackt zu sein.

Als würde Hayden seine Gedanken lesen, schob er eine Hand unter Jez' Hemd, während die andere seinen Arsch in einem Rhythmus massierte, der so sehr an einen Fick erinnerte, dass Jez nicht anders konnte, als seine Hüften in dem Rhythmus zu bewegen, nicht ganz bereit für eine Runde Trockensex, aber so nah dran, dass es sich fast nicht lohnte, die Unterscheidung zu machen.

Ohne den Kontakt zu unterbrechen, bewegte Hayden seine Lippen über Jez' Kinn zu seinem Hals, Stoppeln rieben an seiner Haut und schickten Gänsehaut über seinen Nacken. Jez holte ein paar Mal tief Luft, aber Hayden schien entschlossen, dass Jez vergessen sollte, wie man atmet und biss sanft in die Halsbeuge, einen von Jez' Lieblingspunkten.

Sein keuchendes Stöhnen sagte Hayden alles, was er wissen musste, und er bearbeitete dieselbe Stelle mit einer sinnlichen Präzision, die bewirkte, dass sich in Jez' Kopf alles drehte und von seinen Schwanz Lusttropfen in seine Shorts drangen.

Es war schon so verdammt lange nicht mehr so gut gewesen. Vielleicht war es noch nie so gut gewesen.

Etwas traf sein Bein, aber Jez ignorierte es, um sich auf Haydens heißen Mund und scharfe Zähne zu konzentrieren, wobei ein winziger Teil von ihm hoffte, dass Hayden Spuren hinterließ.

Dann prallte wieder etwas von seinem Bein ab, begleitet von einem scharfen Bellen. Fang.

Der Lärm durchdrang auch Haydens sinnlichen Nebel und fast wie unter Drogen zogen sie sich zurück und starrten auf den kleinen Hund, der ihre Aufmerksamkeit wollte.

Die Lust, die wie Champagner in seinem Blut prickelte, ließ so weit nach, dass Jez klarwurde, was er da tat und mit wem er es tat. Wieder seltsam synchron lösten sie sich voneinander, konnten einander nicht in die Augen sehen und hatten immer noch unangenehme Erektionen.

Nur weil Hayden ihn mit seiner Liebe zu Hunden überrascht hatte, bedeutete das nicht, dass Jez sich auf ihn stürzen sollte.

Hayden räusperte sich nervös. „Ähm. Tut mir leid. Ich bin, ähm, zu weit gegangen."

Anstatt die Augen zu verdrehen, richtete Jez seine Hose. Als ob das alles von Hayden ausgegangen wäre. „Ich auch. Das war, ähm …" Fantastisch, aber zu schnell? Sie kannten einander nicht sehr gut und Affären waren ja gut und schön, aber nicht, wenn man mit ihnen zusammenlebte. Außerdem hatte ihn seine Erfahrung mit Jayson viel vorsichtiger gemacht, sich – auch nur für eine kurze Affäre – auf jemanden einzulassen, bis er den Mann besser kennenlernte. Freund seines Bruders hin oder her, er kannte Hayden nicht so gut.

„Oh Gott. Erzähl deinem Bruder nichts davon, okay?"

Der Rest seiner Erregung löste sich einfach auf. Hayden mochte vielleicht Hunde lieben, aber das löschte die anderen Gründe nicht aus, warum Jez sich nicht mit ihm einlassen sollte und Jez würde gut daran tun, das nicht zu vergessen.

„Keine Sorge. Er ist der letzte Mensch, dem ich es sagen würde." Jez bemühte sich, die Kälte aus seinem Tonfall herauszuhalten, aber Haydens Grimasse nach zu urteilen, war er nicht erfolgreich.

„Muss Fang mal raus oder so?" Hayden wollte seinem Blick immer noch nicht begegnen, was gut und irgendwie cool war. „Ich habe ihn vor ein paar Stunden in den Hof gebracht und er hat da gepinkelt."

„Es sollte ihm gut gehen. Wahrscheinlich will er nur spielen." Wie seltsam. Fang konnte der einzige Weg sein, um den Anschein von Normalität zwischen ihnen zu wahren. Er hätte fast gesagt, sie sollten Fang dafür danken, dass er verhindert hatte, dass sie einen größeren Fehler als den Kuss machten, aber er hielt sich zurück. Niemand wollte hören, dass sie ein Fehler waren, so sehr sie auch zustimmen mochten, und wenn Hayden versucht hätte, so etwas zu sagen, wäre Jez versucht gewesen, ihm eine reinzuhauen.

„Ich mache Mittagessen. Hast du schon gegessen?"

„Ja, ich habe etwas gegessen, als ich mit Fang unterwegs war. Ich wusste nicht, wann du zu Hause sein würdest."

Nicht, als ob gemeinsames Essen ihr Ding wäre. Einmal war keine Sache. Aber das erinnerte ihn an etwas anderes. „Was machst du überhaupt zu Hause? Ich dachte, du wärst bei der Arbeit."

Hayden drehte sich um, kramte im Kühlschrank und holte ein Bier heraus, während Jez anfing, ein Hummussandwich zusammenzustellen. Seine Finger zitterten noch ein wenig, wenn man bedachte, welche emotionalen Umbrüche in der letzten Stunde stattgefunden hatten. Es würde eine Weile dauern, bis er sich beruhigte.

„Ja, ich habe mit einem der Jungs in der C-Crew getauscht. Sein Kind hat eine Aufführung oder so, also haben wir die Schichten getauscht. Ich werde stattdessen am Mittwoch arbeiten. Ich habe mir nicht die Mühe gemacht, es im Kalender zu markieren, weil wir es erst vor ein paar Tagen vereinbart haben, aber ich werde versuchen, das besser zu machen."

Jez biss sich auf die Lippe, um nicht zu sagen, dass es keine Rolle spielte, weil er nicht lange genug hier sein würde, aber es war fast schmerzhaft, das immer wieder zu wiederholen, weil er sich hier seltsam wohl fühlte. Wahrscheinlich würde sich das alles ändern, sobald die Dreharbeiten begannen und er mehr Leute kennenlernte. Nach West Hollywood zog. Unter Leute ging. Aber im Moment wollte er nicht darüber nachdenken auszuziehen und es schien nicht so, als würde Hayden es tun. Und das besser nicht, weil er hoffte, einen bequemen Bettwärmer und Schwanzlutscher zu bekommen, denn das würde nicht passieren.

„Hattest du heute ein Vorsprechen oder so was?"

Jez zog die Nase kraus. Ein Vorsprechen? Warum sollte er für irgendetwas vorsprechen, wenn er einen anstehenden Job hatte – einen Vertrag unterschrieben und besiegelt? Es würde andere Gelegenheiten geben, um Hayden in seine Arbeit und Karriere einzuweihen, wenn Hayden echtes Interesse zeigen würde. „Nein, ich habe nach einem Gebrauchtwagen gesucht."

„Oh ja? Wie ist es gelaufen?"

Er umklammerte den Griff des Messers fester. „Nicht so toll. Ich fühlte mich ein wenig wie ein Köder in einem Haifischbecken."

Hayden lachte. „Ja, das kann ich mir vorstellen. Als ich meinen Truck gekauft habe, wusste ich genau, was ich wollte, mit welchen Upgrades ich glücklich sein würde und für welche ich unter keinen Umständen bezahlen würde.

Selbst da war es ein ziemlicher Kampf, sie dazu zu bringen, mir zuzuhören. Wenn du nicht weißt, was du willst, hoffen sie wahrscheinlich, dich davon zu überzeugen, den ersten Schrotteimer zu kaufen, der dir unterkommt oder das teuerste Auto auf dem Platz."

„Oder beides, zu verschiedenen Zeiten." Jez verzog den Mund. Es war so verdammt nervig.

„Oder beides. Kein Wunder. Ich wünschte, ich hätte einen Rat für dich."

„Nun, ich habe Probefahrten mit einem halben Dutzend Autos gemacht und kam zu dem Schluss, dass sie mich dafür bezahlen müssten, um sie zu fahren, so viel dazu. Eliminierungsprozess."

„Sicher. Mit dieser Technik wirst du vielleicht bis Januar 2030 ein Auto haben."

Jez lachte kläglich. „Wahr." Der Hund und das Auto reduzierten die Unsicherheit zwischen ihnen, wofür Jez dankbar war. Er wollte keine weiteren Konflikte mehr haben, aus keiner Quelle. „Möchtest du dir mit mir einen Film ansehen?" Er konnte sich für den Rest des Tages keinen anstrengenderen Aufgaben für Erwachsene mehr stellen, als seine Wäsche zu waschen.

„Klingt gut."

Glücklicherweise oder leider fungierte Fang drei Filme lang als Anstandsdame, bis sie ins Bett gingen. Getrennt. Jez empfand ein klein wenig Enttäuschung, selbst wenn er zugab, dass es das Beste war. Für sie beide.

HAYDEN WAR so verdammt glücklich, zu Hause zu sein. Da das Wetter trockener und windiger wurde und heiße Winde aus Santa Ana herüberwehten, wurde die Arbeit angespannter, weil die Gefahr von Bränden, insbesondere von Waldbränden, zunahm.

Die Abwesenheit von der Arbeit war aber nicht der einzige Grund, warum er derzeit gerne nach Hause kam. Jez war erst vor kurzem in sein Leben getreten, aber Hayden genoss es, zu einem freundlichen Gesicht und einem wedelnden Welpen nach Hause zu kommen. Er konnte sogar meistens Jez' Neigung übersehen, Bücher und Jacken herumliegen zu lassen, wo immer er sie zuletzt gebraucht hatte.

Fang begrüßte ihn freudig, als er die Tür öffnete und rollte sich zusammen.

„Hey, Junge. Ist dein Daddy zu Hause?"

Hayden konnte sich nicht erinnern, ob Jez heute zu Hause sein sollte oder nicht, aber er konnte den Fernseher nicht hören.

„Komm, Fang. Wir nehmen einen schnellen Snack und gehen dann ins Bett." Fangs Leckereien hatten nun ihren Platz in Haydens Schränken.

In der Küche besah er sich das schmutzige Geschirr im Waschbecken und umklammerte die Arbeitsplatte, um nicht zu fluchen.

Konnte er Schimmel riechen? Oder war es genau das, wonach Tofu-Reste rochen? Es musste noch zu früh sein, um Schimmel zu entwickeln. Wurde Tofu überhaupt schimmlig?

Mit einem Schauer des Ekels spülte er das Geschirr in heißem Wasser und befüllte die Spülmaschine. Er zögerte ein paar Minuten und startete sie dann. Normalerweise achtete er gewissenhaft darauf, die Spülmaschine nicht zu benutzen, bis sie wirklich voll war, um kein Wasser zu verschwenden, aber das verblasste neben seiner Sorge, dass sich auf diesen Tellern Schimmel bilden könnte.

Als der beruhigende Lärm des Geschirrspülers einsetzte, reinigte Hayden das Spülbecken und konnte sich entspannen.

„Was zum Teufel ist denn los?" Jez stürmte in die Küche, seine Haare tropften und er hatte ein Handtuch um seine schlanken Hüften gewickelt.

Verdammte Scheiße. Es war nicht leicht, angesichts von Jez' triefnasser Haut an seinem Ärger festzuhalten.

„Du bist zu Hause."

„Ja. Ich war unter der Dusche, dann wurde das Wasser kalt. Ich wusste nicht, was hier unten vor sich geht."

„Geschirr." Hayden knirschte mit den Zähnen und schluckte den Rest dessen, was er sagen wollte. Hayden wollte Jez nicht aus seinem Haus vertreiben. Staub aufzuwirbeln, würde Veränderungen bedeuten und während Jez eine unerwartete Bereicherung seines Lebens war, war die Situation gerade im Gleichgewicht und er wollte, dass es so blieb.

„Du hättest es stehen lassen können. Ich wollte es nach meiner Dusche machen."

Stehen lassen. Hayden wollte nach oben laufen und selbst duschen. „Nein. Dreckiges Geschirr im Spülbecken … Ich kann mich nicht entspannen oder essen, wenn ich weiß, dass es da ist. Ich hasse es."

„Hassen?" Jez zog die Augenbrauen hoch. „Das ist ein starkes Wort."

„Bitte, bitte, spül es entweder selbst oder stell es in den Geschirrspüler, sobald du fertig bist." Hatte er nicht ganz nett darum gebeten? Er konnte mit dieser Mitbewohner-Nummer umgehen.

„Okay. Ich werde mich bessern."

Hayden würde ihm das glauben müssen.

„Geht es dir gut?" Jez trat näher und musterte ihn. Der Duft von Jez' Seife umwehte Haydens Nase und er unterdrückte ein Stöhnen.

„Ich bin nur müde. Es ist nichts Schlimmes passiert, aber die Schicht kam mir lang vor."

Jez schien plötzlich zu merken, dass er auf den Küchenboden tropfte, und seine Ohren wurden rot. „Oh Scheiße. Entschuldigung. Gib mir einen Moment, um mich fertig anzuziehen und ich werde das aufwischen."

„Mach dir keine Sorgen. Ich mache das schon." Dann würde er sich ein schnelles Sandwich machen und ins Bett fallen. Wahrscheinlich würde er am Ende von Jez träumen, aber es gab schlimmere Dinge, von denen man träumen konnte.

JEZ SCHRUBBTE das Spülbecken, bis es glänzte. Hoffentlich würde das Hayden beruhigen. Nicht, dass er überhaupt da war, um sich darum zu kümmern. Er war heute Morgen zu seiner Schicht gegangen, während Jez Yoga gemacht hatte, aber Jez hatte seine Schelte von gestern nicht vergessen. Es war ein verdammt seltsamer Moment gewesen. Innerhalb weniger Augenblicke hatte Hayden Wut, Lust, Ekel und Erschöpfung gezeigt wie einen Wirbelsturm von Gefühlen, der ihn schließlich ausgelaugt hatte. Jez dachte, Hayden hätte wegen des Geschirrs überreagiert, aber Jez lebte gerne hier und wollte Hayden nicht verärgern. Vor allem, bevor er anfing wirklich zu arbeiten.

Sein erstes Vorproduktionstreffen war in drei Stunden und sein Magen war seit dem Aufwachen mit mutierten Schmetterlingen gefüllt. Er war nicht soweit, dass er mit Hayden über diese Art von Angst reden konnte, selbst wenn er Zeit hatte, bevor er zur Arbeit ging, und Jez hatte keine Freunde, die er anrufen konnte. Seine Freunde in New York hatten sich auf die Seite seines Ex gestellt und Jez würde ihnen das nie verzeihen. Aber das ließ ihn schrecklich verlassen zurück.

Zu putzen, bis er gehen musste, war verrückt, aber er konnte sich nicht auf Bücher, Filme oder Yoga konzentrieren. Er schnappte sein Telefon und wählte die einzige andere Nummer darin, die wichtig war.

„Hey, M. Möchtest du Mittagessen oder einen Kaffee trinken gehen?" Nicht, dass er in der Lage wäre, zu essen oder Kaffee zu trinken, aber eine Tasse Tee und Gesellschaft wären angenehm.

„Hi Jez. Ähm. Wann würdest du das tun wollen?"

Jez knirschte mit den Zähnen über Miguels zögerlichen Ton. Es war einfacher gewesen, Miguel dazu zu bringen, mit ihm zu sprechen, als er auf der anderen Seite des Kontinents gewesen war. „Heute." Er hielt inne, während er überlegte, Miguel zu sagen, dass er Gesellschaft brauchte, weil er wegen seines ersten Tages nervös war.

„Oh. Heute. Tut mir leid. Ich kann nicht."

„Du kannst nicht? Du musst doch mittags etwas essen."

„Ja, schon, aber ich treffe mich mit jemandem."

Jez konnte kaum ein Schnauben unterdrücken. Entweder hatte er eine Frau, die zum „Mittagessen" vorbeikam oder er ging Jez immer noch aus dem Weg. Ein etwas zu großer Zufall, dass Miguel sich mit jemandem traf, aber Jez konnte ihn nicht zwingen, irgendwo hinzugehen. Es wäre schön gewesen, wenn die Pläne mit Jez auf Miguels Prioritätenliste nicht an letzter Stelle gestanden hätten. „In Ordnung. Ein anderes Mal."

60

„Auf jeden Fall."

Jez beendete den Anruf und wünschte sich, sie hätten noch diese klobigen Telefone, wie man sie in alten Filmen sah. Es sah verdammt befriedigend aus, den Hörer auf die Gabel zu knallen.

Er würde wohl noch ein wenig weiterputzen. Wenigstens wäre Hayden dann glücklich.

5

ABGESEHEN VON seiner Unfähigkeit, sich mit seinem Bruder zu treffen, waren die vergangenen zwei Wochen besser gewesen, als Jez angenommen hatte. Er hatte ein paar Vorbesprechungen und schaffte es, sie nicht nur mit mehr Zuversicht zu verlassen, dass dieser Job perfekt für ihn war, er lernte auch einen der Requisiteure und einen Visagisten kennen. Sie waren Freunde und hatten ihn eingeladen, etwas trinken zu gehen. Er hatte auch nicht gespürt, dass einer von ihnen auf ein Date oder Sex aus war, was eine verdammte Erleichterung war. Paul und Tyson sahen gut aus, aber sie waren beide nicht sein Typ, und im Moment brauchte er Freunde dringender, als er Sex brauchte.

Er hatte Paul oder Tyson nicht mit nach Hause gebracht, weil er nicht das Risiko eingehen wollte, dass Hayden sich für einen von ihnen interessierte. Vielleicht machte ihn das ja zu einem oberflächlichen, egoistischen Menschen, besonders, da er entschieden hatte, dass er und Hayden eine schlechte Idee waren. Das änderte nichts an der Tatsache, dass die Luft von ungelösten sexuellen Spannungen erfüllt war und Jez' Schwanz, mit der erneuerten Kraft eines Teenagers, oft genug Befriedigung verlangte, dass er fast wundgerieben war. Keiner von ihnen sprach jemals über den Kuss und häufig stellte er sich vor, was passiert wäre, hätte Fang sie nicht unterbrochen.

Der Kuss mochte neue Spannungen erzeugt haben, aber Fang hatte einige der Mauern zwischen Jez und Hayden niedergerissen. Einige von ihnen. Hayden meckerte im Flüsterton darüber, wie chaotisch die Dinge waren und ob Jez das Geschirr zu lange im Spülbecken gelassen hatte. Jez tat sein Bestes, um so zu leben, wie Hayden es wollte, aber in ihm wuchs der verzweifelte Wunsch, die kahlen weißen Wände in einem wilden Anfall von Aktionsmalerei á la Jackson Pollock bunt zu bemalen. Einen temporären Aufenthaltsort zu dekorieren, wäre viel zu anmaßend. Aber Hayden störte sich nicht an Fangs verstreuten Spielzeugen und Kausnacks. Zum Teufel, Hayden stellte die Hälfte seiner Hundeausstattung zur Verfügung, einschließlich einer weiteren Welpentreppe, damit Fang auch auf Haydens Bett klettern konnte. Sie hatten auch begonnen, ihre Schlafzimmertüren tagsüber und teilweise auch nachts offen zu lassen, um Fang Bewegungsfreiheit zu ermöglichen. Die sexuelle Spannung mochte exponentiell zugenommen haben, aber sie hatten sich trotzdem in einer komfortablen Wohngemeinschaft eingelebt. Und wenn die offene Tür gelegentlich den Blick auf Haydens nackten Oberkörper freigab, wenn er sich umzog? Nun, Jez hatte eine kleine Belohnung verdient, nicht wahr?

Abgesehen von den Fantasien hatte er sein Bestes getan, um sein Leben neu zu beginnen. Tyson und Paul hatten ihm genug Ratschläge gegeben, dass er sich für einen gebrauchten Prius entscheiden konnte. Sie hatten ihm auch einige Hotspots von West Hollywood gezeigt, obwohl Menschenansammlungen bei ihm immer noch Angst auslösten und waren entschlossen, ihm bei der Suche nach einer anständigen Wohnung zu helfen. Die gestaltete sich etwas langsamer, da ein Teil von ihm nicht gehen wollte. Er fühlte sich in Haydens Haus wohl. Fang liebte Hayden und Hayden liebte Fang ebenso sehr. Es gab einen Hof. Und der Wintergarten war zu einem perfekten Trainingsbereich und Übungsstudio geworden. Er würde keine Wohnung finden können, die auch nur ein Viertel der Annehmlichkeiten bot, die er bei Hayden hatte und sie hätte nicht den Vorteil, Hayden manchmal nach seinem Training in dünner, verschwitzter, fast transparenter Baumwollkleidung zu sehen, die im besten Sinn an ihm klebte.

Er hatte keinem seiner neuen Freunde von dem Kuss erzählt. Oder den Problemen, die er mit Jayson gehabt hatte. Er war ebenso wenig bereit, einem Freund zu vertrauen, wie er bereit war, einem Mann zu vertrauen. Hayden schaffte es, ein wenig unter seinem Radar zu funken, weil Jez ihn praktisch sein ganzes Leben lang gekannt hatte, aber selbst Hayden bekam keinen Freibrief, wenn es um sein Vertrauen ging. Nicht einmal Miguel.

Als Jez an diesem Morgen gegangen war, war Fang auf Haydens Bett eingerollt gewesen. Noch etwas, das Haydens fast zwanghaftes Reinigungsbedürfnis nicht auslöste. Fang haarte nicht stark, aber das wenige störte Hayden überhaupt nicht. Und glücklicherweise beschränkten sich Jez' Allergien auf bestäubende Pflanzen.

Hayden war während seiner vier freien Tage mit einigen Freunden nach Vegas gefahren und sollte heute zurückkehren. Jez war noch nie dort gewesen, aber nun, da er nur ein paar Stunden entfernt lebte, wollte er es sich auch einmal ansehen. Es war seltsam gewesen, sich von Hayden zu verabschieden, als er weggefahren war. Soweit Jez wusste, hatte Hayden seit seinem Einzug vor fast drei Wochen keinen Sex gehabt und Jez wollte ganz egoistisch, dass es so blieb. Das Letzte, was er erleben wollte, war zu sehen, wie Hayden jemanden mit nach Hause brachte. Aber es war auch nicht einfacher, sich vorzustellen, wie Hayden wegfuhr und in einem anderen Staat flachgelegt wurde.

Jez traf Paul und Tyson zum Brunch im Echo Park, spazierte den Sunset Boulevard entlang, sah sich einige der Geschäfte an und hielt auf dem Weg nach Hause beim Supermarkt. Hayden hatte ihm nicht gesagt, wann er zu Hause sein würde, aber Jez hatte ihm trotzdem eine SMS geschickt und gefragt, ob er irgendwelche Lebensmittel für ihn holen sollte. Hayden hatte nicht geantwortet und Jez versuchte, sich nicht zu fragen, warum nicht. Es war schon kurz vor dem Abendessen, aber er stellte sich vor, dass Hayden außerhalb der Reichweite von Mobilfunkmasten war oder an einem Ort, der zu laut war, um das Signal einer eingehenden Textnachricht zu hören. Hayden hatte keine genauere Rückkehrzeit angegeben als „irgendwann am Sonntag".

Es war schwieriger als sonst, auf der Straße in der Nähe von Haydens Haus einen Parkplatz zu finden, selbst für ein Wochenende. Jemand musste eine Party geben oder so.

Er hängte sich die Tasche mit den Lebensmitteln über die Schulter und ging den Gehsteig entlang. Das atypische lautstarke Lachen mehrerer Männer deutete auf eine Party hin. Jez kannte die Nachbarn nicht gut genug, um eingeladen zu werden, selbst wenn Hayden eingeladen worden war. Dennoch wollte Jez über *Dancing with the Stars* auf dem Laufenden sein, eine von mehreren Shows, von denen er sich angewöhnt hatte, sie heimlich zu sehen, wenn Hayden arbeitete. Sie hatten eine Reihe von Shows und Filmen, die sie beide mochten, aber Jez hatte sich nicht die Mühe gemacht, zu fragen, ob Hayden etwas von den sanfteren Dingen mochte, die Jez gefielen. Instinktiv vermutete er, dass Hayden sie nicht als männlich genug betrachten würde. Ein Mann, der in der High School ein ausgezeichneter Footballspieler gewesen war – nicht, dass Jez Footballfähigkeiten irgendwie beurteilen konnte – und jetzt ein angesehener Feuerwehrmann war, der sein eigenes Haus besaß, sollte stolz sein, und doch lastete die Meinung anderer schwer auf Hayden.

Jez hatte es nicht verstanden. Er hatte so viel von sich selbst versteckt, als er heranwuchs, dass es unerträglich geworden war. Als er seiner Familie die Wahrheit über sich gesagt hatte, waren sie weit davon entfernt gewesen, sie zu akzeptieren und anstatt sich weiter zu unterdrücken, war er gegangen. Hayden dagegen … nun, Hayden verwirrte ihn noch immer.

Er öffnete die Tür und eine Welle von Geräuschen überrollte ihn. Anscheinend gab Hayden die Party. Jez presste die Lippen zusammen, schlüpfte in die Küche, um seine Lebensmittel wegzuräumen, und versuchte den Schweiß zu ignorieren, der seine Handflächen feucht werden ließ und seine Atmung, die sich der Hyperventilation näherte.

Fang kam nicht, um ihn wie immer zu begrüßen und nachdem er fertig war, ging er auf sein Zimmer und hoffte, Hayden wäre nicht unvorsichtig gewesen mit ihrem – nein *seinem* – Welpen bei all den vielen Leuten. Aber er wollte die Lage sondieren, bevor er einen weiteren unangebrachten Gefühlsausbruch bekam.

Okay, also vielleicht war Jez doch nicht ganz unabhängig von der Meinung anderer Leute.

Jez' Schlafzimmertür war geschlossen, er schlüpfte hinein und fand Fang schlafend auf seinem Bett vor. Fang wurde total verwöhnt. Jez dachte nicht, dass er Fang seit dem Kuss in seinem Hundebett hatte schlafen sehen. Nicht, dass der Kuss etwas mit Fang zu tun hatte, aber es war zufällig derselbe Tag gewesen, an dem Hayden herausgefunden hatte, dass das süßeste und am wenigsten schädliche Skelett, das in Jez' Schrank versteckt war, ein fetter Mopswelpe war.

Gut. Zumindest hatte Hayden an Fangs Wohlergehen gedacht. Das stoppte nicht den nagenden Ärger, dass Hayden diese Zusammenkunft Jez gegenüber nicht erwähnt hatte. Nicht, dass Hayden seine Erlaubnis brauchte, um Freunde einzuladen, aber es wäre schön gewesen, vorgewarnt zu werden. Noch schöner wäre es gewesen, eine Einladung zu bekommen, sich ihnen anzuschließen oder eine Textnachricht zu bekommen, die ihn wissen ließ, dass Hayden mit anderen Leuten zu Hause war. Oder sogar eine Antwort auf seine Nachricht wegen der verdammten Lebensmittel.

Jez ging ein wenig auf und ab und versuchte, langsam zu atmen und sich zu beruhigen. Er mochte es nicht, seinen Emotionen ausgeliefert zu sein. Sie brachten ihn oft in Verlegenheit. Hayden schuldete ihm nichts und zum Teufel, sogar Miguel konnte da unten sein. Vielleicht dachte Hayden, es wäre in Ordnung, wenn Jez' Bruder dort wäre?

Wahrscheinlicher war, dass Hayden nicht an ihn gedacht hatte. Schließlich hatte er jahrelang allein gelebt, hatte das Haus nie mit jemandem außer seiner Großmutter geteilt, wo er mehr Betreuer als Mitbewohner gewesen war, und während eines ihrer Filmabende hatte Hayden zugegeben, nie eine Beziehung gehabt zu haben. Zum Teufel, er hatte noch nicht einmal einen Mann mit nach Hause gebracht. Damals hatte Jez Hayden irgendwie darum beneidet, frei von jeder Belastung zu sein. In der Praxis bedeutete dies jedoch, dass Hayden vielleicht nicht wusste, dass es einige einfache Spielregeln der Höflichkeiten gab.

Das war nur eine kleine Verfehlung, die Jez nach dem Ende der Party ansprechen konnte. Nur eine einfache Bitte an Hayden, ihn vorher zu warnen, das sollte alles sein. Jez war im Augenblick etwas überempfindlich. Seine Angst manifestierte sich als eine schwere Abneigung gegen Menschenansammlungen, wobei die Größe der Menge keine Rolle spielte, wenn er unerwartet auf sie stieß. Und eine überraschende Gruppe von Menschen an dem Ort, den er als Zuhause bezeichnete, erfüllte die Definition von unerwartet.

Haydens und Miguels Freunde zu treffen, während er wütend und ängstlich war, würde es ihm nicht erlauben, einen guten Eindruck zu hinterlassen. Er nahm eine seiner Entspannungspillen und hoffte, dass er in der Lage sein würde, einen neuen Therapeuten zu finden, bevor sie alle waren.

Er ließ sich auf das Bett fallen und wartete. Auf keinen Fall würde er einen Raum voller Fremder betreten, ehe die Wirkung des Medikaments einsetzte.

Gelächter drang aus dem Untergeschoss nach oben, so irritierend wie ein Wollpullover auf nackter Haut. Er wünschte, es würde nicht so aussehen, als wollten Hayden und Miguel ihn von ihren Freunden fernhalten. Nicht dass einer von ihnen verpflichtet war, ihn einzubeziehen. Er konzentrierte sich auf seine Atmung und den Versuch, negative Gedanken auszuschalten.

Schließlich begann die beruhigende Trägheit seiner Medikamente zu wirken, die unangenehme Spannung floss aus seinen Muskeln. Er konnte damit umgehen. Er war nach New York gegangen, ohne jemanden zu kennen. Obwohl er jahrelang der Typ gewesen war, der noch nie einen Fremden getroffen hatte. Dann hatte er angefangen mit Jayson auszugehen, und, na ja … an Jayson zu denken, würde nur seine augenblickliche Ruhe ruinieren.

Jez schwang sich vom Bett, zog sich um und machte sich ein wenig frisch. Er zögerte und schaute auf sein Handy, obwohl er keine sozialen Medien hatte, die er als Zeitvertreib benutzen konnte. Er hatte alles gelöscht, bevor er New York verlassen hatte und war noch nicht bereit, neue Profile einzurichten.

Er atmete tief ein, küsste seinen schlafenden Welpen und schlüpfte aus dem Zimmer. Er konnte es genauso gut hinter sich bringen.

JEZ STAND ungesehen vor der Tür zum Wohnzimmer und zögerte. Aber er war von Natur aus kein Feigling. Wäre er es gewesen, hätte er nie den Mut gehabt, seine Träume zu verfolgen. Er hasste es, dass ein Mann, der behauptet hatte ihn zu lieben, ihn dazu gebracht hatte, sich selbst in Zweifel zu ziehen.

Scheiß drauf. Mehr oder weniger das Motto seines Lebens. Und wenn er nicht ganz sein gewohntes Maß an Kühnheit spüren konnte, würde er es vortäuschen, bis es wieder da war.

Er hatte den Mund geöffnet, um zu grüßen, als er jemanden sprechen hörte.

„Also hat er überhaupt einen Job? Gott weiß, dass dieser Ort voll von Leuten ist, die denken, dass sie in Hollywood den Durchbruch schaffen können. Sie nennen sich Schauspieler, aber eigentlich haben sie nur das Recht, sich Kellner oder Baristas zu nennen."

Jez hasste diesen abfälligen Hohn sofort. Dass er zweifellos der Gesprächsstoff war, half auch nicht gerade. Was hatten Miguel oder Hayden ihnen erzählt? Jez und Miguel mochten nicht viel über persönliche Dinge sprechen, aber Jez hatte Miguel von jeder Rolle erzählt, die er gespielt hatte, von jedem beruflichen Erfolg. Zumindest, um seinem älteren Bruder zu beweisen, dass sein Glaube an Jez nicht fehl am Platz gewesen war.

Vielleicht war Jez' Vertrauen in Miguel doch zu großzügig gewesen.

„Ich weiß nicht. Laut Miguel behauptet er, einen Job zu haben. Hatte auch davor Arbeit. Aber ich habe auf IMDB nachgeschlagen. Er taucht dort nicht auf."

Jez' Magen zog sich unangenehm zusammen. Hayden hatte nach ihm gesucht, was von Interesse sein konnte, aber er hatte Jez nicht nach seiner Arbeit gefragt.

„Hast du ihn gefragt?" Dieser Typ klang anständig. Jemand, der Jez' Gedanken wiedergab. Wenn Hayden wissen wollte, welche Arbeit er bisher gemacht hatte, warum hatte er nicht gefragt? Aber er hatte Jez' Berufsleben völlig ignoriert. Vielleicht hätte Jez ihn nicht lassen sollen, aber er schob das darauf, dass er gerade nicht wirklich er selbst war.

„Ich weiß nicht. Ich wollte ihn nicht in Verlegenheit bringen, besonders, wenn er seinen Lebenslauf verschönern wollte." Oh. Nun, das war irgendwie nett, wäre die Aussage nicht in die ziemlich solide Annahme verpackt gewesen, dass Jez log.

„Hey, ich sage nur, dass du viele Vermutungen anstellst, die auf fast keinen Daten basieren." Wieder der anständige Typ. Den hier mochte er.

„Und? Hast du ihn schon gefickt?" Eine weitere neue Stimme, begleitet von einem nervösen Grunzen, dem modernen männlichen Äquivalent zu peinlichem Kichern.

„Was? Nein! Warum fragst du das?" Hayden hätte nicht so entsetzt klingen müssen.

„Wie auch immer. Sind diese Schauspieler nicht alle Schwuchteln? Nichts für ungut, Hayden. Du bist ja keines von diesen tänzelnden Weicheiern. Obwohl ich immer noch nicht verstehe, warum du keine Frauen magst. Vielleicht solltest du versuchen, mit Vics Schwester auszugehen. Sie ist heiß. Sie könnte in der Lage sein, deine Meinung zu ändern."

Seine Meinung ändern? Als ob schwul zu sein eine Jacke wäre, die nicht zur Hose passt. Oder vielleicht eine Krawatte, die im Laden attraktiver aussah als zu Hause. Leg dir stattdessen einfach etwas Heterosexualität zu und du kannst losziehen! Aber schockierenderweise war Hayden vor seinen Freunden geoutet. Jez hatte die Sorte schon einmal getroffen: Kumpel mit schwulen Freunden, die hetero Verhalten an den Tag legten und vorgaben, akzeptiert zu werden – bis zu einem gewissen Punkt. Es sei denn, sie sahen sich mit ekligen, beängstigenden Dingen konfrontiert wie zwei Männern, die sich küssten oder Händchen hielten.

„Um Himmels willen, Jordan. Hörst du dir überhaupt selbst zu?"

„Und fick dich, Jordan. Meine Schwester ist keine Alibi-Freundin für einen Kerl."

Jordan, ein Arschloch. Registriert. Ein weiteres Arschloch namens Vic. Registriert. Ein vernünftiger, logischer Typ, den er noch nicht identifizieren konnte. Registriert. Hayden, ein mögliches Arschloch, wenn das seine Freunde waren. Registriert. War da sonst noch jemand?

„Verdammt, Kevin, zu heiraten hat dich zu einem Schlappschwanz gemacht. Hat deine Frau deine Eier genommen und sie nach dem Eheversprechen in ihre Tasche gesteckt?" Das andere Arschloch hatte gesprochen.

Kevin war eindeutig als Verbündeter identifiziert.

„Nun, Vic, zu heiraten, hat mir die Augen geöffnet, so viel ist sicher. Und es ist ziemlich leicht zu verstehen, warum du zwei gescheiterte Ehen hinter dir hast, wenn du so mit Leuten sprichst."

Ein Knall, der sich anhörte, als ob eine Aluminiumdose gegen die Wand geschleudert würde, entlockte Hayden keinen Widerstand.

„Verdammt noch mal. Wir sind nicht auf der Arbeit, keine Notwendigkeit für all diesen politisch korrekten Scheiß, oder?"

„Können wir uns einfach das Spiel ansehen?" Miguels Stimme war wie ein Messer ins Herz. Nicht nur, dass Miguel Jez nicht verteidigt hatte, er verteidigte auch Hayden nicht, der sich im selben verdammten Raum befand. Hatte Miguel diesen Müll überhaupt gehört?

„Wer zum Teufel bist du?"

Jez sah sein Leben vor seinen Augen ablaufen, dann drehte er sich um und fasste sich an die Brust wie eine viktorianische Jungfer, die zum ersten Mal einen nackten Mann sah. „Jez." Es wäre besser gewesen, wenn er seinen Namen nicht ausgeplaudert hätte. So viel zu diesem verdammten Beruhigungsmittel. Warum hatte er nicht gemerkt, dass ein anderer Kumpel in der Küche herumgeschlichen war und den raffinierten Lauscher aufgespürt hatte?

Der große Mann vor ihm nickte. „Ich bin Marco."

Nicht einmal ein Hauch eines Lächelns erhellte Marcos strenge Miene.

„Ähm. Schön, dich kennenzulernen?"

„Hayden wusste nicht, wann du zu Hause sein würdest. Nach dir." Marco gestikulierte in Richtung Wohnzimmer und nahm Jez die Entscheidung ab, sich der Gruppe anzuschließen. Marco erwiderte seinen halbherzigen Versuch der Höflichkeit nicht.

Das Gespräch verstummte bei Jez' Auftritt. „Ähm. Hi."

Haydens Gesicht war ausdruckslos, aber Miguel sah nicht erfreut aus, ihn zu sehen. Jez hätte Miguel am liebsten die Zunge gezeigt. Es war das erste Mal, dass er seinen Bruder sah, seit er umgezogen war.

„Seht mal, wen ich im Flur gefunden habe." Marco hätte es nicht so klingen lassen müssen, als hätte er einen Spanner entdeckt. Okay, Jez hatte gelauscht, aber vorerst lebte er verdammt noch mal hier und die Bude war nicht gerade eine Insel der Stille. „Leute, das ist Jez."

Drei unbekannte Gesichter wandten sich ihm zu und nur einer der Jungs stand auf und näherte sich ihm. Jede Wette, das war Kevin.

„Hi, Jez, ich bin Kevin." Jez schüttelte Kevins ausgestreckte Hand. „Ich arbeite mit Hayden in der B-Crew in Pasadena zusammen mit Jordan dort drüben. Vic arbeitet mit Miguel in einer Feuerwache in L.A. und Marco hinter dir ist ein Cop aus Pasadena."

Polizist. War zu erwarten. Das erklärte, warum er ihn wie einen Verdächtigen in den Raum geführt hatte. Jez nahm an, dass dies die gleiche Gruppe war, mit der Hayden nach Vegas gefahren war, um dann hierherzukommen und noch mehr Zeit miteinander vor dem Fernseher zu verbringen.

„Schön, euch alle kennenzulernen." Er nickte Miguel zu, aber er war im Moment nicht besonders begeistert von seinem Bruder. Hatte er sich an dem einen Familienmitglied länger festgehalten, als er es hätte tun sollen?

Der Gedanke, noch ein weiteres Stück seines Lebens zu verlieren, ließ seine Augen trotz des Medikaments brennen und er schob diesen Gedanken für später zur Seite. Er würde definitiv als Sissy oder Pussy oder Schwuchtel bezeichnet werden, wenn er vor diesen Männern in Tränen ausbrach und im Moment war er zu zerbrechlich, um damit umzugehen.

Er ließ sich auf einem gepolsterten Hocker nieder. „Es läuft also ein Spiel?" Es bedurfte weder eines Hellsehers noch eines Lauschers, um das herauszufinden, aber Jez hätte seine schmerzhaft erschöpften Ersparnisse darauf verwettet, dass das Spiel nicht Hockey war.

Jordan sah ihn spöttisch an und richtete seine Aufmerksamkeit wieder auf den Fernseher.

„Kein Baseballfan, schätze ich." Vic rollte mit den Augen und klang, als ob er es irgendwie gewusst hätte und Jez wegen dieses Mangels für weniger würdig hielt.

„Nein. Nicht wirklich. Ich bevorzuge Hockey." Obwohl Jayson es geschafft hatte, ihm dieses Vergnügen zu nehmen. Er hoffte, dass er in der nächsten Saison alles hinter sich lassen konnte, aber er hatte alle Hockey-Nachrichten und Spiele in dieser Saison vermieden und sah keinen Grund, warum das nicht so weitergehen sollte.

„Ja?" Kevin schien wirklich interessiert zu sein. „Mein Schwager arbeitet in Toronto und er hat versucht, mich zu überzeugen, dass ich anfangen sollte, es mir anzusehen. Vielleicht nach dem Super Bowl."

Auch noch Football. Jetzt wollte Jez die Augen verdrehen, aber Kevin schien ein guter Kerl zu sein. Jez hatte keine verdammte Ahnung, wie er auf dieser Insel ungehobelter Höhlenmenschen gelandet war.

Niemand hatte Jez' Frage über das Spiel beantwortet, außer ihm zu sagen, dass es Baseball war und er zögerte, erneut zu fragen.

Dann meldete sich Hayden zu Wort. „Dieses Spiel wird bestimmen, ob die Dodgers dieses Jahr wieder zur Weltmeisterschaft fahren."

„Oh. Das ist aufregend." Für einige. Aber es sagte Jez alles, was er wissen musste. Als gebürtigem Kalifornier war ihm bewusst, dass die Dodgers die Los Angeles Dodgers waren und er wusste, dass die World Series für Baseball das war, was die Stanley Cup Play-offs für Hockey waren. Er wusste nicht, wie das Halbfinale im Baseball genannt wurde, aber er war sich ziemlich sicher, dass sie auch die Best-of-Seven-Serie machten. Es war ihm egal, ob es sich um Spiel vier oder Spiel sieben oder irgendwas dazwischen handelte, denn L.A. hatte offensichtlich drei Spiele gewonnen und hoffte, vier Siege für das Finale zu erzielen.

„Leute. Stellt mal das Geschwätz ein. Oder hebt es für eine Spielpause auf, um Himmels willen." Marco klang nicht glücklich.

Jez wollte niemanden verärgern, aber soweit er es beurteilen konnte, war das Spiel nichts anderes als eine Pause im Spiel. Er würde dasitzen und sich ein wenig unterhalten, vielleicht versuchen, zu analysieren, ob Baseball zu schauen so trostlos war wie Football oder ob es irgendwie schlimmer war.

Es kam immer wieder Nachschub an Bier, Jordan und Vic streuten gelegentlich homophobe oder rassistische Beleidigungen ein, wenn das Spiel nicht in ihrem Sinn lief. Kevin war mit ihrem Verhalten nicht glücklich, aber Jez konnte nicht erwarten, dass er den einzigen Sittenwächter spielte, wenn der schwule Freund, der Kerl mit dem schwulen Bruder und die eigentliche verfickte Polizei so taten, als hätten sie nichts Falsches gehört. Der seltsame Einwurf „nichts für ungut, Hayden", begleitet von seltsamen Blicken in seine Richtung, machte es nicht besser. Verdammt noch mal, sie lebten in Los Angeles, nicht am Arsch der Welt. Sicherlich waren er und Hayden nicht die einzigen Schwulen, denen sie je begegnet waren. Marco rollte ein paar Mal die Augen und warf Jordan den einen oder anderen Blicke zu, aber es schien, dass er sich mehr über die Unterbrechung ärgerte als über die Kommentare selbst. Er hätte sich so oder so zu keiner Antwort aufgerafft.

Für gut dreißig Minuten oder so schaffte Jez mit Mühe, es zu tolerieren, aber es war alles zu überwältigend.

Jordan nannte einen weiteren Spieler aus der gegnerischen Mannschaft eine Schwuchtel und fügte fast automatische „nichts für ungut, Hayden" hinzu.

„Was ist mit mir?" Alle Blicke wandten sich ihm zu und er widersetzte sich dem Drang zu fliehen, selbst als Hayden zusammenzuckte. Sein Arschloch von Bruder auch. Jez war sich fast sicher, dass niemand versuchen würde, ihn zu schlagen, besonders nicht mit seinem Bruder und einem Polizisten im Raum, aber er hätte nicht sein Leben darauf verwetten wollen. Aber er konnte nicht einfach nichts sagen. Er hatte bereits viel zu viel passieren lassen.

„Was meinst du damit? Bist du einer dieser überempfindlichen Linken? Magst du keine Leute, die ihre Meinung sagen?"

So viele Dinge sprachen aus diesen schrecklichen Worten, aber er wollte auf Jordans vorherige beleidigende Aussage eingehen. „Nichts für ungut zu sagen, macht es nicht besser, weißt du."

„Mach dir nicht in die Hosen. Es macht Hayden nichts aus."

„Hayden ist nicht der einzige schwule Mann in diesem Raum. Und mir macht es etwas aus."

„Ich wusste, dass du schwul bist. Ich habe ja gesagt, dass alle Schauspieler Schwuchteln sind." Jordan richtete den letzten Satz an den Rest des Raumes.

Jez presste seine Lippen zusammen. Er war hier in der Minderheit. Jordan und Vic scherten sich einen Dreck darum, dass sie Arschlöcher waren.

„Es war schön, euch alle kennenzulernen." Das war es verdammt noch mal nicht, aber Jez konnte besser lügen als die meisten anderen. Er konnte sich buchstäblich nichts vorstellen, was er zu tun haben könnte, was nicht ebenso überzeugend klang, wie dass er sich die Haare waschen musste. Andererseits musste er keine Ausrede erfinden. Er wollte nicht bleiben, er musste nicht bleiben. „Ich gehe nach oben." Und er würde warten, bis sie alle weg waren, bevor er Fang zum nächtlichen Pinkeln hinausbrachte.

Vic verdrehte die Augen, Jordan ignorierte ihn, Kevin nickte ihm zu und lächelte angestrengt und alle anderen – einschließlich seines eigenen verdammten Bruders – schenkten seiner Ankündigung ein absolutes Minimum an Aufmerksamkeit.

Als er den Raum verließ, hörte er Kevin sprechen. „Im Ernst, Jordan? Warum bist du so ein Arschloch?"

„Diese schwulen Mädels haben doch immer ihre Periode."

Jez wollte sofort wieder reingehen und einen Vortrag halten, aber er war sich ziemlich sicher, dass das Schicksal dafür sorgen würde, dass keiner dieser Jungs, ob Feuerwehrmann oder nicht, eine Frau fand. Er konnte sich keine Frau vorstellen, die bereit war, sich mit so viel Frauenfeindlichkeit auseinanderzusetzen. Und das musste Strafe genug sein, denn anscheinend würden sie deswegen keine Freunde verlieren. Außer vielleicht Kevin.

HAYDEN SAß erstarrt, die Muskeln verkrampft vom Stress, Magenschmerzen und Übelkeit, die seine Kehle zusammenzog. Was zum Teufel war gerade passiert?

Er hatte tief im Inneren gewusst, dass es ein Fehler wäre, Jez seine Freunde treffen zu lassen, aber er hatte das nie zu Ende gedacht. Das hätte er tun sollen. Er hatte jeden giftigen Stachel mit neuen Augen gesehen, das Zugunglück eine Meile vorhergesehen, hatte aber nicht gewusst, was er tun sollte. Er hatte seine gesamte Berufsausbildung daran gearbeitet, in Sekundenbruchteilen Entscheidungen in Fällen zu treffen, wo es um Leben und Tod ging, aber er war nicht in der Lage gewesen, das verbale Blutvergießen vor ihm zu stoppen.

Hayden sah zu Miguel hinüber. Er schien sich auch unwohl zu fühlen und vermied Blickkontakt mit Hayden. Hayden hatte aufgehört, an Gott zu glauben, als seine Eltern ihm vor all den Jahren mit einer Reparativtherapie gedroht hatten und er die Menschen nicht wiedererkannt hatte, die ihn aufgezogen und angeblich geliebt hatten. Aber er schickte ein Gebet ans Universum, dass Miguel sich ebenso schämte wie Hayden und nicht, dass er mit Jordan, Vic und vielleicht Marcos Gedanken übereinstimmte.

Er konnte kaum atmen, geschweige denn sprechen und er war noch entsetzter über die Art und Weise, wie Jordan und Vic sich wieder dem Spiel zuwandten, ohne sich Sorgen zu machen, dass sie jemanden verletzt hatten, absichtlich oder nicht. Hayden hatte so viel Zeit damit verbracht, ihre Kommentare an sich abprallen zu lassen und sich selbst zu sagen, dass sie sich nichts dabei dachten. Aber hatten sie sich nie darum gekümmert, ob diese Widerhaken Wunden hinterließen, wenn sie auch noch so klein waren? Verblutete er gerade aus tausend Schnitten an seiner Seele? Wenn ja, hatten seine Eltern ihm den ersten Schnitt zugefügt und es gab keine Möglichkeit mehr, das mit ihnen zu klären.

Hayden wollte etwas sagen. Sie vielleicht aus seinem Haus werfen. Aber jeder Atemzug, mit dem er sich darauf vorbereitete zu sprechen, blieb in seiner Brust stecken. Menschen konfrontieren, wütend werden, für sich selbst einstehen. Das alles führte zu einem Verlust. Er hatte sich seinen Eltern anvertraut und sein Zuhause verloren, hatte sich von den Fesseln seiner Erziehung befreit. Er hatte seine Großmutter an eine schreckliche Krankheit verloren, durch die sie immer mehr zu einer Fremden geworden war – einer zornigen, unberechenbaren Fremden. Jetzt stand er vor einem weiteren Verlust. Er hatte so viel Zeit seines Lebens einsam verbracht, egal ob er allein war oder nicht. Und wenn er die falsche Entscheidung traf, wäre er für den Rest seines Lebens einsam.

Er war noch nie zuvor durch Unentschlossenheit gelähmt gewesen, aber er hatte jetzt mehr Verständnis für Wild, das angesichts eines entgegenkommenden Autos erstarrte.

Mit Mühe öffnete er seine geballten Fäuste und starrte teilnahmslos auf den Fernseher. Die einzige Entscheidung, die er im Moment treffen konnte, war, bis zum Ende des Spiels zu warten und sie dann alle nach Hause zu schicken, damit er denken konnte. Mehr Trägheit als Entschlossenheit und wenn sein Gehirn wieder aufgetaut war, wäre er darauf nicht stolz.

Er riskierte einen Blick zu Kevin, aber er konnte den Ausdruck auf seinem Gesicht nicht ganz einordnen. Mitleid vielleicht.

Mitleid. Hayden war in der Tat bemitleidenswert und erbärmlich, aber wenn das Universum ihn noch nicht ganz aufgegeben hatte, würde dieses verfickte Spiel nicht in die Verlängerung gehen.

ZURÜCK IN der Zuflucht seines Zimmers packte Jez seinen Laptop und rollte sich neben seinem Welpen zusammen. Wenn schon sonst nichts, so hatte das Treffen mit Haydens zurückgebliebenen Kumpels ihm den Tritt in den Hintern versetzt, den er brauchte. Zwei Stunden später hatte er Fang zum Pinkeln durch die Haustür geschmuggelt und für die kommende Woche ein Dutzend Termine, um sich Wohnungen anzusehen. Das Leben mit Hayden war ein wenig wie ein Traum gewesen. Er hatte sich hier trotz seiner anfänglichen Vorbehalte sicher gefühlt, aber dieses Gefühl des sicheren Hafens war weg. Zu wissen, dass er jederzeit zurückkehren und Jordan oder Vic im Haus vorfinden konnte ohne Vorwarnung? Nein. Inakzeptabel. Mit etwas Glück würde er noch vor Beginn der Dreharbeiten einen Mietvertrag unterschreiben und könnte Hayden und den dämlichen Kuss hinter sich lassen.

Er war durch. Hayden hatte eine andere Art von Schaden als Jayson, aber mit Hayden zusammen zu sein, würde bedeuten, sich auf die gleiche Weise zu verstecken, wie er es mit Jayson getan hatte und dazu würde es nicht kommen. Er hatte so hart gekämpft, um der Mann zu werden, der er sein wollte und dem musste er treu bleiben.

HAYDEN WUSCH sein Haar noch einmal, um Zeit totzuschlagen. Er musste in drei Stunden auf der Arbeit sein und wenn er die ganze Nacht über mehr als drei Minuten geschlafen hatte, wäre er überrascht gewesen. Aber sein Verstand war nicht mehr von unerwarteten Emotionen und neuen Perspektiven verwirrt. Er konnte nicht aufhören, an Jez' Gesichtsausdruck zu denken. Verrat, Enttäuschung und Verletzung. Bis er diese unerträgliche halbe Stunde mit Jez hatte durchstehen müssen, der auf jede einzelne Beleidigung reagiert hatte, ob homophob oder nicht, die aus Vics und Jordans Mund gekommen war, hatte er nicht gewusst, wie sehr er die Dinge hatte schleifen lassen. Miguel hatte sich auch nie zu Wort gemeldet, weder gestern Abend noch an irgendeinem Abend zuvor – und er hatte die ganze Zeit gewusst, dass er einen schwulen Bruder hatte. Hayden kümmerte sich nur um sich selbst und wenn er sich davon nicht stören ließ, tat es niemandem weh. Nicht wirklich. Zumindest hatte er das geglaubt.

Aber es hatte Jez wehgetan. Er war sich nicht sicher, was er sagen konnte, um das bei Jez wieder gutzumachen, der bereits aufgestanden war, um den Hund rauszubringen. Die Treppe in seinem Haus war besser als jedes GPS.

Leider konnte Hayden nicht gut mit Schuldgefühlen umgehen. Es war das Werkzeug gewesen, mit dem seine Eltern versucht hatten, ihn dazu zu bringen, zu leugnen, dass er schwul war. So hatten seine Eltern auch versucht zu erreichen, dass er auf das Erbe verzichtete, das seine Oma ihm hinterlassen hatte, nachdem seine Eltern ihn mehr oder weniger verstoßen hatten. Diesmal kam das Schuldgefühl von ihm selbst, nicht von außen, aber das machte es nur noch unangenehmer.

Hayden seufzte und wusch sich ab. Es war sinnlos, weiter zu zögern und es war der Gipfel der Heuchelei, eine extra lange Dusche zu nehmen, nachdem er Jez gesagt hatte, dass sie Wasser sparen sollten. Sobald er bereit für die Arbeit war, würde er hinuntergehen und sich entschuldigen. Auf diese Weise konnte er sich eine Atempause verschaffen, wenn es unangenehm wurde. Er hatte keine Ahnung, in welcher Stimmung er Jez vorfinden würde.

Noch nie hatte er sich so gründlich abgetrocknet, seine Zähne mit solcher Sorgfalt geputzt oder seine Kleidung so aufmerksam gewählt. Schließlich konnte er es jedoch nicht länger hinauszögern. Nicht, wenn er nicht noch ein paar Stunden auf seinem Bett sitzen und auf die Wand starren wollte.

Als er nach unten ging, wurde die Musik aus dem Wintergarten besser hörbar. Ein pulsierender Bassschlag ließ die Luft vibrieren und Hayden erkannte den Song vage als etwas, das er im Radio gehört hatte. Die Lautstärke verschaffte Hayden eine Pause. Er glaubte nicht, dass Jez jemals im Wintergarten trainiert hatte, während er wach und zu Hause war. Also trainierte er entweder mit viel leiserer Musik, während Hayden schlief oder er trainierte einfach nicht, während Hayden zu Hause war.

Am Eingang des Wintergartens öffnete Hayden den Mund, um Jez zu rufen, aber es kamen keine Worte heraus. Jez machte Dehnübungen. Und er war unglaublich biegsam. Er kniete in der Mitte des Raumes, den Rücken nach hinten gewölbt, die Hände flach auf dem Boden hinter seinen Füßen. Hayden hatte nicht einmal gewusst, dass der menschliche Körper das konnte. Ein schwacher Schimmer von Schweiß ließ Jez' Haut im Morgenlicht glänzen. Hayden leckte sich über die Lippen und atmete schwer. Er sah weg und bemerkte Fang, der in einer sonnigen Ecke in seinem Hundebett schlief.

Er wandte sich wieder dem Hauptgeschehen im Raum zu. Zuzusehen, wenn Jez sich dessen nicht bewusst war, fühlte sich falsch an und doch hatte Jez nie darum gebeten, dass Hayden sich außerhalb des Wintergartens aufhielt und die Tür war nicht geschlossen. Ein so schönes Kunstwerk wie Jez sollte geschätzt werden und ein Gefühl der Bewunderung erfasste Hayden wie eine Flutwelle. Ein Teil davon war die einfache Wertschätzung, dass jemand solche Fähigkeiten besaß. Aber ein großer Teil davon war der unterdrückte Wunsch, Jez' Körper zu lecken, zu beißen und zu genießen. Er hatte sich an diesem einen Tag einen winzigen Vorgeschmack gegönnt und es hatte ihn bis in seine Träume verfolgt. Der Verschluss, den er benutzt hatte, um seinen Wunsch wegzusperren, war zerbrochen und nutzlos, denn dieser Geist konnte nie wieder in die Flasche zurückkehren.

Während er damit beschäftigt gewesen war, seine Lust zu ignorieren, hatte er begonnen, Jez zu mögen. Die Erkenntnis, dass Jez ihn im Moment vielleicht nicht sehr mochte, schmerzte ihn. Er genoss es, zu Jez nach Hause zu kommen – nicht nur zu irgendeinem Lebewesen, sondern zu Jez. Wie viel mehr Spaß machte es, mit jemand anderem Fernsehen und Filme zu schauen – jemandem, mit dem er Handlungsstränge, Charaktere und Probleme diskutieren konnte. Einige der Jungs auf der Arbeit waren so, aber er mochte es, das sofort tun zu können, anstatt bis zur nächsten Schicht zu warten.

Dann entfaltete sich Jez und begann zu tanzen. Nicht Ballett, nicht Standard, nichts, was Hayden identifizieren oder benennen konnte, aber die Bewegungen waren wütend und schön. In diesem Moment wusste Hayden, dass Jez – ob er bezüglich seines Jobs nun gelogen hatte oder nicht – jedenfalls nicht hinsichtlich seiner Fähigkeit log, Arbeit finden zu können.

Hayden lehnte sich gegen die Tür und sah nur zu. Bis Jez Pirouetten drehte und ihn erblickte. Steife, widerspenstige Bewegungen ersetzten Jez' biegsame Anmut und erinnerten Hayden an seine unangenehme Aufgabe. Jez ging zu den Lautsprechern, die an seinem Handy befestigt waren und schaltete die Musik aus. Erwartungsvolle Stille erfüllte den Raum und Nervosität ließ Hayden seine Handflächen an seiner Hose abwischen.

Dann drehte sich Jez um, die Arme verschränkt, den Rücken gerade und musterte ihn ohne jegliche Sanftheit.

„Hey. Ich wollte mich für die Jungs gestern Abend entschuldigen. Sie haben sich danebenbenommen."

Jez verzog den Mund. „Sie haben sich danebenbenommen? Das ist alles, was du zu sagen hast?"

Hayden schnitt eine Grimasse. Nein, seine Entschuldigung war nicht ausreichend, um das Geschehene wiedergutzumachen. Hayden hätte alle nach Hause schicken und gestern Abend mit Jez sprechen sollen, aber er wollte nicht, dass jemand dachte, Jez hätte Einfluss auf ihn. Stattdessen hatte er so getan, als wäre alles in Ordnung, obwohl Miguel ihm für den Rest der Nacht nicht hatte in die Augen sehen können und Kevin enttäuscht war. Obwohl sein Verstand eine Senkgrube schmerzhafter Erinnerungen gewesen war. Marco war sein übliches schweigsames Selbst gewesen, aber mit einem Hauch von Erwartung. Als hätte er auf eine bestimmte Antwort von Hayden gewartet und sie war nie gekommen.

Hayden öffnete den Mund, aber Jez hielt eine Hand hoch. „Noch bevor wir zu ihrem Verhalten kommen und welch schlechtes Licht es auf dich wirft, lass uns zuerst über allgemeine Höflichkeit sprechen."

Hayden blinzelte. Alles deutete darauf hin, dass Jez ihm gewaltig in die Eier treten würde, aber er war sich nicht sicher, ob es fair war, alle seine Sünden in diese Diskussion einzubringen. „Wovon sprichst du?"

„Ich weiß, dass ich nur vorübergehend hier wohne und ich weiß es zu schätzen, dass du mir dein Haus geöffnet hast." Das ließ Hayden tief einatmen. Sicher, es sollte eigentlich nur vorübergehend sein, aber Hayden hatte alle Gedanken darüber vermieden, wie es sein würde, sobald Jez – und Fang – weg wären.

Jez war aber noch nicht fertig. „Ist es dir nicht vielleicht in den Sinn gekommen, mich zu warnen, dass eine Gruppe von Fremden im Haus sein würde? Oder mich allenfalls einzuladen, mich euch anzuschließen? Zum Teufel, schon eine Antwort auf meine Textnachricht wegen der Lebensmittel wäre schön gewesen."

Scheiße. Das war der Arschtritt, den er verdient hatte. Denn wenn er das mit seiner Oma gemacht hätte, als sie noch am Leben war und wenn sie gewusst hätte, wie man textet, hätte sie sich aufgeregt und wäre verärgert und enttäuscht gewesen. Vielleicht nicht wegen einer Einladung – sie hätte sich nicht dafür interessiert, mitzumachen – aber sowohl er als auch Miguel waren sich bewusst, dass Jez in L.A. niemanden kannte. Abgesehen von der lange geplanten Vegas-Reise war dies nicht einmal das erste Mal gewesen, dass er sich mit den Jungs getroffen hatte, seit Jez eingezogen war. Irgendwann hätte er Jez einladen können und hatte es nicht getan. Er schämte sich nicht für Jez, nicht wirklich, aber irgendwo in seinem Unterbewusstsein hatte er genau dieses Ergebnis vorhergesehen.

„Du hast recht. Es tut mir leid. Ich werde versuchen, es in Zukunft besser zu machen."

Jez blinzelte ihn fassungslos an. Hatte er erwartet, dass Hayden keine Verantwortung für seine Handlungen übernehmen konnte? Nur weil er selten in einer Position war, sich bei jemandem entschuldigen zu müssen, bedeutete das nicht, dass er es nicht konnte oder wollte.

„Ähm. Danke. Was den Rest betrifft …“

„Ich bin sicher, dass sich die Jungs beim nächsten Mal besser benehmen werden. Sie wissen jetzt, dass du schwul bist.“

Jez verschluckte sich. Hayden hatte noch nie zuvor jemanden so etwas tun sehen, aber das machte es einfach, zu erkennen, dass er genau das Falsche gesagt hatte. Er hatte es sogar irgendwie gehört, als die Worte aus seinem Mund gekommen waren. Seine einzige Aufgabe war es gewesen, das nicht zu versauen und er war gescheitert.

„Es sollte keine Rolle spielen, ob ich schwul bin oder nicht. Du bist schwul und das hat nichts geändert. Miguel war da, aber das hat die rassistischen Kommentare nicht aufgehalten. Ich bin sicher, auch die Anwesenheit von Frauen hätte die beiläufige Frauenfeindlichkeit nicht aufgehalten. Wir sprechen hier von allgemeinem Anstand und doch duldest du dieses Trio Infernal in deinem Haus. Und du behauptest, sie wären Freunde? Anstatt sie hier rauszuschmeißen oder einfach nur etwas zu sagen – irgendetwas –, um sie wissen zu lassen, dass das nicht in Ordnung ist? Nein, du lässt sie Bier trinken, Snacks essen und fernsehen, während du und Miguel einfach nur da gesessen habt wie eine Beule auf einem Baumstamm. Ich meine, du weißt schon, dass die beiden keinen Respekt vor dir haben, oder? Ich bin mir nicht sicher, ob du Respekt vor dir selbst hast und Miguel, nun, er hat anscheinend keinen Respekt vor uns beiden.“ Das Gift in Jez’ Worten traf Hayden wie saurer Regen.

Und er verstand irgendwie, worauf Jez hinauswollte, aber das waren seine Freunde. Schon seit Jahren. Jordan hatte ihm bei der Arbeit den Rücken freigehalten und ein paar Mal seinen Hintern gerettet. Die letzte Nacht hatte die Illusion aufgelöst, dass alles in Ordnung war, aber wusste Jez nicht, dass sie über die einzigen Menschen in seinem Leben sprachen? Er war nie in der Lage gewesen, irgendeine Art von Abschluss oder Entschuldigung von seinen Eltern zu bekommen, da sie kurz nach dem Tod seiner Großmutter bei einem Autounfall gestorben waren. Nicht, dass er jemals erwartet hätte, dass sie ihre Haltung änderten. Aber wenn er etwas Drastisches tat, hätte er nichts mehr übrig und er wusste nicht, ob er stark genug wäre, um ein zweites Mal neu anzufangen.

„Natürlich respektieren sie mich. Ich mache einen tollen Job und wir sind Freunde, seit ich der B-Crew beigetreten bin.“ Es klang wie völliger Mist, aber es kam immer noch aus seinem Mund. Ein Teil von ihm fühlte sich illoyal, indem er den Status quo auch nur infrage stellte, aber dieser Teil wurde vom Gewicht seines neuen Bewusstseins erdrückt.

„Sie mögen die Arbeit respektieren, die du tust, aber sie respektieren dich – oder irgendeinen anderen schwulen Mann oder Frauen oder Farbige – als Person nicht. Und wenn sie dich nicht als Person respektieren, dann sind sie nicht deine Freunde, egal, was sie dir sagen. Ich saß dreißig unendliche Minuten lang da und konnte das klar und deutlich sehen. Kevin hat es auch gesehen. Warum kannst du es nicht?"

Hayden zuckte mit den Schultern und seine Schuldgefühle fügten Jez' Worten mehr Stacheln hinzu, sodass sich seine Haut zu eng für seinen Körper anfühlte. „Es sind nur Worte. Es bedeutet nichts. Es stört mich nicht." Er hatte nie zugelassen, dass es ihn störte.

„Tatsächlich? Ich bin mir nicht mal sicher, warum du geoutet bist. Du bist praktisch ohnehin im Schrank, soweit ich sehen kann. Verrate mir etwas. Hast du die Typen schon mit Frauen gesehen? Ehefrauen, Freundinnen, Dates oder sogar nur Frauen, die sie aufreißen wollten."

„Klar."

„Sie küssen oder umarmen oder berühren sie vielleicht. Oder halten Händchen mit ihnen?"

Hayden nickte. „Ja. Das ist normal."

„Uh-hu. Haben sie dich jemals so mit einem Mann gesehen?"

Hayden atmete scharf ein. „Nein, natürlich nicht."

„Nein, natürlich nicht." Jez' Tonfall war reiner Spott. „Mensch, ich frage mich, warum wohl. Und du hast mir gesagt, dass du noch nie einen Freund hattest. Könnte es sein, dass deine „Freunde" riesige Arschlöcher sind? Könnte es sein, dass du weißt, dass du nie jemanden finden wirst, der bereit ist, sich mit dieser Stufe der Widerwärtigkeit abzufinden, die nur noch bösartiger würde, wenn du sie mit deinem beängstigenden Schwulsein konfrontieren würdest?"

„Ich habe nur noch nicht den richtigen Kerl gefunden." Und mit Sicherheit niemand, der ihn so anzog wie Jez oder den er so sehr mochte wie Jez, aber sie sich als Paar vorzustellen, das Händchen hielt oder liebevoll miteinander umging, während Jordan und Vic zusahen? Dieses Bild kam einfach nicht in den Fokus. Er wusste nicht einmal, warum er widersprach. Er hatte sich um dasselbe Sorgen gemacht, aber vage Sorgen, die er nie geäußert hatte, waren nicht so real wie Jez' scharfer Ton. Er hatte sich selbst davon überzeugt, dass es da draußen niemanden für ihn gab. Wie viel von dieser Wahrnehmung war nur eine weitere Form der Verleugnung?

„Ich halte das für völligen Quatsch. Siehst du nicht, dass du für sie das ‚Seht alle her, ich habe einen schwulen Freund, also kann ich auch nicht homophob sein' Alibi bist? Ich hoffe, du bist zufrieden mit deiner rechten Hand und deinem widerhallenden, sterilen Haus. Ich hoffe, die Freundschaft mit diesen Paradebeispielen von riesen Arschlöchern hält dich nachts warm, denn sie verjagen jede Chance auf eine engagierte Beziehung. Gut, nicht jeder will das. Aber ich denke, du willst es und selbst wenn diese Kerle geeignete Männer nicht selbst verjagen, wird deine Akzeptanz ihrer Verunglimpfungen, als ob du die verdient hättest, es tun. Denn nur, weil du denkst, dass du wertlos bist, muss das nicht heißen, dass der Rest von uns das auch denkt."

Tränen rollten Jez übers Gesicht, als er den letzten Satz beendete und er wischte sie wütend weg. Seinen Schmerz zu sehen, verletzte Hayden mehr als alles andere. Vielleicht hatte er emotionale Männer gemieden, weil er irgendwie … in Jahren der Akzeptanz von Jordans und Vics Worten verkümmert war. Oder vielleicht hatten seine Eltern ihn glauben lassen, dass er nicht mehr wert sei als flüchtige Geringschätzung. Hatte er sich wirklich selbst unterdrückt, um so wenig Staub wie möglich aufzuwirbeln?

Ein stechender Schmerz in seinen Eingeweiden ließ ihn fast zusammensacken. Diese tausend Schnitte waren taub gewesen, bis Jez ihn aufgeweckt hatte und nun fühlte er sie in einem einzigen kumulativen Schlag, der ihn zu zerbrechen drohte.

Zitternd trat Hayden vor, zog Jez zu sich heran und umarmte ihn. Er war sich nicht sicher, ob Jez es zulassen würde, aber nach einem Moment legte Jez seinen Arm um Haydens Taille und schniefte an seiner Schulter. Die Umarmung war nicht nur für Jez und wäre da nicht der bewundernswert starke Mann in seinen Armen gewesen, dann wäre Hayden vielleicht zusammengebrochen.

„Was auch immer ich von den Jungs in Kauf genommen habe … bitte glaub mir, dass ich nicht denke, dass du wertlos bist. Ich glaube auch nicht, dass ich wertlos bin, aber ich bin bereit, der Tatsache ins Auge zu sehen, dass ich eine Bestandsaufnahme dessen machen muss, was in meinem Leben vor sich geht. Dinge neu bewerten." Wenn er, wie er allmählich vermutete, jahrelang geblutet hatte, würde er auch lange brauchen, um das Trauma zu heilen.

Jez reagierte nicht, aber er ließ auch nicht los. Hayden war noch nicht bereit, allein zu stehen. Er ließ einen leichten Kuss auf Jez' Kopf fallen. „Es tut mir so leid. Ich hatte es nicht einmal bemerkt." Seine Stimme brach und er holte zitternd Luft.

Jez versteifte sich in seinen Armen, drückte sich aber nicht weg, um zu sprechen. „Es sollte dir leid tun, dass du dem ausgesetzt warst. Es sollte dir leid tun, dass Miguel sich nie für dich eingesetzt hat. Oder für mich. Spricht er … spricht er jemals so wie sie?" Obwohl seine Worte durch Haydens Hemd gedämpft waren, war Jez' Angst offensichtlich und erlaubte es Hayden, seine Emotionen in einen labilen Griff zu bekommen.

„Nein. Oh Gott, nein." Vielleicht war Hayden doch nicht so unverbesserlich, weil er sehen konnte, wie schmerzhaft es sein würde – für ihn und für Jez –, wenn Miguel wie Jordan und Vic reden würde. „Er sagt nichts und ich habe in meinem Leben nie ihn oder sonst wen gebraucht, damit für mich eintritt, also habe ich nie erwartet, dass er das in dieser Situation tut. Es hätte nur noch mehr Aufmerksamkeit auf meine Orientierung gelenkt."

„Und?"

Hayden seufzte. „Und wenn das Probleme verursachen würde, dann wären sie nie meine Freunde gewesen." So erschreckend es auch war, darüber nachzudenken.

Jez drückte ihn fest an sich. Hayden war noch nicht bereit für große Aktionen, aber seine Augen waren jetzt offen. Er würde beobachten und beurteilen, aber nicht lange. Und er wollte sie nicht wieder hier haben – auch wenn es gewöhnlich sein Haus war, in dem sie große Sportereignisse sahen –, bis er herausgefunden hatte, wo er bei ihnen stand und wo sie bei ihm standen. Er konnte Jordan und Vic dabei verlieren, aber vielleicht wäre es nicht so sehr ein Verlust als das Abwerfen von Ballast. Er musste hoffen, dass es besser würde.

Im Moment bestand seine einzige Priorität jedoch darin, sicherzustellen, dass Jez ihn nicht hasste. Er streichelte Jez beruhigend über den Rücken und wartete, bis Jez sich in seinen Armen entspannte.

„Ich wollte dir nie wehtun", flüsterte er.

Jez neigte den Kopf nach hinten und seine großen, braunen Augen glänzten noch immer von nicht vergossenen Tränen. Haydens Augen brannten als Reaktion darauf. „Ich glaube dir", flüsterte Jez zurück.

Jez war erhitzt von seinem Training, aber er roch trotzdem fantastisch. Hayden wusste nicht, wer sich zuerst bewegte, aber er hätte erkennen müssen, dass es die explosive Chemie zwischen ihnen entfachen würde, wenn sie einander berührten. Einen Augenblick starrten sie sich gegenseitig in die Augen. Im nächsten Moment küssten sie sich. Diesmal gab es kein sanftes Herantasten. Nur einen hektischen, hungrigen Kampf von Lippen, Zungen und Zähnen. Hayden klammerte sich an Jez aus Angst, dass Jez seine Meinung ändern könnte, wenn er loslassen würde. Hayden würde sofort aufhören, wenn Jez etwas sagte, aber, oh Gott, er wollte es nicht. Sein Schwanz war schon in der Sekunde, in der er ihn gesehen hatte, für Jez gerüstet gewesen und er war bereits schmerzhaft hart und sehnte sich verzweifelt nach Jez' Berührung.

DIESMAL WOLLTE Jez jedoch Haut, als er seine Hände unter Haydens Hemd vergrub, bewegte dann seine Hüften und suchte nach Reibung für seinen Schwanz, der sich so hart anfühlte wie Haydens.

Verdammt. Hayden wollte Jez wild und ungezähmt sehen. Lüstern und laut. Er leckte die Seite von Jez' Hals hinunter und genoss das salzige Brennen von männlichem Schweiß. Dann knabberte er an der Stelle, die Jez zu mögen schien. Jez stöhnte schwer atmend, was einen elektrischen Schauer durch Haydens Wirbelsäule schickte. Gott. Wenn schon Küssen und ein wenig Trockensex so gut waren, würde er seinen verdammten Verstand verlieren, sobald sie beide nackt waren. Das einzige wirkliche Problem war, dass mit ihrem Größenunterschied ihre Schwänze nicht gut aufeinander abgestimmt waren. Aber sobald er Jez auf dem Rücken hatte, konnte er die Dinge zum Laufen bringen.

Nackt. Sobald er es dachte, begann er an Jez' elastischem Baumwolltrikot zu ziehen. „Ich will dich sehen", schnaufte Hayden an Jez' Hals. „Ich will dich nackt."

Die deutliche Sprache ließ Jez erschaudern, brach aber den Zauber ihrer vereinten Hitze nicht. Hayden war sich nicht sicher, ob es ein Zurück geben würde, aber es war ihm egal. Er würde im Himmel sein.

„Du auch." Jez zerrte an seinem Hemd.

Er hatte noch nie in seinem Leben jemanden so sehr begehrt. Innerhalb von Sekunden waren sie beide ohne Hemd, Jez' herrliche Brust drückte sich eng gegen seine und ihre Hüften rieben aneinander. Hayden strich mit den Händen über Jez' Oberkörper und verursachte bei Jez Gänsehaut. Dann drehte er seine Handflächen nach innen, die Spitzen von Achselhaaren kitzelten leicht die Kanten seiner Zeigefinger, während winzige, flache Brustwarzen sich unter dem Druck seiner Daumen aufrichteten.

Jez erforschte ihn ebenfalls, seine Hände glitten über Muskeln und streichelten über seinen Bauch. Dann schob Jez seine Finger unter Haydens Gürtel und signalisierte, dass es an der Zeit war, den Rest der Kleidung abzuwerfen.

Jez' elastische Yogahose loszuwerden, würde keine Zeit in Anspruch nehmen und trotz Haydens Verzweiflung, zu sehen, wie sehr Jez' Schwanz einer seiner fieberhaften Fantasien ähnelte, wartete er darauf, dass Jez an seiner Hose und seinem Gürtel arbeitete. Es bereitete Jez einige Schwierigkeiten, also sah er hinunter und wollte übernehmen, aber Jez fiel mit einem hinterlistigen Grinsen auf die Knie, umfasste Haydens Hoden durch seine Hose, massierte sie und küsste seinen harten Schwanz durch die Kleidung.

Verdammte Scheiße. Das war eine Form von in die Eier treten, wie er sie von ganzem Herzen befürwortete. Schneller, als Hayden es wahrnehmen konnte, öffnete Jez seinen Gürtel, öffnete den Reißverschluss seiner Hose und zog sie über seine Hüften auf den Boden, alles während Jez zu ihm aufsah und ihn angrinste. Sobald sein Schwanz befreit war und sich Jez praktisch entgegenstreckte, ließ Jez seinen Blick fallen, um sich auf den Schwanz zu konzentrieren. Er küsste die Spitze und schob dann seine Zunge über den ganzen Kopf. Hayden stöhnte, ballte die Hände zu Fäusten und wartete darauf, zu sehen, was Jez noch auf Lager hatte.

Jez leckte über die Unterseite seines Schafts und sah zu Hayden auf, wobei Haydens schwerer Schwanz auf seinem schönen Gesicht lag.

„Jez. Mehr. Bitte."

Jez lächelte, dann umschlossen seine Lippen Haydens empfindliche Eichel, wobei die Zunge in den Schlitz eintauchte und Lusttropfen herausholte. Hayden legte seine Hände sanft um Jez' Kopf und ermunterte ihn leicht. Jez ließ den Druck zu, fing an sich auf und ab zu bewegen und nahm jedes Mal ein wenig mehr von Haydens Länge in den Mund.

Gott. Männer sollten Jez' Mund verehren. Hayden war bereit dazu, aber er musste den Gefallen auch erwidern. Er zog sich zurück, folgte Jez auf den Boden und brachte ihn dazu, sich auf den Rücken zu legen. Dann zog er ihm die Yogahose aus. Jez lag da und leuchtete im Sonnenlicht, das den Raum durchflutete, sein Schwanz steif an seinem Bauch.

Schlank, unbeschnitten, genau die richtige Länge, mit … Er schloss die Augen und stöhnte, bevor er die Hand ausstreckte und die wildlederartige Haut der haarlosen Kugeln berührte. Sein verdammter Favorit. Jez war nicht ganz glatt, aber er war auch nicht stark behaart. Es brauchte viel Mühe, bis Hayden ähnlich aussah und er war zu feige, um seine Eier zu wachsen, aber er liebte das Gefühl.

Er massierte sanft über die Länge, während er diese weichen Bälle streichelte und die Geräusche von Jez' Lust aufsaugte. Er schob die Finger massierend weiter nach unten und Jez' Beine drifteten auseinander. Als er seinen Eingang erreichte, rieb er stärker, drückte aber nicht hinein. Er wollte es. Eines Tages. Aber sie hatten hier unten keine Hilfsmittel und Hayden wollte nichts tun, das sie aus diesem wunderbaren, traumhaften Moment herausholen würde. Außerdem war er so viele Tage lang an der Schwelle gewesen, dass er nicht sicher war, ob er jetzt, da er Jez in den Armen hielt, durchhalten würde. Den Lusttropfen in seiner Hand und dem abgehackten, heiseren Stöhnen nach zu urteilen, kam Jez auch näher.

Nein, er konnte nicht mehr warten. Hayden bewegte sich und Jez drehte sich mit, sodass sie einander zugewandt auf der Seite lagen, die Schwänze perfekt aneinander geschmiegt. Hayden umfasste ihre Erektionen mit seiner Hand und massierte sie. Jez stöhnte und Hayden streckte sich, nur ein wenig, um Jez' Lippen einzufangen.

Sie küssten sich mit der gleichen Leidenschaft wie zuvor, nur etwas feuchter und stöhnten an den Lippen des anderen. Hayden bewegte seine Hand schneller und kostete von Jez' Mund, so nah, so unglaublich nah. Dann zog Jez seinen Kopf zurück, heulte auf und pumpte Sperma über Haydens Hand und Schwanz, die Wärme und Geschmeidigkeit schob ihn in seinen eigenen Höhepunkt. Er stöhnte und rieb, den Körper steif, als er sein Vergnügen über ihre Bäuche spritzte.

Als sie beide schwer atmend zusammengesackt waren, hielt Hayden weiter ihre schlaff werdenden Schwänze umfasst. Er lächelte Jez an und küsste ihn sanft. Jez lächelte zurück. Sein Blick war warm und zeigte kein Bedauern. Wofür Hayden dankbar war, denn er wollte mehr davon.

Jez quietschte und zuckte zusammen, die Augen weit aufgerissen. „Heilige Scheiße, kalte Nase in meinem Rücken!"

Hayden hob den Kopf und sah Fangs süßes, faltiges Gesicht hinter Jez. Er lachte. „Bei diesem Spiel kannst du nicht mitmachen, Fang."

„Igitt. Nein." Jez schauderte. „Ich schätze, wir sollten aufräumen." Sein Blick huschte durch den Raum und Hayden wurde sich des auskühlenden Spermas auf seiner Hand nur allzu bewusst. Als es passiert war – verdammt sexy. Jetzt wurde es irgendwie eklig.

„Ja, tut mir leid. Ich wusste nicht, dass das passieren würde." Jez' Augen wurden wachsam. „Versteh mich nicht falsch, ich bin begeistert, dass es so war. Das war kein Fehler." Hayden dachte nicht, dass er jemals etwas so Richtiges getan hatte. „Aber ich bin nicht hergekommen, um dich zu verführen oder so. Wenn ich das gewollt hätte, hätte ich vielleicht auch Kondome und Gleitmittel mitgebracht."

Jez kicherte. „Klingt einleuchtend. Nehmen wir mein T-Shirt, das ich ohnehin gerade in die Wäsche geben wollte."

Sie wischten sich ab, so gut sie konnten. Als sie beide nackt auf dem Weg nach oben waren, steckte Jez seine Trainingskleidung in die Waschmaschine.

„Was dagegen, wenn ich mich in deinem Badezimmer wasche?" Hayden war nicht bereit, sich zu trennen. Er hatte Angst, dass ihre Verbindung sich auflösen würde, wenn er Jez aus den Augen verlor. „Ich glaube nicht, dass ich noch eine Dusche brauche, nur etwas Wasser und einen Waschlappen."

„Das ist in Ordnung. Solange es dir nichts ausmacht, wenn ich duschen will."

„Ähm. Nein. Das ist gut." Oder schlecht, wenn man bedachte, wie oft er von Jez in der Dusche geträumt hatte. Er wollte die gemeinsame Zeit nicht verpassen, aber er musste auch bald zur Arbeit gehen.

Jez stellte die Dusche an und Hayden kramte im Wäscheschrank nach einem Waschlappen. Er stand vor dem Waschbecken und beobachtete Jez im Spiegel. Großer Gott. Er würde wahrscheinlich nie müde werden, diesen Mann anzusehen. Er atmete tief durch. „Jez, ich will nicht, dass das eine einmalige Sache ist. Ich weiß, dass der gestrige Tag beschissen war. Ich werde tun, was ich kann, um es zu reparieren, aber ich … Ich will sehen, wohin das führt."

Jez war dabei in die Dusche zu steigen, drehte sich um und starrte Hayden über den Spiegel an. Wenn überhaupt, sah er verwundert aus. „Du meinst so was wie … ein Date?"

Hayden zuckte mit den Schultern. „Sicher. Verabredung. Mehr."

„Mehr." Jez blinzelte ihn an. „Beziehung?"

„Ich will es versuchen, ja. Ich glaube schon." Hayden hatte all die Affären gehabt, die er jemals brauchen würde. Aber Jez in seinem Haus, in seinem Raum zu haben, hatte nur deutlich gemacht, wie verdammt einsam er vorher gewesen war. Er wollte sein Leben mit jemandem teilen. Jemand, der alles an ihm kannte und akzeptierte. Aber er hatte nicht gewusst, wie er diesen Menschen finden sollte. Und dann war ihm jemand, nach dem er trotz der veganen Ernährung und der Unfähigkeit, ordentlich aufzuräumen, verrückt war, wie durch ein Wunder in den Schoß gefallen. Wer war er, dass er das Schicksal in Frage stellte?

„Ich sage nicht nein. Ich denke … Ich denke, wir könnten gut zusammenpassen." Ein Zittern in Jez' Stimme verriet Angst.

Vielleicht hatte Jez Ängste, die ausgeprägter waren als die Sorge, was passieren würde, wenn Freunde, die wussten, dass du schwul bist, mit der Realität eines Partners konfrontiert wurden. Hayden hatte den Eindruck, dass Jez' letzte Beziehung schlecht geendet hatte. Während er Jez beruhigen wollte, wusste Hayden allerdings nicht, wie man ein guter Partner sein konnte. Jez musste dafür sorgen, dass er auf dem richtigen Weg blieb, musste ihn durch die Sache führen und vielleicht war das zu viel verlangt.

„Ich will, dass es mit uns gut läuft."

Jez lächelte und trat in die Dusche, ließ aber den Vorhang teilweise offen, damit sie noch reden und sich gegenseitig ansehen konnten. Hayden wusch sich, während Jez sprach.

„Die Sache ist die. Sexuelle Anziehungskraft ist nicht genug. Wir brauchen mehr als das, wenn wir eine Beziehung haben wollen. Deshalb verabreden sich die Menschen, bevor sie zusammenleben. Das ist in unserem Fall natürlich etwas umgekehrt gelaufen. Es gibt einige Dinge, die du über mich wissen musst, bevor wir damit beginnen. Wir müssen insgesamt mehr miteinander reden. Es wird verlockend sein, das überspringen zu wollen, da wir hier leichten Zugang zu Betten und Duschen haben."

„Und Böden", warf Hayden ein.

Jez lächelte. „Stimmt. Aber wir können keiner dieser Versuchungen erlauben, uns dazu zu bringen, dass wir die ganze Zeit mit Ficken verbringen und nicht mit Reden."

Hayden fragte sich, was Jez so weit über seine Jahre hinaus weise machte. Er war der Novize, wenn es darum ging, in diesen Gewässern zu schwimmen. „Das klingt akzeptabel. Sogar notwendig."

Jez nickte, als er unter den Duschkopf trat, um sein Haar zu befeuchten. Als er wieder in Sichtweite kam und Wasser über sein Gesicht und seinen Körper lief, musste Hayden ein Wimmern unterdrücken. Zumindest hatte Jez nicht gesagt, dass sie überhaupt keinen Sex haben könnten, während sie sich kennenlernten.

„Hör auf", neckte Jez und drohte ihm mit dem Finger. „Ich kann sehen, was du denkst." Die heitere Note löste sich auf, als Jez wieder ernst wurde. „Wir müssen uns gegenseitig kennenlernen. Ich habe mir geschworen, dass ich mich nie wieder auf jemanden einlassen werde, ehe ich die Person nicht gut genug kenne. Wir haben ein gutes Fundament. Aber wir müssen reden, bevor wir uns überhaupt entscheiden, das zu tun und ich will das nicht unter Druck machen, bevor du zur Arbeit gehen musst."

„Ich werde morgen gleich nach meiner Schicht nach Hause kommen." Hayden wollte diese Chance nicht verpassen. „Passt das für dich?"

Jez lächelte wieder, aber mit unterschwelliger Spannung. „Ja, ich werde hier sein."

Hayden dachte nicht, dass irgendwas, das Jez ihm sagte, seine Meinung ändern würde.

Jez biss sich auf die Lippe. „Ich glaube, ich weiß, warum du nicht wolltest, dass Miguel von dem Kuss erfährt. Und vielleicht erzählen wir ihm auch nichts über den Sex. Noch nicht."

„Ja. Gute Idee. Ich weiß vielleicht nicht viel darüber, in einer Beziehung zu sein, aber ich weiß, dass Sex mit dem kleinen Bruder deines besten Freundes vielleicht nicht das Klügste ist. Aber wenn wir das schaffen, wird er sich für uns freuen."

Jez reagierte nicht, er fing einfach an sich einzuseifen.

Hayden wollte Jez zum Abschied küssen, dachte aber nicht, dass ein Gesicht voller Schaum auf der Arbeit ein gutes Bild abgeben würde. Stattdessen drückte er einen Finger auf Jez' Mund, und Jez spitzte seine Lippen, nur ein wenig.

„Wir sehen uns morgen."

Beflügelt von dem Vertrauen, dass sie morgen auf dem Weg in eine Beziehung sein würden, hüpfte Hayden förmlich zur Arbeit.

6

DIE ZWEIFACHE Freude eines Orgasmus und des Potenzials, einen Freund zu haben, trugen Hayden durch die ersten Stunden seiner Schicht, bis er allein in der Küche landete, eine Kanne Kaffee machte und Jordan mit seiner Tasse hereinkam, um darauf zu warten, dass das Gebräu fertig wurde.

„Du hast gute Laune. Ist die Prinzessin über ihren Wutausbruch und ihre Entrüstung hinweggekommen?"

Scheiße. Jetzt, da Jez ihm die Augen geöffnet hatte, konnte Hayden es hören. Die Verachtung. Den Spott. Jez hatte recht. In dem Augenblick, in dem Hayden aufhörte wie ein sexloser Hetero-Mann zu erscheinen, wurden die Messer gezückt.

„Wovon redest du da?" Jordan hatte eine Chance, diese Aussage zurückzunehmen.

„Was meinst du damit? Das ist das Problem bei durchschnittlichen Schwuchteln. So verdammt emotional und lechzend nach einem Schwanz. Ich hätte ihn dazu bringen können, uns allen einen zu blasen und ihn von dem Scheiß abzulenken."

Hayden verstärkte den Griff um seine Kaffeetasse und versuchte die Geduld aufzubringen, sie nicht in Jordans verdammtes, grinsendes Gesicht zu schleudern. Jordan hatte es nicht nur nicht zurückgenommen, er hatte auch seine ursprüngliche Aussage verdoppelt.

„Jordan. In mein Büro. Sofort."

Keiner von ihnen hatte den Captain in die Küche kommen hören, aber Hayden forderte das Schicksal nie heraus. Nun war die Kacke am Dampfen. Jordan blickte finster drein und stellte seinen Becher langsam auf die Arbeitsplatte, bevor er sich umdrehte und dem Captain folgte.

Jordan war schon zuvor wegen aggressiver Sprache bei der Arbeit zum Boss zitiert worden, über Frauen damals, und die Frauen in der Crew waren nicht beeindruckt. Er hatte häufig über die politisch korrekte Knebelordnung geschimpft, wenn sie in der Bar waren und Hayden hatte nie darauf geachtet. Aber grundlegender Anstand erforderte keinen Maulkorb, sondern nur einen einfachen Grundsatz: Sei kein Arschloch. Irgendwie hatte Hayden mit Jordan und Vic, dem vielleicht sogar noch größeren Arschloch gelebt, hatte die Dinge laufen lassen und wollte den Status quo nicht stören. Aber mit diesem Status quo musste er sich ernsthaft auseinandersetzen. Hayden hatte einen Fehler gemacht, indem er das alles zugelassen hatte. Wer hatte die vielen unfreundlichen Worte mitgehört und war von ihnen verletzt worden, jedes Mal, wenn Jordan oder Vic in der Öffentlichkeit ihren Mund aufmachten? Während Hayden die Ohren verschlossen und es bewusst überhört hatte.

Als der Kaffee fertig war, goss Hayden sich eine Tasse ein und setzte sich an den Tisch, aber er trank nicht. Dass er sich nicht hatte verbiegen wollen, war der einzige Grund gewesen, warum er das Problem mit seinen Eltern provoziert hatte und hinausgeworfen worden war. Er hatte nicht in dem Rollenbild bleiben wollen, das sie für ihn definiert hatten. Und doch hatte er sich irgendwie in eine andere enge Form zwingen lassen, anstatt Leute zu finden, die zu dem Mann passten, der er wirklich war.

„Hey. Bist du okay?" Kevin kam zögernd in die Küche. „Der Cap hat Jordan ganz schön zur Sau gemacht. Ich konnte die Details nicht hören, aber es war nicht gut. Ich bin mir ziemlich sicher, dass er von der Arbeit suspendiert wurde, zumindest für heute, vielleicht länger."

Ein böses Grinsen zerrte an Haydens Lippen. „Gut."

Kevins Augen wurden größer. „Scheiße. Was hat er gesagt?" Er holte eine Cola aus dem Kühlschrank und öffnete den Deckel.

„Es ist nicht nötig, es zu wiederholen. Aber ich muss zugeben, dass ich es satt habe, mit ihm rumzuhängen. Und ich hatte Mühe, ihn nicht zu schlagen."

Ein ebenso böses Grinsen erschien auf Kevins Gesicht. „Es wurde verdammt noch mal Zeit."

Hayden blinzelte ihn an. „Wirklich?"

„Alter. Ich mag dich. Aber nur, weil du, ich und Jordan etwa zur gleichen Zeit der Crew beigetreten sind, bedeutet das nicht, dass wir bis zum Ende der Zeit mit ihm befreundet sein müssen. Der Typ ist einfach nur verdammt giftig."

„Dann ist es für dich okay, wenn du immer noch mit dem schwulen Kerl rumhängst?" Er musste fragen, auch wenn er Angst hatte, die Antwort zu hören.

„Ja, ist es." Kevin klopfte ihm auf die Schulter. Die enorme Erleichterung ließ Hayden fast kichern.

„Ich breche auch den Kontakt zu Miguel ab, es sei denn, er hört auf, Vic einzuladen."

„Na Gott sei Dank." Kevin sank auf den Stuhl gegenüber von Hayden. „Er ist vielleicht noch schlimmer als Jordan, aber zumindest müssen wir nicht mit ihm arbeiten. Was hat das ausgelöst?"

Hayden zuckte mit den Schultern. „Es wird Zeit, ein paar Änderungen vorzunehmen. Erwachsen zu werden." Vielleicht war Jordan nicht immer so übel gewesen. Vielleicht war die Veränderung schrittweise passiert und mit der Zeit immer schlimmer geworden. Wie auch immer, jetzt war Jordan unerträglich und es war an der Zeit, diese Verbindung zu kappen.

Kevin lächelte. „Ja. Passiert dem Besten von uns. Vielleicht könntet du und Jez euch mal mit mir und Maria zum Abendessen treffen."

Haydens Wangen erwärmten sich. Die Gründe, warum er auf einmal Stellung bezog, waren scheinbar offensichtlich, aber Kevins Schlussfolgerung gefiel ihm. Er hatte nun ein gutes Gefühl dabei, dass er den ersten Schritt gemacht hatte.

Kevin leerte die Hälfte der Dose und stand auf. „Also, so ziemlich die ganze Crew weiß, dass du zumindest am Rande in das Geschehene verwickelt warst. Niemand ist verärgert oder so, aber ich warne dich nur vor." Er schlenderte aus der Küche.

Haydens Kaffee war noch heiß, also trank er ihn langsam und bereitete sich auf den drohenden Klatsch vor. Er hätte es gern länger hinausgezögert, aber er musste pinkeln, also konnte er es genauso gut hinter sich bringen.

Er wusch seine Tasse aus, legte sie auf den Geschirrkorb und ging dann in den Gemeinschaftsraum.

Wenn jemand wegen eines Verhaltensproblems suspendiert wurde, machte das normalerweise alle nervös und das nicht nur, weil nun ein Crewmitglied fehlte. Es störte das Gleichgewicht. Brandbekämpfung war gefährlich und jeder musste sich auf seine Kollegen verlassen können. Aber diesmal? Es war, als hätte sich eine schwarze Wolke aufgelöst. Eine schwarze Wolke, von der niemand bemerkt hatte, dass sie über ihnen hing. Das Lachen war heller, das Lächeln der Kollegen war breiter und auch wenn niemand Beifall bekundete, fühlte er sich willkommener. Nicht, dass er sich jemals unwillkommen gefühlt hätte, aber eher als …. würde seine eigene Persönlichkeit sich gut einfügen, ohne den Standards dessen zu entsprechen, wie ein schwuler Mann – ein schwuler Feuerwehrmann – sein sollte.

Scheiße. Jordan war tatsächlich verdammt giftig. Jordan konnte eine Gefahr sein, wenn er sein Mundwerk auf der Station nicht im Zaum hielt, sobald er zurückkam.

Nachdem Hayden pinkeln war, winkte der Captain ihn in sein Büro. Scheiße.

„Setzen Sie sich, Hurst."

Der Captain wartete kaum, bis Haydens Hintern den Stuhl berührte. „Sie haben vielleicht schon gehört, dass ich Jordan suspendiert habe. Drei Schichten."

Drei Schichten? Scheiße, das war keine Kleinigkeit. „Ja, Sir."

Der Captain seufzte und fuhr mit einer Hand durch sein stahlgraues Haar. „Das ist alles vertraulich, verstanden?"

Hayden nickte. „Natürlich."

„Ich habe Jordan schon einmal gewarnt. Und was er zu Ihnen gesagt hat, war inakzeptabel. Sie haben vielleicht gedacht, dass er Witze macht, weil ich hörte, dass Sie befreundet sind?" Der Captain klang ungläubig. Hayden war anscheinend ein ahnungsloser Idiot. „Aber ich glaube nicht, dass es ein Scherz war. Ich … ich mache mir Sorgen um Sie. Missbräuchliche Beziehungen beschränken sich nicht immer auf Partner oder Familienmitglieder, wissen Sie?"

Hayden schloss die Augen. War er in einer missbräuchlichen Freundschaft gewesen? „Ja, Sir, das habe ich kürzlich … herausgefunden. Ich meine, dass er nicht mein Freund ist. Nicht wirklich. Ich habe aber nicht in Betracht gezogen, dass es möglicherweise missbräuchlich war."

Aber er sah die Folgen von häuslichem Missbrauch die ganze Zeit. Wenn Leute den Notruf wählten, tauchten mehr als nur Polizisten auf, besonders, wenn jemand verletzt war. Um Himmels willen, sie hatten Seminare und Fortbildungskurse, um Symptome von emotionalem und körperlichem Missbrauch zu erkennen. Und doch mussten erst ein schöner Mann und sein Hund in Haydens Leben stolpern, um die Scheuklappen zu lösen, die er getragen hatte, seit er sich bei seinen Eltern geoutet hatte.

„Nun, das ist ein Schritt in die richtige Richtung. Aber vielleicht möchten Sie über zusätzliche Hilfe nachdenken. Es ist kein Zeichen von Schwäche." Der Captain gab ihm eine Karte. Hayden steckte sie in eine Tasche, ohne sie anzusehen. Es war entweder die Karte eines Therapeuten oder eine Nummer ihrer Versicherung, wo er eine Überweisung an einen erhalten konnte.

„Ja, Sir. Ich werde es mir ernsthaft überlegen." Seine Welt hatte einige Umbrüche durchgemacht und die Einholung einer professionellen Meinung konnte ihn vielleicht auf stabileren Boden bringen. Er konnte Jez nicht zumuten, das für ihn zu tun.

„Gut. Und vergessen Sie nicht, dass Sie über Ihren Gewerkschaftsvertreter eine Beschwerde gegen ihn einreichen können."

„Oh. Denken Sie, ich sollte das tun?" Hayden wusste nicht, ob er dazu bereit war.

Der Captain hielt seine Hände hoch. „Denken Sie darüber nach. Besprechen Sie es mit Ihrem Vertreter. Das ist der beste Rat, den ich geben kann, aber – und denken Sie daran, dass dies immer noch vertraulich ist – ich hoffe, dass ein Schichtwechsel die Situation verbessern wird. Wenn Jordan zurückkommt, wird er in der C-Crew sein."

Hayden hätte sich nicht so erleichtert fühlen sollen, aber er tat es. „Danke, Sir."

ALS HAYDEN am Dienstag nach seiner Schicht nach Hause kam, war es zu hell und sonnig, um schwere Themen zu diskutieren, und Jez war nicht bereit, ihnen die Laune zu verderben. Hayden griff Stichworte von Jez auf und sie beschränkten ihr Gespräch auf Smalltalk. Ein paar Mal öffnete Jez den Mund, um Hayden von den abschreckenden Wohnungen zu erzählen, aber genauso schnell hielt er die Worte zurück. Es war nicht so, als wäre es ein Geheimnis, aber er wollte auch nicht, dass Hayden etwas Ermutigendes über seinen Auszug sagte. Er wollte erst mal seine Zeit mit Hayden genießen, weil er sich nicht sicher war, ob das klug war und auch nicht, ob Hayden überhaupt weitermachen wollte, trotz allem, was er gesagt hatte.

Stattdessen spielten sie draußen im Hof mit Fang und Hayden machte ein Nickerchen. Dann kochten sie zusammen Abendessen – obwohl Hayden zusätzlich zu den veganen Angeboten auch eine Hühnerbrust briet – und sahen sich einen Film an, während sie aßen.

Es war bequem und süß. Idyllisch. Kleine Berührungen, als ob Hayden sich nicht zurückhalten könnte. Küsse zwischen Herd und Kühlschrank. Küsschen, während Fang einem Ball nachjagte und sich nicht die Mühe machte, ihn zurückzubringen. Alles, was eine neue Beziehung sein sollte, mit dieser Spirale aus Bewunderung, Verlangen und Hoffnung, die sich in seinem Bauch entfaltete. Jez wollte das nicht verlieren, aber er wollte auch nicht zu tief eintauchen, denn je länger er vorgab, mit Hayden zusammen zu sein, desto herzzerreißender würde es sein, wenn alles auseinandergerissen würde.

Sobald der Abspann des Films lief – von dem Jez vor Anspannung einen Großteil nicht mitbekommen hatte –, schaltete er auf Pandora um und rief eine seiner beruhigenderen Playlists auf. Sie lagen ausgestreckt auf der Couch. Hayden war hinter ihm und Fang lag auf ihren Füßen. Jez bewegte sich, als ob er sich aufrichten wollte, aber Hayden hatte den Arm fest um seine Taille gelegt.

„So ist es gut." Hayden küsste sein Ohr. „Machen wir es uns wenigstens bequem."

Zumindest hatte Hayden nicht versprochen, dass alles in Ordnung sein würde.

Jez ruhte an Haydens starker, warmer Brust. Wo sollte er anfangen? Wie viele Details waren wirklich notwendig?

„Ich hatte einen Freund in New York."

Hayden grunzte verärgert und Jez kicherte über den milden Ausdruck beiläufiger Eifersucht.

„Ich hatte im Laufe der Jahre ein paar. Aber es war der letzte, Jayson, von dem ich spreche. Er war groß und athletisch. Ich bin irgendwie auf einen Typ festgelegt, schätze ich. Wie auch immer, er war auch im Schrank, zumindest bei der Arbeit. Er war ein professioneller Hockeyspieler."

„Derjenige, der bei der National Hockey League war?"

„Ja. Er war nicht in einem der besten Teams. Er spielte für eines der Feeder-Teams."

„Davon gibt es in New York aber keine, oder? Sind die nicht in Connecticut?"

„Woher weißt du das denn? Ich dachte, du interessierst dich nicht für Hockey."

Jez fühlte, wie Hayden hinter ihm mit den Schultern zuckte. „Es ist nicht so, dass ich mir etwas in die Ohren stopfe, wenn es erwähnt wird. L.A. hat schließlich eine Hockeymannschaft. Und ich habe eine kleine Internetrecherche gemacht, nachdem du gesagt hast, dass es dir gefällt."

„Er lebte in Hartford, aber seine Eltern hatten eine Wohnung in Manhattan, die Jayson mehr benutzte als sie. Wir sahen uns nur, wenn er in der Stadt war."

„Hast du seinetwegen angefangen, Hockey zu schauen?"

Das wäre scheiße gewesen. „Nein, ich habe mich im College damit beschäftigt, obwohl die meisten meiner Freunde keinen Sport trieben. Wahrscheinlich, weil ich die großen athletischen Typen mag. Wie auch immer, ich denke, weil ich Hockey mochte, habe ich Jayson eine Art Vertrauensvorschuss gegeben, was ich nicht hätte tun sollen."

„Und er war nicht geoutet? Haben sie nicht dieses Programm, um mit dem Mobbing im Sport aufzuhören oder schwulen Spielern zu helfen?"

„Ja, das dachte ich auch, aber trotz des Programms habe ich noch von keinem geouteten Spieler gehört. Jayson hatte nicht vor, der Erste zu sein. Jedenfalls begannen wir mit Dates und Jayson machte schnell ernst. Zu schnell."

Haydens ganzer Körper verspannte sich. „Bin ich zu schnell? Du musst mir wirklich sagen, wenn ich etwas falsch mache."

Jez tätschelte Haydens Hand und verband ihre Finger miteinander. „Das ist eines dieser seltsamen Dinge in Beziehungen. Jede hat ihr eigenes Tempo. Wir tun, was für uns richtig ist, und wenn es sich nicht richtig anfühlt, werde ich etwas sagen. Als Jayson anfing, all diese großen Gesten zu machen, war es nicht richtig. Ich denke, es könnte daran gelegen haben, dass er Gefühle für mich hatte, die ich nicht erwidert habe. Oder die zumindest nicht so stark waren. Alles, was er tat, fing an mich zu erdrücken. Vieles, was er tat, waren Dinge, die oberflächlich betrachtet romantisch wirkten. Viele Geschenke, importierte Schokolade und Wein. Nichts Verrücktes wie Schmuck, aber es war immer etwas. Fing Streit an, weil er eifersüchtig war. Brach in meine Wohnung ein, um ein Abendessen mit Catering zu organisieren. Drang in meine Wohnung ein, um sich nackt auf meinem Bett als Geburtstagsgeschenk zu präsentieren. Er hat einen Monat ohne ersichtlichen Grund meine Miete bezahlt. Eine Fülle von Gedichten. Er beobachtete mich, während ich schlief. Es war zu viel, denn ich wusste, dass ich den Kerl nicht liebte und ich war nicht sicher, ob ich es jemals tun würde. Aber als er irgendein seltsames Zeug in mein Facebook-Profil schrieb und meinen Laptop benutzte, während ich schlief, war es das. Ich habe mit ihm Schluss gemacht."

Hayden drückte seine Hand. „Klingt vernünftig."

„Ja, das sollte man meinen. Meine Freunde hielten es für verrückt, dass ich mit einem Kerl Schluss gemacht habe, weil er zu viele schöne Dinge für mich getan hat. Aber es fühlte sich kontrollierend an, weißt du? Als wollte er, dass ich mich verpflichtet fühle oder von ihm betört werde. Wie auch immer, die Geschenke wurden größer. Mehr Süßigkeiten. Größere Plüschtiere. Obstkörbe. Blumen. Er schickte sie zu mir nach Hause, zu meiner Arbeit. Ich habe seine Nummer blockiert. Ich habe ihn in den sozialen Medien blockiert. Dann bekam er eine neue Nummer. Mehr Anrufe. Anrufe bei meiner Arbeit. Er tauchte an meinem Arbeitsplatz auf. Dann wurde es seltsam. Ich bestellte zum Beispiel Essen, es wurde geliefert und ich fand heraus, dass jemand anderes dafür bezahlt hatte. Es gab keine Drohungen, aber ich fühlte mich bedroht."

„Bist du deshalb nach L.A. gekommen?"

„Langer Rede kurzer Sinn, ja. Zuerst versuchte ich jedoch, eine einstweilige Verfügung zu bekommen. Ich wurde ziemlich ausgelacht. Sie dachten, ich reagiere übertrieben auf ein Liebesgeflüster. Man sagte mir, ich solle aufhören, die Zeit der Leute zu verschwenden. Ich denke, wenn ich ein Mädchen mit einem Ex-Freund gewesen wäre, hätten sie die Dinge vielleicht ernster genommen, aber als schwuler Mann? Sie dachten, ich sei dumm."

Hayden versteifte sich hinter ihm. „Das ist schrecklich. Hast du ihn angezeigt oder so?"

„Nein. Aber danach hörte alles auf. Jayson verschwand aus meinem Leben. Ich hörte Gerüchte, dass er zu einem der New Yorker Teams berufen worden war und ich nahm an, dass er durch den Fortschritt in seiner Karriere genug andere Dinge hatte, auf die er sich konzentrieren konnte. Ein paar Monate später hatte sich die Situation wieder normalisiert. Ich hatte Fang, der mir Gesellschaft leistete, weil ich noch nicht bereit war, mich wieder zu verabreden. Dann bekam ich einen Anruf. Es war eine unbekannte Nummer. Ich hatte angenommen, dass es wieder Jayson war und wollte es ignorieren, aber dann wurde mir klar, dass sie eine kalifornische Vorwahl hatte, also antwortete ich. Stattdessen war es ein Casting Director aus L.A. Er sagte, er hätte mir ein paar Mal eine E-Mail geschickt und eine Sprachnachricht wegen eines Jobs hinterlassen – mein alter Mentor hatte mich empfohlen –, aber er hatte keine Antwort bekommen und musste eine Entscheidung treffen."

„Oh. Also …"

Jez lachte, denn Haydens Überraschung sorgte für einen dringend benötigten Bruch in der Spannung. „Ja, ich habe wirklich einen Job. Ich komme gleich darauf zurück."

„Richtig. Okay, also ein Jobangebot in LA."

„Das war das erste Mal, dass ich davon hörte. Ich hatte keine E-Mails gesehen oder irgendwelche Sprachnachrichten erhalten und sagte ihm das. Wir überprüften meine E-Mail-Adresse, die er korrekt angegeben hatte, und schrieben es den Launen der Internets zu. Der Casting-Direktor gab mir einen Überblick und der Job war ziemlich maßgeschneidert für mich, aber ich liebte das, was ich in New York tat. Also sagte ich ihm, dass ich ein oder zwei Tage brauchen würde, um darüber nachzudenken."

Wie konnte das sein Leben sein? Ein reiner Zufallsmoment. Sie lagen ein paar Minuten still da. Er hatte ein paar Details ausgelassen und würde sich auch mit ein paar weiteren nicht beschäftigen, aber die wichtigsten Fakten waren schmerzhaft genug.

„Ich weiß, dass du den Job angenommen hast, aber etwas ist passiert, nicht wahr?" Hayden zog ihn näher heran. Überraschenderweise empfand Jez die Wärme von Haydens großem Körper als tröstend, obwohl er erwartet hatte, dass er für den Rest seines Lebens auf Männer, die wie Jayson gebaut waren, negativ reagieren würde.

„Ich bin nach Hause gegangen und habe meinen Laptop geöffnet. Ich habe angefangen, in meinen E-Mails zu graben. Ich habe mich nicht für viele Dinge auf E-Mails verlassen. Ich habe sie jeden Tag überflogen, aber SMS und Social Media, das war mein Lebenselixier, obwohl ich Social Media immer weniger benutzt hatte. Ich schätze, ich war besorgt, dass Jayson mir folgen würde. Wie auch immer, ich konnte keine dieser E-Mails finden. Als ich dort saß, den Posteingang geöffnet, blinkte eine neue E-Mail mit dem Betreff „Brauche bis morgen Abend eine Antwort" von Chris, dem Casting Director, auf. Ich dankte den höheren Mächten, dass sie es endlich richtig gemacht hatten, als die E-Mail verschwand."

„Was?"

„Jawohl. Direkt vor meinen Augen. Ich hatte nicht einmal die Gelegenheit, zu sehen, was in der Nachricht stand. Also beschloss ich, meine Anrufprotokolle zu überprüfen. Ich hatte andere Anrufe von dieser kalifornischen Nummer, aber keine Sprachnachrichten. Und es kam mir in den Sinn, was Jayson alles getan hatte, meine Lieferungen bezahlt, meine Sprachnachrichten gelöscht, meine E-Mails gelöscht … Während wir zusammen gewesen waren, musste er mich beobachtet und meine Passwörter für alles bekommen haben." Sein Herz begann wieder zu rasen, wie es an diesem Tag geschehen war, nur bei der Erinnerung an Jayson, der ihn immer noch auf eine super-invasive und gruselige Weise kontrolliert hatte. Er hatte in seiner Wohnung gesessen, Angst gehabt und sich gefragt, wie viel Zugang zu seinem Leben Jayson hatte.

„Heilige Scheiße. Das ist verrückt. Klingt, als hätte er versucht, dich zu manipulieren und zu verunsichern. Sicherlich hätten die Bullen etwas tun können."

„Ich weiß nicht. Können sie etwas tun, wenn du freiwillig Passwörter teilst? Ich hatte es nicht getan, aber ich wette, Jayson hätte gesagt, dass ich sie ihm gegeben hatte. Schließlich hatte er alle meine Freunde überzeugt, dass ich der Verrückte war, der sich von ihm getrennt hatte. Wie auch immer, ich bin ausgeflippt. Ich verbrachte die nächsten Stunden damit, mir eine neue E-Mail-Adresse zuzulegen, dann änderte ich die Passwörter und zugehörigen E-Mail-Adressen für alles und ich meine wirklich alles. Ich ließ die alte E-Mail-Adresse bestehen, in der Hoffnung, dass er nicht merken würde, was ich tat. Ich änderte meine Telefonnummer, rief dann Chris zurück und nahm den Job an."

Hayden küsste seinen Hals und ließ Jez schaudern, aber es sollte kein Versuch sein, ihn mit Sex abzulenken. Jayson hatte das auch viele Male versucht und Jez hätte Hayden deshalb zur Rede gestellt.

„Ich saß da in meiner winzigen Wohnung, Sirenen heulten, als Einsatzfahrzeuge vorbeikamen, hielt Fang in meinen Armen und fing an, mich zu wundern. Was, wenn Jayson versuchte, sich in etwas außer meiner E-Mail einzuloggen und herausfand, dass er es nicht konnte? Und ich erinnerte mich, dass ich irgendwo gelesen hatte, dass Menschen über ihre sozialen Medien verfolgt werden konnten. Ich dachte, ich hätte alle Privatsphäre-Einstellungen ausgeschaltet, als ich die Passwörter geändert hatte, aber was, wenn ich etwas übersehen hätte? Ich war mir ziemlich sicher, dass der Umzug auf die andere Seite des Landes Jayson fernhalten würde, aber ich hatte noch drei Wochen Zeit, bevor Chris mich in L.A. brauchte. Das war eine Menge Zeit für Jayson, um auszuflippen. Ich geriet irgendwie in Panik. Am Wochenende packte ich alles zusammen, von dem ich dachte, dass ich es selbst in den Van einladen konnte, benutzte das Telefon meines Nachbarn, um bei der Arbeit eine verrückte kurzfristige Nachricht zu hinterlassen, schob einen familiären Notfall vor, löschte meine Social-Media-Konten komplett und fuhr dann los."

„Und was hat Miguel damit zu tun?"

„Ich habe ihn von unterwegs angerufen. Ich hatte die letzte Phase nicht durchdacht und erst als ich Pennsylvania erreichte, wurde mir klar, dass ich vielleicht etwas Hilfe brauchen würde."

Hayden schob sie so, dass Jez ihm gegenüberlag, irgendwie halb unter ihm. Hayden mochte ein beschissener Innenarchitekt sein, aber seine fantastische Couch machte einen Großteil dieses Mangels wett. „Es tut mir so leid, dass du das durchgemacht hast, Jez. Das ist schrecklich. Relativiert meine Probleme mit Jordan. Aber das ändert nichts daran, was ich für dich empfinde. Oder dass ich versuche, dass es mit uns klappt."

Das Kapitel seines Lebens mit Jayson war vorbei. Endlich. Und er wollte es so gut er konnte vergessen. „Nein? Was ist, wenn ich dir sage, dass ich in Therapie bin? Ich habe deswegen jetzt Panikattacken und Probleme mit Menschenmassen. Es fing an, als ich versuchte, mit Jayson Schluss zu machen. Ich ging raus und fühlte mich, als würde ich beobachtet."

„Vielleicht wurdest du beobachtet." Hayden runzelte die Stirn. „Dieser Typ klingt gestört."

„Offensichtlich ... Und er war nicht mal ein Torwart." Jez lachte über den völligen Mangel an Verständnis auf Haydens Gesicht. „Ich muss zugeben, zu wissen, dass ich mir die Dinge nicht eingebildet habe ... macht es nicht besser. Und jetzt, wo ich diese Probleme habe, muss ich vielleicht für immer damit leben. Ich habe Medikamente, aber ich muss bald einen örtlichen Therapeuten finden."

Hayden lachte mit einem kläglichen Schnauben. „Vielleicht können wir ja zum selben gehen."

Jez zog vor Verwirrung die Nase kraus. „Was?"

Hayden erzählte alles, was mit Jordan auf dem Stützpunkt passiert war, und bei dem Teil über die Unterstützung seines Chefs hätte Jez am liebsten gejubelt. Scheiße, er hatte sich auch Sorgen um Hayden gemacht – er war einfach froh, dass

Hayden von selbst zu der Erkenntnis gelangt war, dass eine Therapie helfen könnte. Aber vor Freude herumzutanzen, wäre vielleicht ein wenig zu fröhlich gewesen, wenn man bedachte, dass Hayden gerade zwei Männer verloren hatte, die er als Freunde betrachtet hatte, egal wie schrecklich wenig freundschaftlich sie gewesen waren.

„Zum selben Therapeuten zu gehen, wäre sehr … ähm … partnerschaftlich", warf Jez statt einer Siegesgeste ein. „Könnte … nun ja, kein Spaß sein. Aber beruhigend. Wann wirst du Miguel von Vic erzählen?"

„Keine Ahnung. Wenn ich ihn das nächste Mal sehe, schätze ich."

„Vielleicht sollten wir ihn hierher einladen. Weil es ein paar Dinge gibt, die ich mit ihm klären möchte und ich denke, er hat mich gemieden."

Hayden runzelte die Stirn. „Komisch, ich glaube, du hast recht. Er hat auch mich gemieden."

„Ist er nicht mit dir nach Vegas gefahren?"

„Nein. Er hatte diesen Campingausflug. Er traf uns erst hier im Haus, nachdem wir zurückgekommen waren, um das Spiel zu sehen."

„Also, wegen dieser Nacht."

Hayden hob eine Augenbraue an. „Ist das nicht die Stelle, an der wir anfangen zu knutschen? Vielleicht Sex auf der Couch haben? Ich hatte noch keinen Sex auf dieser Couch, aber ich denke, das würde ich gerne."

Jez lachte. Hayden hatte nur gescherzt, aber der Gedanke an Sex auf der Couch ließ eine Welle der Erregung durch ihn hindurchfließen. Eine Idee, die sie später erforschen konnten. „Bald. Ich verspreche es. Miguel hat dir gesagt, dass ich Schauspieler bin, nicht wahr?"

Hayden rollte mit den Augen. „Ja. Wenn wir von deinem Bruder reden, dann wird das nichts mit Rummachen. Ja, er hat mir gesagt, dass du ein Schauspieler bist. Aber ich habe …" Er stoppte abrupt, wahrscheinlich weil es keinen guten Weg gab, die Frage „Hast du auch wirklich etwas getan?" zu stellen.

Jez tat nur so, als hätte er nicht angefangen zu fragen. „Ich bin kein Schauspieler. Oder zumindest nicht nur Schauspieler. Ich bin hauptsächlich Tänzer und Sänger. Die Rollen, die ich bekomme, sind Schauspielerei, aber ich habe die Hochschule für Tanz besucht. Modern Dance meistens, aber ich kann mich in den meisten anderen Disziplinen behaupten. Wenn du versuchen würdest, mich in der – sagen wir mal – Internet Movie Database nachzuschlagen, würdest du mich nicht finden. Ich habe weder Fernsehen noch Filme gemacht. Aber wenn du die Internet Broadway Datenbank überprüft hättest, nun, ich bin definitiv dabei. Ich hatte Glück. Ich habe nur an großen Produktionen gearbeitet – einer meiner Lehrer hatte viele Verbindungen und mochte mich wirklich, also musste ich nicht all die Off-Off-Off-Broadway-Shows machen, die viele Tänzer absolvieren müssen, um den Durchbruch zu schaffen."

Hayden fing an zu zappeln und Jez lachte. „Na los, überprüf dein Handy. Ich sehe, dass du es unbedingt willst."

Bevor Jez den Satz beenden konnte, hatte Hayden sein Handy schon aus der Tasche gezerrt. „Heilige Scheiße", rief er ein paar Minuten später aus. „Ich hatte keine verdammte Ahnung. Das ist unglaublich. Ich meine, ich habe von den meisten dieser Shows noch nie gehört, aber wow."

Die Aufrichtigkeit in Haydens Stimme bedeutete Jez, der nie jemanden gehabt hatte, mit dem er die Freude über seine Erfolge teilen konnte, so viel. Sogar die meisten seiner sogenannten Freunde – diejenigen, die ihm wegen Jayson nicht geglaubt hatten – waren auch seine Konkurrenz um Rollen gewesen, sodass ihre Glückwünsche immer einen Unterton von „warum er?" hatten.

„Warum hast du Miguel nichts davon erzählt?"

Jez schnitt eine Grimasse. „Das habe ich. Ich meine, ich habe ihm nie persönliche Dinge erzählt, weil es ihm egal zu sein schien, aber ich habe ihm von all meinen Rollen erzählt. Ich weiß nicht, ob er einfach nicht zugehört hat oder ob er sich für seinen schwulen Bruder, den Tänzer, geschämt hat. Schauspielerei hat vielleicht ... männlicher geklungen?"

„Das ist nicht richtig. Ich meine, ich habe einige Vermutungen angestellt, die ich nicht hätte anstellen sollen, weil ich mit schlechten Daten gearbeitet habe, aber Miguel hatte alle richtigen Daten. Ich weiß nicht, warum er mir nicht die Wahrheit gesagt hat. Ich werde dafür sorgen, dass er das nächste Mal vorbeikommt, wenn wir einen gemeinsamen freien Abend haben. Wir feuern beide Magazine leer und sehen, wo das Schrapnell landet."

Eine etwas blutige Metapher, aber Jez konnte es verstehen. Dieser Mist mit Miguel war eine unnötige Zeit- und Energieverschwendung, aber er musste wissen, was sein Bruder dachte. Wenn es so schlimm wäre, wie er es befürchtete, dann hätte er wie Hayden offiziell keine Familie mehr.

„An welcher Show arbeitest du denn in L.A.?"

„Komisch, dass du das fragst, denn das wird am Ende mein erster Eintrag in der Internet Movie Database sein."

Haydens Augen leuchteten auf.

„Kein Grund, aus dem Häuschen zu sein. Es ist kein Film. Es geht um eine fiktive Realityshow, die eine Art Kreuzung zwischen *Glee* und *Dancing with the Stars* ist. Das Drama der Show dreht sich darum, was hinter den Kulissen passiert, während sie diese Realityshow kreieren. Ich spiele einen der Choreographen und werde auch einen Teil der Choreographie für die Show entwickeln. Das ist die Art von Sache, die ich irgendwann tun wollte, und ich kann hier auch noch Theaterrollen übernehmen, wenn die Show Pause macht."

„Herzlichen Glückwunsch. Das klingt toll. Ich meine, ich habe gestern nur ein kleines bisschen von deinem Tanz gesehen, aber ich war fasziniert."

„Oh ja? Ich habe dich sofort verführt, oder?"

Haydens Stimme wurde leiser. „Von der ersten Minute an."

Ja, da war Jez auch in die Falle getappt, auch wenn er es nicht hatte zugeben wollen.

Hayden küsste ihn sanft. Dann begann er an seinem Kinn und Hals zu knabbern und ließ Jez so schnell in Erregung geraten, dass ihm fast schwindelig wurde.

„Warte."

Hayden beugte sich mit großen Augen zurück. „Was ist los?"

Jez umfasste sein Gesicht und rieb seine Daumen über perfekte Lippen. „Hast du Vorräte hier unten? Wenn wir deine Couch taufen wollen, sollten wir es richtig machen."

„Oh, ähm. Nein."

Jez gab Hayden einen Klaps auf den Hintern, der bei der leisen Hintergrundmusik zufriedenstellend laut klang. „Dann schätze ich, dass du dir besser welche besorgen solltest."

Hayden schob sich von der Couch und seine Erektion beulte die Vorderseite seiner Hose aus. Jez ließ eine Hand auf seinen eigenen, harten Schwanz fallen und massierte ihn durch seine Jeans. „Beeil dich lieber, sonst fange ich ohne dich an."

Haydens gespielt vorwurfsvoller Blick ließ Jez nur noch härter reiben. Er streckte Hayden die Zunge heraus und neckte ihn. Aber das motivierte Hayden zum Laufen. Großartiger Sex mit einem Hauch von Spaß und einem Mann, der wie eine zweite Hälfte zu ihm zu passen schien. Es konnte nicht besser werden als das.

7

EINE WOCHE später und nach vielen Telefonaten nagelte Hayden Miguel schließlich fest und bestand darauf, dass er zum Abendessen vorbeikam. Es war die Nacht vor Halloween, aber die anstehende Dinner-Diskussion war womöglich beängstigender als jeder Horrorfilm.

Er und Jez hatten einen Rhythmus gefunden und es war gut. Sie waren ein paar Mal ausgegangen – ein einfaches Abendessen und ein Film, nichts Besonderes. Hayden war anfangs nervös gewesen. Jeder, der sie zusammen sah, würde annehmen, dass sie beide schwul waren und er hatte nicht gewusst, wie er damit umgehen sollte. Die Leute hatten sie angestarrt, aber in den meisten Fällen hatten sie Jez bewundert. Der gelegentliche, missbilligende Blick hatte Hayden nicht annähernd so gestört, wie er erwartet hatte. Schließlich war es leichter geworden, sich auf ihre Zweisamkeit zu konzentrieren.

Wenn sie nicht auf Dates waren, verbrachten sie ihre Zeit damit, Fang auf Spaziergänge mitzunehmen, Haushaltsarbeiten zu erledigen oder zu vögeln. Nach dieser erlösenden Begegnung auf der Couch war Jez mehr oder weniger in Haydens Bett eingezogen. Hayden hatte noch nie zuvor ein Bett geteilt, um tatsächlich zu schlafen, aber es war gut. Großartig sogar. Er schlief besser und tiefer als in einer langen Zeit und er entdeckte eine bisher unbekannte Liebe zum Morgensex. Nachdem er nie mit jemandem aufgewacht war, war ihm nie klar gewesen, wie angenehm die verschlafene, träge Steigerung zu einem Orgasmus sein konnte.

Sie kochten zusammen und kombinierten ihre Mahlzeiten so, dass sie gemeinsame Elemente hatten, auch wenn Hayden Fleisch und Käse dabei hatte und Jez keines von beiden. Inzwischen machte ihm die Häuslichkeit keine Angst mehr und seine Zuneigung zu Jez wuchs von Tag zu Tag mehr. Manchmal machte ihm das Angst. Konnte er auf Gefühle vertrauen, die so schnell aufkamen? Er musste es tun, denn Jez zu verlieren, würde ihm das Herz brechen.

An diesem Abend hatte Hayden Jez gesagt, dass sie eine fleischlose Mahlzeit zubereiten könnten, solange es keinen Tofu gab – das war Haydens Grenze – und Jez hatte vor ein paar Stunden ein fleischfreies Chili in den Schongarer gegeben. Vielleicht könnte Hayden mehr von Jez' Essen ausprobieren, aber was ihn betraf, waren Dinge, die einen Geschmack brauchten, der erst für sie „entwickelt" werden musste, es nicht wert, gegessen zu werden. Vielleicht zu ihrem Jahrestag, vorausgesetzt, dass Hayden nichts überstürzte, würde er herausfinden, wie man etwas Veganes kochte, das sie beide liebten. Er hatte viel Zeit, um es zu erforschen.

Hayden verfeinerte den Apfelkuchen für den Nachtisch. Er wäre nur für ihn und Miguel, da die Kruste vor Butter triefte, aber Jez versicherte ihm, dass er mit etwas Kokosmilch-Eis zufrieden sein würde. Hayden müsste auch vegane Desserts recherchieren. Das konnte viel mehr Zeit in Anspruch nehmen als nur eine vegane Mahlzeit. Ein richtiges Dessert ohne Milchprodukte oder Eier erschien ihm unmöglich, aber Jez versicherte ihm, dass es das nicht war. Verdammt, selbst normale Marshmallows und Götterspeise waren nicht vegan, was Hayden wirklich schockiert hatte.

Hayden hörte das Klirren der Rohre, das ihm signalisierte, dass Jez seine Dusche beendet hatte. Sie hatten sich entschieden, getrennt zu duschen, weil es zu unsicher war, ob Hayden seine Hände kontrollieren konnte, und sie wollten nicht, dass Miguel inmitten eines guten, sauberen, aber schmutzigen, schaumigen Vergnügens ankam.

Ein letzter Feinschliff der Kruste und Hayden schob den Kuchen in den Ofen und öffnete dann eine Flasche Wein. Es gab keinen Grund, warum sie nicht damit anfangen konnten. Ein wenig Mut vor dem Spiel. Er goss etwas Wein in zwei Gläser und nahm einen Schluck, als Jez barfuß in die Küche tapste.

Er trug genau das gleiche Outfit, das er an dem Tag getragen hatte, als er eingezogen war, mit dem Einhorn, das Regenbögen furzte und enge Jeans.

„Bist du nervös?" Hayden gab Jez das Weinglas.

Jez lachte angespannt. „Woher weißt du das?"

Er starrte nachdrücklich auf das Hemd. „Das Regenbogen-T-Shirt. Das hast du an dem Tag getragen, als du eingezogen bist. Ich denke, vielleicht ist es ein T-Shirt, das dich daran erinnert, wer du bist."

Diesmal war Jez' Lachen entspannter. „Ja, du hast recht. Ich habe ein paar Shirts, die provokant schwul sind, und je nach Situation fühlt es sich ein wenig wie das Anziehen einer Rüstung an oder so."

„Nun, ich hoffe, wir brauchen dafür keine Regenbogenrüstung, denn ich habe nichts Passendes."

„Vielleicht können wir etwas für dich finden. Zu spät für heute Abend, aber es wird zukünftige Situationen geben, die die Macht von Regenbogeneinhörnern erfordern." Jez schnappte ihre beiden Gläser und stellte sie auf den Tisch, bevor er sich in Haydens Arme schmiegte und sein Gesicht zu einem Kuss hob.

Hayden wusste nicht, wie lange sie sich langsam küssten, ohne die Grenze zu hektisch und erregt zu überschreiten, aber er war auf Halbmast, als es an der Tür klingelte. Fang sauste zur Tür und bellte wild, aber angesichts seines fast lautlosen Bellens war er am Ende eher lustig als nervend. Er würde keine Möchtegerneinbrecher abschrecken.

Sie trennten sich und eine winzige Falte bildete sich auf Jez' Stirn. Hayden wusste nicht, ob es daran lag, dass sie unterbrochen worden waren oder weil Jez sich auf den Abend auch nicht freute, aber er konnte es ihm nachfühlen. Hätte Hayden es für immer aufschieben können, hätte er es getan. Aber selbst ohne einen

Termin mit einem Therapeuten vereinbart zu haben, konnte er sehen, dass das Aufschieben einer seiner wichtigsten Bewältigungsmechanismen war und es half ihm überhaupt nicht, mit Problemen fertig zu werden.

Hayden ließ ihn in der Küche hantieren und öffnete die Tür. „Hey."

Miguel zuckte genauso zusammen wie Jez. Hayden war vermutlich von den dreien noch am wenigsten nervös.

„Hey, Mann. Seit wann hast du einen Hund?" Miguel beugte sich hinunter, begrüßte Fang und ein Teil seiner nervösen Spannung verschwand unter dem überwältigenden Ansturm von Niedlichkeit.

„Das habe ich nicht. Fang gehört deinem Bruder." Fürs Erste. Hayden hoffte, dass sie an einen Punkt kommen würden, an dem Fang ihnen gehören würde, aber sie waren noch nicht dort.

„Jesús hat einen Hund?" Miguel schüttelte den Kopf. „Ich meine, Jez. Scheiße, er hasst es, wenn ich mich vertue und ihn Jesús nenne."

„Ja, Jez hat einen Hund." Unglaublich. Wenn man bedachte, wie sehr Jez dieses kleine Fellbündel liebte, war die Tatsache, dass er Fangs Anwesenheit nicht hinausposaunt hatte, erstaunlich. „Sein Name ist Fang."

Das entlockte Miguel ein schnaubendes Lachen. „Fang?" Er schnitt ein paar komische Grimassen und warf Fang ein Küsschen zu, bevor er aufstand und seine Hose abwischte.

Hayden fragte sich, ob Fangs Name das Hunde-Äquivalent zum Regenbogenhemd war. Hatte Jez eher vorgehabt, Fang eine Art Rüstung zu geben, als dass es ein humorvoller und ironischer Name war?

„Komm schon. Das Abendessen ist servierbereit. Möchtest du etwas Wein oder Bier?"

„Bier. Bitte." Miguel straffte seine Schultern und folgte Hayden ins Esszimmer, wo Jez bereits das Essen auf den Tisch stellte. Er ging, um Miguel sein Bier zu holen und dann setzten sich die drei zum Essen.

„Du bist Veganer?" Miguel war entsetzt. Noch etwas, worüber die Brüder nicht gesprochen hatten. Jez' Beharren auf Kommunikation ergab nun viel mehr Sinn, denn es war offensichtlich, dass die Brüder zwar telefoniert hatten, aber sie kommunizierten nicht gut. Oder vielleicht war Miguel ein ganz schlechter Zuhörer.

Vielleicht dachte Jez, dass eine bessere Kommunikation seine Beziehung zu Jayson weniger schmerzhaft gestaltet hätte. Ein edles Gefühl, aber eine Illusion. Schließlich würde keine Kommunikation der Welt die Tatsache ändern, dass Jayson eine Schraube locker hatte. Dass er verlassen wurde, hatte ihn nicht zu einem Nervenzusammenbruch gebracht. Er hatte Jez bewusst und methodisch ausspioniert, um seine Passwörter zu sammeln. Das deutete zumindest auf einen Soziopathen hin. Aber jetzt, da Hayden Teil des vielleicht schmerzhaftesten und unangenehmsten Blind Date zwischen zwei Männern war, die einander nicht so fremd sein sollten, verstand er, was Jez bewegte.

Nach einem steifen Small Talk kam das Gespräch ins Stocken. Hayden war bereit, die Mauer niederzureißen. „Miguel, ich muss es wissen. Warum hast du mir nicht von Jez' Karriere erzählt? Warum hast du mir nicht gesagt, dass er schwul ist? Es ist nicht so, als wüsstest du nichts über mich. Wie kommt es, dass du scheinbar nichts über deinen Bruder weißt?"

Miguel nahm einen langen Schluck Bier, als würde er sich stärken.

„Schämst du dich für mich?", fragte Jez.

Miguel war als Schauspieler nicht gut genug, um vorzutäuschen, dass er so betroffen aussah. „Nein, mi hermano, natürlich nicht." Er blinzelte schnell und seine Augen leuchteten im gelblichen Licht des Esszimmers. Der Rückfall ins Spanische irritierte Hayden. Damals, als Kind, hatte er es oft gehört, aber als Miguel nach L.A. gezogen war, hatte er angefangen, sich viel mehr wie ein Surfer oder ein Verbindungsjunge anzuhören. „Ich habe mir immer, immer solche Sorgen um dich gemacht. Das tue ich noch. Ich schätze, ich dachte, wenn ich nicht darüber rede, wenn niemand es weiß, könntest du nicht wieder verletzt werden. Und als du ans andere Ende des Landes gezogen bist? Ich weiß nicht, die Details deines Lebens zu hören … Ich konnte mir vorstellen, was alles schief gehen konnte. Und du hast Jordan und Vic kennengelernt. *Pendejos*. Ihnen zu sagen, dass du Schauspieler bist, schien mir … sicherer. Oh Gott. Dich in diesem Krankenhausbett zu sehen hat mich fast umgebracht. Ich wollte das nie wieder erleben."

Hayden richtete sich auf, alle Sinne in Alarmbereitschaft. „Krankenhaus. Was zum Teufel ist passiert? Wann war das?"

Jez sah zur Seite. „Noch mehr Leichen aus meinem Schrank. Ich schätze, ich hatte gehofft, sie nicht alle in meinem ersten Monat hier abzuladen."

„Bitte erzähl es mir." Miguels Präsenz verblasste mehr oder weniger in Haydens Wahrnehmung, als er sich auf Jez konzentrierte.

„Es ist Schnee von gestern, versprochen. Du warst schon jahrelang aus Willow Ridge weg, aber ich bin sicher, du erinnerst dich, dass es nicht schwulenfreundlich war."

Hayden rollte mit den Augen. „Ähm, nein. Ich bin mir dessen bewusst. Unsere Eltern gingen in die gleiche Kirche und nach meinem Outing drohten mir meine mit einer Zwangstherapie, bevor ich die Stadt verließ." Angst schnürte ihm die Kehle zu. „Ist es … das, was passiert ist?"

„Nein. Nicht das. Wie auch immer, ich wollte Tänzer werden. Schon immer. Im Sommer vor meinem Abschlussjahr ging ich für ein paar Wochen nach New York. Meine Eltern dachten, ich würde ein Praktikum machen, aber in Wahrheit nahm ich an einem Tanzprogramm für Schüler teil, das an der NYU angeboten wurde. Es war genug, um mich zu überzeugen, dass ich gut genug war, um aufgenommen zu werden. In meinem Abschlussjahr bewarb ich mich an allen Schulen, von denen meine Eltern wussten, sowie bei einer Reihe von Tanzprogrammen, von denen sie nicht wussten. Ich bekam ein Stipendium für die NYU und alles war bereit. Du kennst meine Eltern. Sie konnten nicht sehr gut Englisch lesen und wussten es einfach nicht. Am Tag nach der Abschlussfeier wurde ich von einigen der Jungs aus der Schule überfallen. Zusammengeschlagen. Ich war während der Party unvorsichtig gewesen und hatte begonnen, mich ein wenig zu entspannen, da ich wusste, dass in ein paar Monaten alles vorbei sein würde. Ich wäre dann in New York und frei."

Die Angst wanderte nach unten in Haydens Bauch und drückte das, was von seinem Abendessen übrig war, von sich weg. Er hatte ein flaues Gefühl, was als nächstes kommen würde. „Wurdest du schwer verletzt?" Dumme Frage. Ja, sonst wäre er nicht im Krankenhaus gewesen, aber Hayden hatte den Mann auch tanzen sehen, also keine bleibenden Schäden. Und es war auch schon lange vorbei.

„*Dios*, ich habe ihn kaum erkannt. Gesicht geschwollen, gebrochener Wangenknochen, überall Blutergüsse, Blut gepinkelt, Arm gebrochen." Miguels Stimme zitterte bei der Aufzählung.

„Ja, ich erinnere mich nicht allzu gut an den Überfall und die unmittelbaren Folgen. Ich brauchte eine Operation, um meinen Wangenknochen zu reparieren, sodass das meiste Zeug bis danach verschwommen ist. Aber ich erinnere mich sehr deutlich daran, dass meine Eltern und Miguel ins Krankenzimmer kamen. Sie wussten, warum ich zusammengeschlagen worden war und sie hatten die Sache mit dem Tanzstipendium an der NYU herausgefunden. Mom nannte das Tanzen „Dummheit" und mein Vater sagte, er hoffte, dass die Jungs etwas Vernunft in mich hineingeprügelt hätten. Wenn nicht, müsste er sich später darum kümmern. Miguel, glaube ich, war völlig sprachlos."

Warum hatte Hayden gedacht, dass es eine gute Idee wäre, das beim Abendessen zu bereden? Er war sich nicht sicher, ob er jemals wieder essen könnte. Miguel sah fast grau aus und auch er hatte seinen Teller zur Seite geschoben. Und das lag nicht daran, dass es vegan war. Das Chili war gut genug gewesen, dass Hayden es in der Feuerwache hätte machen können, ohne angemeckert zu werden. Miguel hatte eifrig gegessen, bis das Thema aufgetaucht war.

„Ich kann nicht glauben, dass deine Eltern so etwas sagen würden." Haydens Eltern hatten ihm mit Therapiefolter gedroht, aber sie hatten nicht beabsichtigt, sie selbst zu verabreichen.

Miguel seufzte. „Ich hörte sie zu Hause reden. Darüber, dass sie Jesús – damals war er noch Jesús – zu sehr verhätschelt hätten. Das verwöhnte Baby der Familie. Sie hatten nicht vor, ihn so lange im Krankenhaus zu behalten, wie die Ärzte empfohlen hatten, sondern wollten ihn nach Hause bringen. Papa wollte ihm einen Job besorgen und sie hatten beschlossen, dass der Sommer, den er in New York verbracht hatte, ihn auf gottlose Ideen gebracht hatte. Wenn er nicht auf eine örtliche Schule gehen würde, würde er überhaupt nicht gehen und Tanz wäre natürlich nicht erlaubt."

Jez blickte schließlich aus der intensiven Betrachtung seines halb gegessenen Abendessens auf und sah zu Miguel, der ihn liebevoll anlächelte. Er lächelte traurig zurück. Hayden wollte ihn so gern umarmen, war sich aber nicht sicher, ob das angemessen war, da sie Miguel noch nicht von ihnen erzählt hatten. Aber er war froh, zu sehen, dass Miguel alle Fehler, die er begangen hatte, nicht gemacht hatte, weil er seinen Bruder nicht liebte.

„Könnten wir das ins Wohnzimmer verlagern? Es ist bequemer und ich kann das Essen einfach nicht mehr sehen." Jez klang so deprimiert, wie Hayden es noch nie gehört hatte, und er hatte vor, es zu einem Lebensziel machen, diesen besiegten Ton von Jez nie wieder zu hören. Er wollte nicht einmal darauf bestehen, dass das Geschirr sofort gespült wurde.

Sie zogen ins Wohnzimmer um und Hayden saß an seinem gewohnten Platz auf der Couch. Wie es ihr neuer Normalzustand geworden war, setzte sich Jez neben ihn und kuschelte sich an seine Schulter, die Beine auf der Couch zusammengerollt. Es war unmöglich, etwas anderes zu tun, als seinen Arm um Jez zu legen, ihn an sich zu drücken und ihm dann einen Kuss auf die Schläfe zu geben. Fang folgte ihnen – es hatte nicht lange gedauert, bis sie eine dritte Welpentreppe gekauft hatten, damit Fang die Couch erreichen konnte – und legte seinen Kopf mit einem Grunzen auf Jez' Knöchel. Miguel saß in einem der Clubsessel, drehte sich dann in seinem Sitz und starrte sie mit großen Augen an.

Hayden verspannte sich kurzzeitig, aber ein strahlendes Lächeln breitete sich auf Miguels Gesicht aus. „Wirklich? Ihr beide treibt es miteinander?" Und da war der Surfertyp zurück, als wäre er nie weg gewesen.

Jez schnaubte. „Wir *treiben* es nicht, Doofling." *Doofling.* Hayden hatte dieses Wort nicht mehr gehört, seit er mit den beiden Brüdern zusammen gewesen war, als Jez zwölf Jahre alt war. „Wir sind …"

Hayden biss sich auf die Lippe, um nicht zu lachen. Er fragte sich, wie Jez es seinem großen Bruder erklären würde.

„Wir gehen miteinander aus … Wir haben vor, daraus eine Beziehung zu machen."

Hey, nicht schlecht, obwohl sie in Haydens Kopf bereits in einer Beziehung waren.

„Ich kann dir nicht sagen, wie glücklich mich das macht."

Ein seltsamer Gedanke schlich sich in Haydens Gehirn. „Du hast nicht … du hast nicht versucht, uns zu verkuppeln, oder?"

Miguel lachte. „Nicht vorsätzlich, nein. Aber meine beiden Lieblingsmenschen, beide Single und eine Möglichkeit, euch zur gleichen Zeit an den gleichen Ort zu bringen? Ich wollte dem Schicksal auch nicht im Weg stehen."

Nein, Hayden verstand das. Und es machte ihn noch zuversichtlicher, dass Miguel auch dachte, dass sein und Jez' Zusammenkommen Schicksal war.

„Aber wenn du meinen kleinen Bruder verletzt, werden wir uns unterhalten, mi amigo." Interessant. Der Freund, mit dem er aufgewachsen war und der Surfertyp gleichzeitig. Das war noch nie passiert, aber nun, da Jez da war, würde Hayden es vielleicht öfter erleben.

„Ich glaube, wir sind sicher", seufzte Hayden. „Ich will es fast nicht hören, aber ich muss fragen, was nach dem Krankenhaus passiert ist."

Miguels Gesichtsausdruck wurde wieder ernst und Jez drückte sich fester an ihn.

„Ich wartete, bis meine Eltern weggingen. Dann packte ich eine Tasche mit allem, was mit dem Tanzprogramm zu tun hatte und so vielen Kleidern und dergleichen, wie ich unterbringen konnte, fuhr ins Krankenhaus und brachte ihn weg."

„Miguel, das war gefährlich! Warum hast du das getan?"

„Meine Eltern hatten ohnehin vor, es zu tun und offen gesagt, vertraute ich ihnen nicht, dass sie ihm ermöglichen würden, sich zu Hause zu erholen. Ich nahm ihn mit in das billigste seriöse Motel, bis ich eine möblierte Wohnung mit einem Kurzzeitmietvertrag finden konnte, und belog meine Eltern, dass ich in Sonderschichten arbeiten würde. Ich bezahlte eine Krankenschwester, damit sie vorbeikam und nach ihm sah, während ich in meinen eigentlichen Schichten arbeitete, und langsam ging es ihm besser. Ich reizte auch den Rahmen meine Kreditkarten aus, aber das war es wert. Glücklicherweise brauchte er nicht lange regelmäßige Pflege, denn ich konnte mir nicht viele Arztbesuche leisten. Die ganze Zeit über schickte ich Bewerbungen an jede Feuerwache im Gebiet von L.A., die eine freie Stelle hatte. Ich war nicht bereit, Kalifornien zu verlassen oder mich ganz von der Familie zu trennen, also schied eine Bewerbung in New York aus, aber ein paar Stunden entfernt in die Nähe meines besten Freundes zu ziehen, erschien mir als beste Lösung."

Aha. Miguel, war also nicht nur in seine Nähe gezogen, weil er Hayden vermisst hatte, aber das war ein noch besserer Grund.

„Haben sich deine Eltern nicht gefragt, wo er ist?"

Miguel schüttelte den Kopf. „Im Grunde genommen ist Jez einfach abgehauen und ich glaube nicht, dass überhaupt jemand wusste, dass ich im Krankenhaus war. Meine Eltern nahmen an, dass er weggelaufen oder vielleicht mit dem Bus nach New York gefahren war. Ich weiß nicht, ob ihnen bewusst war, dass es ihm kaum gut genug für eine kurze Autofahrt ging. Das Letzte, was ich in dieser Angelegenheit hörte, war, dass mein Papa sagte: „Gut, dass wir ihn los sind."

„Was war mit deinen Schwestern? Deinem Bruder? Hat sich keiner von ihnen Sorgen gemacht?"

„Nicht, dass ich je gesehen hätte."

Hayden erwartete halb, dass Jez bei dieser harten Antwort zusammenzucken würde, aber er reagierte überhaupt nicht. Andererseits hatte er Jahre Zeit gehabt, sich mit seiner Familiensituation abzufinden. „Sie kamen nicht einmal ins Krankenhaus. An diesem Tag in dem Krankenzimmer sprach ich zum letzten Mal mit jemandem von meiner Familie, außer Miguel."

Das ließ Hayden zusammenzucken. Verdammte Scheiße. Haydens Familie mochte klein gewesen sein, aber in Gestalt seiner Großmutter hatte ihn ein volles Drittel unterstützt.

„Und das Stipendium?"

Jez zeichnete zufällige Muster auf Haydens Oberschenkel, weit genug unten, dass Haydens dummer Schwanz mit seinem einspurigen Sexverstand nicht auf falsche Ideen kam. „Ich war mir nicht sicher, ob ich gesund genug sein würde, um es zu schaffen. Eine Woche vor Schulbeginn flog Miguel mit mir dorthin, half mir, mich im Wohnheim einzurichten, und stellte sicher, dass ich durch die Schule Ärzte hatte, die meine Pflege fortsetzen und meinen Heilungsprozess dokumentieren würden. Das sollte mir helfen, meinen Platz im Programm zu behalten, bis ich wieder gesund und bei Kräften war. Die Schule war entsetzt darüber, was mir passiert war, und machte Zugeständnisse. Ich hatte den ganzen Sommer Zeit gehabt, um mich zu erholen. Es dauerte nur noch ein paar Wochen, bis ich wieder hundertprozentig fit war. Ich dachte damals nicht darüber nach, aber ich hatte großes Glück gehabt. Wenn diese Typen mir die Knie gebrochen oder meine Schultern ausgekugelt hätten, hätte ich höchstwahrscheinlich keine Tanzkarriere gemacht. Aber ein paar gebrochene Knochen, einer von ihnen in meinem Gesicht? Ja, das war ungefähr das bestmögliche Szenario."

Die Sache war die, Jez lag falsch. Ein gebrochenes Knie war nicht der schlimmste Fall. Jez hätte getötet werden können und dann hätte Hayden ihn nie kennengelernt. Das löste eine ganz neue Art von Angst aus, die Hayden noch nie zuvor erlebt hatte.

„Wie auch immer, das Stipendium deckte das absolute Minimum an Schul- und Lebenshaltungskosten, aber Miguel schickte mir hin und wieder immer noch ein wenig Geld und Geschenke, bis ich endlich meinen ersten bezahlten Job bekam."

Hayden umarmte Jez und wiegte ihn sanft. Er machte sich nicht die Mühe, zu fragen, ob die Jungs verhaftet worden waren. Da Jez aus dem Krankenhaus verschwunden war und die Familie Perez die Angelegenheit wahrscheinlich nicht weiter verfolgt hatte, wäre jede Untersuchung im Sand verlaufen.

Die Stille zog sich in die Länge, durchbrochen nur von Fangs Schnarchgeräuschen. So schmerzhaft diese Diskussion bereits gewesen war, sie war noch nicht abgeschlossen.

„Schau, Miguel, ich bin fertig mit Jordan. Er hat zu viel gesagt, das ich ihm nicht verzeihen kann. Und ich weiß, dass Vic dein Freund ist, aber ich kann auch nicht mehr mit ihm rumhängen. Du bist immer willkommen, vorbeizukommen und was auch immer, aber nur, wenn Vic nicht bei dir ist."

Miguels Wangen wurden dunkel und fleckig, wie Hayden es nur sah, wenn ihm etwas extrem peinlich war. „*Dios.* Er war schrecklich letzte Woche. Auf der Station ist er nicht so schlimm, er gibt nur einfach die Sprüche von Jordan wieder. Ich verstehe das vollkommen. Ich war in letzter Zeit nicht so oft mit ihm zusammen, weil er die ganze Zeit so aggressiv ist."

„Warum hast du nichts gesagt?" Jez' Stimme war leise und verletzt. „Er und Jordan haben schreckliche Dinge gesagt und selbst wenn sie nicht gegen mich persönlich gerichtet waren, hätten sie es sein können."

Miguels Gesicht lief noch dunkler an. „Es tut mir so leid. Vielleicht war es nicht klug, aber ich dachte, wenn ich nicht darauf aufmerksam mache, wenn niemand es weiß, dann wird vielleicht auch niemand verletzt. Nicht nur um dich, ich habe mir auch Sorgen um Hayden gemacht. Wenn sie zu sehr daran erinnert wurden, dass Hayden auch schwul war, hätten sie vielleicht etwas Dummes getan. Ich hasse es jedes Mal, wenn Hayden in einen Schwulenclub geht, weil es mir Angst macht. Ich weiß, dass er auf sich selbst aufpassen kann, aber ich habe immer Angst, er könnte geschlagen werden."

Aha. Das gab Hayden ein besseres Gefühl. Miguel musste mit diesem Scheiß aufhören, aber zumindest lag es nicht daran, dass ihn die Tatsache abschreckte, dass Hayden ein Sexleben hatte.

„Verstehst du nicht? Darüber zu sprechen, es ins Licht zu rücken, sie wissen zu lassen, dass diese Art von Verhalten nicht akzeptabel ist, ist der einzige Weg, um sicherzustellen, dass niemand verletzt wird. Die Typen, die mich angegriffen haben, haben erst angefangen mich zu schikanieren, genau wie Vic und Jordan. Und es hat niemanden interessiert. Niemand hat sie aufgehalten. Also haben sie sich frei gefühlt, mich körperlich anzugreifen."

Alle Farbe wich aus Miguels Gesicht, als er Jez anstarrte. „Du meinst, du weißt, wer dich angegriffen hat? Warum hast du den Bullen dann gesagt, du würdest sie nicht kennen?"

Ah, so war es also gewesen.

„Ich hatte Angst, Miguel. Meine eigenen Eltern dachten, diese Typen hätten mir einen Gefallen getan. Aber als es mir besser ging und ich in New York lebte, wurde ich wütend. Ich wollte mich nicht verstecken und ich wollte nicht zulassen, dass Tyrannen meine Handlungen bestimmten. Ich wurde ein paar Mal aufgemischt, aber ich habe gelernt, mich zu wehren und ich wurde nie wieder ins Krankenhaus eingeliefert."

Heilige Scheiße. Haydens Sicht verschwamm und ihm wurde flau. Er war nicht bewusstlos geworden, oder?

Ein paar tiefe Atemzüge und alles war wieder normal und er sah, dass Miguel genauso entsetzt war wie er.

„Baby, sieh mich an." Hayden stupste Jez in die Seite, um seine Aufmerksamkeit zu erregen.

„So hast du mich noch nie genannt." Aber sich in Jez' weichen, warmen Augen zu verlieren, war keine Option.

„Ich werde es wieder tun, keine Sorge. Aber bitte, Jez, bitte. Setz dich nicht absichtlich einer Gefahr aus. Allein all dem zuzuhören, hat mich Jahre meines Lebens gekostet." Miguel schnaubte zustimmend. „Du vergisst, dass ich oft sehe, was passieren kann, was wütende Menschen einander antun können. Und ich könnte es nicht ertragen, wenn dir etwas Schlimmes passiert."

„Es tut mir leid. Ich werde mich nicht absichtlich in Gefahr bringen. Aber ich gehe auch nicht wieder in den Schrank."

„Danke, Baby. Und das würde ich nie von dir verlangen." Hayden küsste ihn, ganz schnell, denn alles andere würde ihn ablenken und Miguel zu viele Informationen geben.

Aber Jez entspannte sich nicht ganz. „Warum bist du mir aus dem Weg gegangen?"

Miguel rutschte unbehaglich hin und her. „Es war dumm, aber ich ... es war so lange her, dass ich dich gesehen hatte. Nach all dem Geld, das ich für deine Genesung ausgegeben hatte, konnte ich es mir einfach nicht leisten, dich zu besuchen, und ich konnte keine Hilfe von der Familie bekommen. Ich hatte einfach Angst ... wir wären uns fremd. Ich weiß, dass ich deine Bilder in den Sozialen Medien gesehen habe und so, aber ich war auch besorgt, dass ich dich nicht einmal erkennen würde. Das Letzte, was ich wollte, war, dich zu sehen und ein Gefühl wie bei einem seltsamen ersten Date oder Vorstellungsgespräch zu haben. Meinen Kopf in den Sand zu stecken und so zu tun, als wäre alles in Ordnung, schien mir die einfachste Lösung zu sein."

Jez lachte laut. „Zu hoffen, dass Probleme verschwinden, wenn man sie ignoriert, muss eine Familieneigenschaft sein, denn das habe ich auch schon ein paar Mal gemacht."

Miguel grinste ihn an, bevor er aufstand und Jez in eine innige Umarmung zog. Hayden, fast wie ein Familienmitglied, tat so, als würde er nicht bemerken, dass die Brüder mit den Tränen kämpften.

„Schön, werde ich noch für etwas anderes zusammengestaucht? Weil ich glaube, ich habe eine frisch gebackene Torte gesehen, auf der mein Name steht!"

Ja, Hayden kannte seinen Freund gut. „Lass mich den Tisch abräumen und das Dessert holen. Jez, du bleibst hier und unterhältst dich mit deinem Bruder."

8

ALS MIGUEL ging, löste sich die spröde Nervosität auf, die Jez infiziert hatte, seit Hayden Miguel eingeladen hatte. Hayden verstand das. Jez hatte sein gesamtes Unterstützungsnetz zurückgelassen, um ein Leben in einem neuen Staat zu beginnen. Dieser Schritt hatte zwar dazu geführt, dass Miguel der letzte seiner Familie war, der noch mit ihm sprach, aber auch er wäre nicht unantastbar gewesen, wenn Jez zu dem Schluss gekommen wäre, dass Miguel angefangen hatte, wie seine Eltern zu denken. Hayden bewunderte diese Stärke und die erzwungene Unabhängigkeit mit siebzehn Jahren hatte wahrscheinlich dazu geführt, dass Jez oft älter wirkte, als er an Jahren war. Zumindest in der Einstellung und im Denken, definitiv nicht im Aussehen.

Hayden war verdammt erledigt und er ging davon aus, dass Jez genauso erschöpft war. Er räumte das restliche Geschirr in die Spülmaschine, während Jez Fang vor der Nacht noch einmal zum Pinkeln in den Hof brachte.

Die Tür öffnete sich und Hayden hörte das Klirren von Fangs Halsband und Leine, bevor die Tür wieder zuschlug und das Schloss nachdrücklich einrastete.

„Bereit fürs Bett?" War es normal, so viel Freude an diesen häuslichen Aufgaben zu haben? Selbst als er mit seiner Oma gelebt hatte, hatte er sich irgendwie als einsamer Wolf gesehen, nicht in einem selbstgebauten Käfig gefangen. Jedenfalls auf persönlicher Ebene. Er wollte schon als Kind Feuerwehrmann werden – das hatte ihn und Miguel schon im Alter von fünf Jahren verbunden. Sie hatten sich gegenseitig geholfen, dieses Ziel zu erreichen, aber sobald sie es erreicht hatten? Hayden hatte sein Bedürfnis nicht ganz erkannt, selbst eine neue Familie zu gründen, angefangen mit einem Freund.

Jez schlurfte in die Küche, ein müdes Lächeln auf dem Gesicht. „Das bin ich." Das Lächeln verblasste. „Ich glaube nicht … Ich bin nicht bereit für …"

Hayden schüttelte den Kopf. „Ich weiß, dass das neu für uns ist und wir uns Mühe gegeben haben, uns als Brunfthirsche zu präsentieren, aber wir sind auch Erwachsene mit einem Leben. Manchmal läuft es blöd und ich bin mir ziemlich sicher, dass eine Beziehung nicht bedeutet, jede Nacht Sex zu haben. Es ist kein Deal Breaker." Außerdem gab es immer noch Morgensex, wenn Jez schläfrig und warm war und nicht wach genug, um sich an alles zu erinnern, was ihn belastete.

Jez' Lächeln kehrte zurück, breiter als zuvor, und er gab Hayden einen süßen kleinen Kuss. In Gedanken hielt Hayden seinem Schwanz eine Standpauke. Alle waren zu müde zum Ficken. Dieses übertrieben enthusiastische Stück Fleisch liebte diese neue häusliche Situation auch.

Die Erschöpfung hielt ihn nicht davon ab, Jez zuerst die Treppe hinaufgehen zu lassen, damit er seinen Arsch bewundern konnte. Es erforderte schließlich keine Anstrengung, ein Kunstwerk liebevoll zu betrachten.

Als sie sich auszogen, regte sich Haydens Schwanz beim Anblick des nackten Jez ein wenig – er hätte schon tot sein müssen, um nicht darauf zu reagieren. Sich an Jez' schlanken, muskulösen Körper zu schmiegen, war eine Freude, von der er nie gewusst hatte, dass er sie vermisste, und es war bereits eine Gewohnheit geworden, die für eine gute Nachtruhe entscheidend war.

Er lag im Dunkeln, streichelte Jez' Schulter und erwartete, dass er sofort einschlafen würde, aber Jez' Atmung ging nicht in leises Schnarchen über.

„Deine Eltern wollten wirklich, dass du eine Reparativtherapie machst?"

Er hatte lange Zeit gebraucht, um sich damit abzufinden. „Ja. Es war scheiße."

„Bist du deshalb nie wieder nach Willow Ridge zurückgekehrt, nachdem du weggezogen warst? Nicht einmal zu Weihnachten oder Thanksgiving oder so?"

„So ungefähr. Nachdem meine Eltern gestorben waren, kam ich ein paar Mal mit Miguel zurück und verbrachte die Ferien bei deinen Eltern. Du hast bereits in New York gelebt und ich hatte angenommen, dass du deshalb nie dort warst. Ich habe nie bemerkt, dass niemand über dich gesprochen hat, obwohl ich immer darauf geachtet habe, nicht zu erwähnen, dass ich schwul bin, während ich dort war. Es ist möglich, dass deine Eltern es wussten, aber ich schätze, meine Eltern hätten es niemandem erzählt und wir beide haben erlebt, dass Miguel viel zu gut darin ist, Geheimnisse zu bewahren, also weiß ich, dass er nichts gesagt hat."

„Aber deine Oma war mit allem einverstanden?"

Abgesehen von der sich ständig verschlechternden geistigen Gesundheit? „Ja, für sie war es okay. Ich rief sie an, sobald meine Eltern anfingen zu toben, und sie schickte mir sofort Geld für Busfahrkarten. Sie sagte mir, ich hätte einen sicheren Unterschlupf bei ihr." Er lächelte in die Dunkelheit. „Weißt du, sie hätte dich gemocht. Sie war mehrere Jahre lang eine professionelle Ballerina, aber sie hörte auf, als sie mit meinem Vater schwanger war. Ein paar Jahre später ließ sie sich von meinem alkoholkranken Großvater scheiden und wechselte dann in die Schauspielerei. Sie hatte ein paar anständige Filmrollen – meist für TV-Produktionen und Miniserien – sowie ein paar kleine Rollen in Shows wie *Columbo*, *Fantasy Island* und *Mord ist ihr Hobby*.

Jez setzte sich halb auf und stützte sich auf die Ellbogen. „Oh mein Gott, wirklich? Das ist so cool."

Hayden wusste nicht, warum es ihm nicht in den Sinn gekommen war, dass Jez an den Leistungen seiner Oma interessiert sein könnte. „Sie war nicht berühmt oder so, aber sie kannte eine Menge Leute und hatte Geschichten über jeden. Sie konnte nie herausfinden, wie sie es geschafft hatte, einen ultrakonservativen Republikaner zur Welt zu bringen." Wahrscheinlich eine Art seltsame Rebellion gegen den Liberalismus seiner Großmutter. Oder Widerstand gegen ihre Scheidung.

Was auch immer es war, sein Vater war eine vertrocknete, saure Zitrone im Vergleich zu Omas Zitronenchiffonkuchen-Persönlichkeit gewesen. „Ihre Erinnerungsstücke sind in den Kisten im dritten Gästezimmer verpackt."

„Scheiße. Das sind viele Erinnerungsstücke."

„Es sind nicht nur Erinnerungsstücke. Die Schauspielerei nahm nicht ihre ganze Zeit in Anspruch; sie liebte auch das Nähen, die Kreuzstich-Stickerei und Stricken." Und eine Menge anderer stoffbezogener Dinge, deren Namen er nicht kannte. „Die Dinge in den Kisten waren all die Sachen, die sie am meisten liebte." Weil Hayden sich weigerte, zu glauben, dass seine Oma die Stapel von Zeitungen, die Sammlung von zerbrochenen Porzellanpuppen und die unzähligen Gläser mit alten Knöpfen ebenso sehr liebte, wie sie es geliebt hatte, zu nähen und Schauspielerin zu sein. Egal, was sie in den letzten Jahren behauptet hatte.

„Warum ist dann alles in Kisten? Du hast doch sicher nicht vor, es loszuwerden?"

Hayden blinzelte. „Nein. Ich weiß nur nicht, was ich mit dem ganzen Zeug anfangen soll." Neben der Sorge, es könnte der Grundstein zu einer eigenen Sammlung werden.

„Ich weiß." Jez seufzte. „Zu mädchenhaft, oder? Es aufzustellen, würde dich als offensichtlich schwul ausweisen und wenn die ganze Zeit die Jungs hier vorbeikommen, konntest du das nicht brauchen."

„Ja. Das ist ganz sicher ein Teil davon." Es war auch unordentlich. Zu unordentlich für Hayden, um sich damit wohl zu fühlen.

„Keine Sorge. Wir werden einen Weg finden, wie du deine Erinnerungen behalten kannst, ohne dass es da drin wie das Hinterzimmer eines Lagerhauses aussieht." Jez entspannte sich auf dem Bett. „Wie privat sind sie? Würde es dich stören, wenn ich ein paar Kisten öffne, nur um zu sehen, was da drin ist?"

Hayden atmete ein paar Mal tief durch. „Sie sind nicht privat, aber … bitte mach kein Chaos." Er war sich nicht sicher, ob er und Jez „Chaos" auf die gleiche Weise definierten, aber er hatte das Zeug einmal weggepackt, er konnte es bei Bedarf wieder tun.

Seine Augenlider wurden schwer und er war fast bereit wegzudösen, als Jez eine weitere Frage stellte, etwas über das Anschauen eines Films, aber es weckte ihn wieder. „Baby, können wir später reden? Ich muss schlafen. Die Halloween-Schicht ist immer beschissen."

„Oh. Ja, ich schätze, das ergibt Sinn. Es war nicht wichtig."

Fang ließ sich am Fußende des Bettes nieder, Stille legte sich über den Raum und Hayden hörte, wie sich Jez' Atmung veränderte. Alles in seiner Welt war in Ordnung und er würde mit diesem Wissen besser schlafen.

AUF DER Suche nach einem Parkplatz umkreiste Jez den Block von Tysons Haus ein paar Mal. Sein Prius war super kompakt, aber für jemanden, der erst ein Jahr vor seiner achtjährigen Pause vom Fahren in New York seinen Führerschein gemacht hatte, bedeutete paralleles Parken mehr Stress als eine Premiere. Er brauchte bald einen großen Platz, sonst würde er immer noch im Kreis fahren, wenn die Kinder anfingen, auf der Jagd nach Süßigkeiten von Haus zu Haus zu ziehen. Einer der Hauptgründe, warum sie sich darauf geeinigt hatten, sich so früh zu treffen, war genau der, zu vermeiden, dass einer von ihnen an dem Teil des Abends fahren musste, an dem die Kinder unterwegs sein würden. Gruselfilm, Abendessen, ein weiterer Gruselfilm, dann zum Aufwärmen ein paar Drinks, während sie ihre Kostüme anzogen. Jez konnte es nicht erwarten. Was brachte mehr Spaß als ein vollgepackter Schwulenclub an Halloween? Er und Hayden waren exklusiv, so unglaublich das auch war. Also würde er zum ersten Mal, seit er volljährig war – und seit er seine Jungfräulichkeit in seinem erster September in New York an einen Tanzkollegen verloren hatte – an Halloween nicht flachgelegt werden. Nachts. Sie hatten allerdings einen sehr guten Halloween-Morgen gehabt, bevor Hayden zu seiner Schicht gegangen war.

Paul hatte gerade eine schlimme Trennung hinter sich und war bereit für all den Sex, den er verkraften konnte, und Tyson, nun, Tyson verzehrte sich nach einem von Jez' Kollegen und würde den Abend wahrscheinlich so zölibatär verbringen wie Jez. Laut seinen neuen Freunden wollten sie ein paar der besten Bars in West Hollywood besuchen und Jez war verdammt bereit. Es schien ewig her zu sein, seit er zuletzt in einem Club gewesen war. Er war auch nervös. Das Leben in einer anderen Stadt als Jayson half, aber es konnte überall gestörte Typen geben.

Nein. Jez schüttelte diese Gedanken ab. Clubbing, Tanzen und Spaß. Ein paar Drinks zum Entspannen.

Bei seiner dritten Runde um den Block parkte wie von Geisterhand ein Auto aus und hinterließ eine Lücke, die groß genug war, dass Jez direkt einparken konnte, ohne dass er im Rückwärtsgang herumkurven musste.

Er packte seine Taschen und lief die Treppe hoch. Tysons Wohnung war eine von sechs Einheiten in einem großen Haus, das in funktionale Lebensräume zerlegt worden war. Es war ziemlich cool – sehr klassisches Hollywood. Er folgte einem Pfad zur Rückseite des Hauses und klopfte an Tysons Tür.

„Hey!" Tyson umarmte ihn und gab ihm zwei Luftküsse. „Paul ist erst vor ein paar Minuten hier angekommen. Wir können anfangen."

„Gibt es irgendwelche Kinder, die ins Haus kommen?" Jez hatte diesen Teil der Nacht irgendwie vergessen und Tyson hatte es nicht erwähnt, als sie ihre Pläne gemacht hatten.

„Nein, da ich auf der Rückseite des Gebäudes bin, eher nicht. Ich habe ein paar Tüten mit Süßigkeiten in der Küche, nur für den Fall, aber ich wäre überrascht. Ich lebe seit sechs Jahren hier und habe dabei nur zwei Mal Süßigkeiten verteilt. An insgesamt elf Kinder. Also habe ich dafür gesorgt, dass ich Süßigkeiten besorge, die ich auch mag." Tyson zwinkerte ihm zu und Jez lachte.

Tyson scheuchte ihn in das Wohn-Esszimmer, wo Paul Cocktails mixte. Wenigstens wusste er bei diesen Jungs – anders als bei Haydens Bier –, dass die Cocktails trotz ihrer brillanten Farbe so kalorienarm wie möglich sein würden. Große, starke Feuerwehrleute mit vielen Muskeln mussten sich im Gegensatz zu anderen keine Sorgen um leere Kalorien und Fett machen.

„Hey, Junge, wie geht es dir?" Paul bot ihm ein Glas mit einer grellen, grünen Flüssigkeit und einem schwebenden Gummihirn an. Jez rümpfte die Nase und griff danach, um es herauszufischen.

„Vegane Gummibärchen. Du kannst dir einen kleinen Spaß erlauben."

Oh, darauf würde er sich glatt einlassen. „Ihr seid so gut zu mir." Und das waren sie auch. Jedes Mal, wenn sie ausgegangen waren – was nicht allzu oft der Fall gewesen war, da Jez sie gerade erst kennengelernt hatte –, hatten sie darauf geachtet, Lokale zu wählen, die viel vegane Auswahl hatten. Der Büffelkohl in Silver Lake war köstlich gewesen.

„Ich bin überrascht, dass du deinen neuen Freund verlässt, um mit uns zu einem Halloween-Spektakel zu kommen."

Jez' Ohren erhitzten sich ein wenig. Kaum, dass er das Exklusivitätsgespräch mit Hayden gehabt hatte, hatte er den beiden getextet wie ein junges Mädchen. Glücklicherweise hatten sie sich mit ihm gefreut, genau wie eine Gruppe von Teenagern. „Er arbeitet heute Abend. Er sagt, es ist normalerweise heftig."

Tyson verzog das Gesicht.

„Was soll das heißen?"

„Nicht viel, aber ehrlich, dein Mann arbeitet in Pasadena. In L.A. gibt es Orte, an denen als Halloween-Unterhaltung Autos in Brand gesteckt werden."

„Weißt du was? Das ist mir recht. Je weniger er in Gefahr ist, desto glücklicher werde ich sein."

„Darauf trinke ich", sagte Tyson und hob sein Glas. „Wann lernen wir den Mann mal kennen?"

Huh. Jez hatte bereits einige von Haydens Freunden getroffen, was nicht gut gelaufen war, aber das bedeutete nicht, dass er nicht versuchen sollte, Hayden seine neuen Freunde vorzustellen. „Ich weiß nicht. Ich rede mit Hayden und sehe dann weiter. Vielleicht können wir ein Barbecue machen oder so?" Nach so vielen Jahren im Nordosten schien es fast lächerlich, einige Zeit nach Halloween ein Barbecue anzubieten, aber es hatte nicht stark abgekühlt und Hayden hatte eine dieser Außenheizungen für die Terrasse, falls sich das änderte.

„Mach das."

„Was sehen wir uns heute Abend an?"

Paul kicherte. „Ich habe einen Film über einen Serienmörder, der es an Halloween auf arme West Hollywood-Schwule abgesehen hat. Sollte uns in die richtige Stimmung bringen."

Jez rollte mit den Augen. Es würde sicher schrecklich werden, aber auf eine gute Weise. „Lasst den Horror beginnen."

111

Die drei saßen nebeneinander auf Tysons Plüschcouch und begannen ihre Halloween-Feier.

DER ZWEITE Film endete gegen neun Uhr dreißig. Perfektes Timing. Sie hätten genug Zeit, ihre Kostüme anzuziehen und sich auf den Weg zu machen und würden im ersten Club ankommen, wenn die Dinge gerade in Fahrt kamen.

Sie zogen sich in getrennten Räumen um, um eine Mini-Modenschau zu veranstalten. Da Tysons Wohnung klein war und nur ein Schlafzimmer hatte, musste einer von ihnen in Tys Schlafzimmer, einer ins Wohn-/Esszimmer und der dritte ins Badezimmer. Jez nahm das Wohn-/Esszimmer, weil sein Kostüm außer ein wenig Lidstrich kein aufwändiges Styling erforderte und dafür würde der Spiegel an der Haustür ausreichen.

Jez hatte sich ein – für eine West Hollywood Halloween Club Party ziemlich dezentes – Matrosenkostüm ausgesucht. Die Basis war ein superenger, schwarzer Stoff, mit einer langen Hose und einer ärmellosen Weste mit einem vagen, nautischen Ausschnitt und Akzenten. Auch eine kleine Matrosenmütze, von der Jez annahm, dass sie im Laufe der Nacht verschwinden würde. Wäre er auf Sex aus gewesen, hätte er einen Jock getragen, aber da er vorhatte, seinen Schwanz in der Hose zu lassen, zog er sich einen winzigen Slip an, bevor er die Hose hochzog.

„Seid ihr bereit?", rief Tyson. Sowohl Jez als auch Paul bejahten.

Innerhalb von Sekunden waren seine Freunde bei ihm neben der Couch.

„Oho, Matrose McNuttig", rief Tyson. „Ich würde eine Fahrt mit deinem U-Boot machen."

Jez lachte und verdrehte die Augen. „Ich liebe das Gladiatorenkostüm." Tyson trug einen Lederrock? Kilt? Jez wusste nicht, wie Gladiatoren die untere Hälfte ihrer Kleidung nannten. Die Lederarmbänder und das Halsband sahen eher nach BDSM-Fetischnacht aus als nach römischem Gladiator, aber es sah an Tyson trotzdem gut aus. Und wenn Jez sich nicht irrte, stammten Teile des Kostüms von einem Filmset. Tyson hatte einige gute Verbindungen.

„Danke." Tyson drehte sich ein wenig und ließ ein Stück seines Hinterns unter dem Kilt hervorschauen.

Dann wandten sie sich beide an Paul.

„Ähm. Junge." Tyson biss sich auf die Lippe, während Jez versuchte, alles zusammenzusetzen. Es war orange und sah ein wenig aus wie ein Ringer-Trikot, aber nur mit etwa der Hälfte des Stoffes. Die Vorderseite zog sich tief genug nach unten, um zu bestätigen, dass an Paul wirklich alles gewachst hatte.

„Bist du ein Wrestler?", fragte Jez zaghaft.

Paul grinste spöttisch und drehte die Hüften. „Nein. Sieh dir die Handschellen an."

„Handschellen", wiederholte Tyson. Da hingen tatsächlich Plastik-Handschellen an Pauls Hüfte.

„Es tut mir leid. Ich weiß es immer noch nicht." Nichts daran deutete auf sexy Polizist hin. Kein Polizist, den er je gesehen hatte, hatte Kürbisorange getragen.

„Sexy Gefängnisinsasse. Ehrlich, Leute."

„Du weißt, dass sie nicht einfach Handschellen an Gefängnisoveralls hängen, oder?", fragte Tyson, nur leicht spöttisch.

Paul rollte mit den Augen. „Künstlerische Freiheit. Ist doch offensichtlich."

Oh, offensichtlich. „Paul, ich weiß nicht, was für eine Art Gefängnis-Porno du gesehen hast, aber du siehst toll aus." Aus diesem Stückchen Stoff und Plastik auf einen Gefängnisinsassen zu schließen, war ein bisschen weit hergeholt, aber Paul würde heute Abend keine Probleme haben, unter einem neuen Mann zu landen.

9

HAYDEN SCHWANG sich aus seinem Truck und fühlte jedes seiner einunddreißig Jahre doppelt. An Halloween zu arbeiten war das verdammt Schlimmste. Nee. Vielleicht war es das Drittschlechteste. Der 4. Juli und der Silvesterabend waren die schlimmsten.

So sehr er Jez auch dazu bringen wollte, sein Halloween-Kostüm vorzuführen – das Selfie, das er gestern Abend von Tysons Wohnung geschickt hatte, war ein echter Anreiz – Hayden war zu erledigt. Vielleicht nach einem Nickerchen.

Er öffnete die Haustür und fand Fang, der neben der Tür lag. War es möglich, dass ein Hund verärgert aussah?

„Hallo, kleiner Mann. Wie geht es meinem Fang?"

Fang wackelte halbherzig mit dem Hintern und bellte grunzend, bewegte sich aber nicht.

„Geht es dir gut?" Haydens Herz schlug schneller. Hatte sich Jez schon nach einem Tierarzt umgesehen? Wenn nicht, wo war der nächste? Er machte sich nicht die Mühe, seine Schuhe auszuziehen, sondern trat einfach ganz in den Eingang. „Jez? Was ist mit Fang los?"

Es kam keine Antwort. Stirnrunzelnd blickte er zurück nach draußen, aber Jez' roter Prius war nirgendwo zu sehen. Er zog sein Handy heraus und fing an zu laufen, als es klingelte. Gerade als er auf der Sprachbox landete, rutschte seine Ferse auf etwas Glitschigem aus.

„Ruf mich an", bellte er ins Telefon, bevor er die Verbindung unterbrach und auf den Boden starrte. Eine Pfütze. War das Pipi?

„Fang? Hast du das getan?"

Fang wimmerte und Hayden konnte ihm nicht böse sein. Wenigstens hatte er auf die Fliesen gepinkelt. Hayden zog seine Schuhe aus – sie mussten später gereinigt werden –, hob Fang auf und trug ihn direkt in den Hinterhof.

Fast sofort hockte Fang sich hin. Danach wurde er wieder munter und Hayden war erleichtert. Der arme Welpe war nicht krank, er musste nur dringend zur Toilette. Hayden seufzte, erstaunt über den Schwall von Adrenalin, den die Sorge durch sein System geschickt hatte.

Jetzt musste er sich nur noch um Jez kümmern. Er hatte vorgehabt letzte Nacht bei Tyson zu schlafen, aber Hayden hatte ihn inzwischen zu Hause erwartet, schon deshalb, weil Fang seine Blase nicht so lange kontrollieren konnte.

Er überprüfte sein Handy noch einmal, während Fang herumtollte, aber das Selfie von Jez im Matrosengewand war die letzte Nachricht, die er bekommen hatte.

„Okay, Kumpel, lass uns reingehen und dich füttern." Und die Pfütze reinigen, bevor sie etwas Dauerhaftes mit den Fliesen oder seinen Schuhen anrichtete.

Sein Telefon klingelte, als er sich gerade die Hände wusch, nachdem er sich mit dem Pipi beschäftigt hatte. Er wischte sich schnell die Hände an einem Handtuch ab, bevor er hektisch nach dem Telefon kramte, um zu antworten, bevor es auf die Sprachbox ging.

„Jez? Wo bist du?"

„Komisch, dass du das fragst", antwortete eine Stimme, die nicht Jez war.

„Wer ist da?"

„Marco, du Idiot. Du hast doch sicher eine Anrufer-ID?"

Hayden blinzelte und erkannte nun Marcos Stimme. „Oh. Ja, tut mir leid. Lange Nacht. Ich bin gerade erst nach Hause gekommen."

„Nun, Kumpel, sie wird gleich noch länger werden."

Dann klickte es. Marco war Polizist und er schien zu wissen, dass Jez nicht zu Hause war. Der Adrenalinschub, den er von der Sorge um Fang bekommen hatte, kehrte mit voller Wucht zurück. „Scheiße. Marco. Geht es Jez gut?"

„Ja, Kumpel. Es geht ihm gut. In dem Sinne, dass er lebt und unverletzt ist."

Hayden blinzelte, als er diese Worte verarbeitete. „In welchem anderen Sinn könnte es ihm nicht gut gehen?"

„Er wurde verhaftet. Ich denke, es kann ziemlich schnell geklärt werden, aber du musst auf die Wache kommen und das persönlich erledigen."

„Verhaftet? Warum solltest du ihn verhaften?"

Marco lachte schnaubend. „Ich war es nicht. Ich bin gerade erst angekommen und du hast Glück, dass ich überhaupt bemerkt habe, dass er festgehalten wird. Er wurde verhaftet, nun ja, als er in dein Haus eingebrochen ist."

„Was? Das ergibt keinen Sinn."

„Ich habe gerade den Bericht überflogen. Er war betrunken, verlor irgendwo seine Schlüssel, beschloss einzubrechen und einer der Nachbarn rief die Polizei."

„Wurde er ausgeraubt oder so? Wo war sein Ausweis?"

„Oh, er hatte einen Ausweis, aber es war ein New Yorker Führerschein. Er hatte nichts mit deiner Adresse, also verhaftete ihn der Beamte vor Ort wegen versuchten Einbruchdiebstahls."

„Kannst du ihnen nicht einfach sagen, dass es ein Irrtum war?"

„Das geht nicht, Kumpel. Es ist jetzt alles offiziell. Als Hausbesitzer bist du derjenige, der dieses Chaos schlichten muss."

Er wusste nicht, warum Jez ihn nicht angerufen hatte, als das alles passiert war. Vielleicht hätte es nicht so weit kommen müssen, dass es so „offiziell" wurde. Andererseits dachte er, verhaftet worden zu sein, war ein guter Grund, nicht nach Hause zu kommen. Nachdem die Dreharbeiten begonnen hatten, würde er sich daran gewöhnen müssen, dass Jez nicht da war, wenn seine Schicht endete, aber das war ein lächerlicher Probelauf.

„Ich bin in ein paar Minuten da." Zumindest war er in Pasadena verhaftet worden, sodass Hayden nicht weit entfernt war.

„Sei brav, Fang, ich hole deinen Daddy ab."

Fang wedelte mit seinem kleinen Korkenzieherschwanz, bevor er nach oben watschelte.

HAYDEN TEXTETE Marco, sobald er ankam, und Marco traf ihn an der Tür. Hayden winkte und nickte einer Reihe von Polizisten zu, die er entweder von gesellschaftlichen Ereignissen oder von Begegnungen während des Jobs kannte, aber wie viele von ihnen wussten, warum er hier war? Offensichtlich war das alles ein großes Missständnis, dennoch fühlte es sich wie eine Schande an. Armer Jez. Das musste für ihn hundertmal schlimmer sein.

Marco führte ihn in einen kleinen Raum mit einem Tisch, ein paar Stühlen und einigen Aktenschränken, die in einer Ecke standen.

„Wo ist Jez? Muss ich nicht etwas unterschreiben?"

„Setz dich für eine Minute hin. Ich hole dir den Papierkram, aber ich wollte erst mit dir über etwas reden."

Das brachte Hayden dazu, sich Sorgen machen. Noch mal. Wenn das so weiterging, würde er noch eine Adrenalinvergiftung bekommen, bevor er ein Nickerchen machen konnte. Aber er setzte sich, denn das wäre der schnellste Weg, um Jez zu befreien und nach Hause zu kommen. Eines Tages würden sie darüber lachen – hoffte er.

„Erzähl schon, Marco."

„Wie gut kennst du diesen Kerl? Ich meine, sicher, er ist Miguels Bruder, aber ich hatte nicht mal gewusst, dass Miguel einen Bruder in New York hat, bis er bei dir eingezogen ist."

„Ist das ein Verhör?" Hayden konnte es nicht fassen. Was zum Teufel war hier los?

„Nein, nein. Entschuldige. Eine der Gefahren, wenn man, na ja, Menschen verhört."

„Warum willst du das wissen? Ich meine, ich hatte ihn jahrelang nicht mehr gesehen, als er aufgetaucht ist, aber er ist Miguels Bruder. Ich kenne ihn seit seiner Geburt. Und obwohl er ein schlaksiger, ungeschickter Junge war, als ich ihn das letzte Mal sah, gibt es genug Ähnlichkeiten zwischen dem Kind und dem Kerl, der vor meiner Tür stand." Sogar Miguel hätte das nicht vorgetäuscht und zugelassen, dass sich irgendein Typ als sein Bruder ausgab.

„Nur, als sie seine Informationen überprüft haben, kam eine Aufzeichnung über eine Schutzanordnung zurück."

Hayden runzelte die Stirn. „Schutzanordnung."

„Einstweilige Verfügung. Kontaktverbot."

116

„Ach. Er hat mir erzählt, er hätte versucht, eine gegen einen Ex-Freund zu erwirken, wurde auf der Polizeistation aber ausgelacht. Hätte sie ohne sein Wissen durchgehen können?"

„Nein, Mann, ich meine, jemand hat eine einstweilige Verfügung *gegen* Jez erlassen."

Hayden fing an den Kopf zu schütteln, bevor Marco zu Ende gesprochen hatte. „Das kann nicht stimmen."

„Ich weiß nicht, was ich sagen soll. Es ist eine offizielle Akte. Ein Typ namens Jayson Bain. Es hat nichts mit dieser Verhaftung zu tun und solange du die entsprechenden Papiere unterschreibst, wird die Haft aufgehoben. Aber diese einstweilige Verfügung beunruhigt mich ein wenig. Wenn Jez ein Stalker ist, nun, die neigen nicht dazu, sich zu ändern. Und es braucht nicht viel, um einen auf sich zu fixieren. Sei vorsichtig. Lass dich nicht zu sehr mit ihm ein."

Richtig. Dafür war es ein wenig zu spät. Er würde mit Jez darüber reden müssen, aber wann? Jez wäre überhaupt nicht glücklich über weitere Zweifel, die sich auf ihn richteten. Aber der Zufall, dass der Kerl, von dem Jez ihm erzählt hat und derjenige, der die einstweilige Verfügung beantragt hatte, beide Jayson hießen? Das war ein bisschen zu viel, um es zu ignorieren.

Was auch immer passiert war, es schien, als wäre Jez über die Beziehung zu Jayson hinweg und Hayden sah nichts Beunruhigendes an Jez. Tatsächlich erwies sich die Beziehung zu Jez als die am wenigsten beängstigende Sache, die er je getan hatte. Genau wie die Verhaftung wegen Einbruchs und unerlaubten Betretens, musste die einstweilige Verfügung eine Art kolossales Missverständnis sein.

„Ich werde deinen Rat im Hinterkopf behalten. Wo ist der Papierkram, den ich unterschreiben muss?"

Marco musterte ihn mit einem strengen Polizistenblick, als könnte er Haydens Gedanken hören und dachte, er würde das Ganze nicht ernst nehmen. Das tat er, aber Marco verhielt sich, als wäre Jez nur einen Schritt davon entfernt, ein Serienmörder zu sein. Was auch immer ein „typischer Stalker" war, Jez war es nicht. Es gab eine gute Erklärung dafür, Hayden war sich absolut sicher.

„Ich werde ihn holen."

Der Papierkram dauerte viel länger als erwartet, aber schließlich führte Marco ihn in einen Verhörraum. Hayden öffnete ihn und fand Jez, der noch immer sein Kostüm trug, ein wenig mitgenommen und zusammengesunken auf einem Stuhl, Ellbogen auf dem Tisch, Kopf auf die Hände gestützt.

„Hey", sagte Hayden leise. Jez schreckte hoch und sah ihn an. Seine Augen waren blutunterlaufen, er war blass und der verschmierte Eyeliner gab ihm einen eindeutigen „Waschbär mit Kater"-Blick. Schlimmer, einen seefahrenden Waschbären mit einem Kater. Hayden konnte nicht anders.

„Komm her." Er streckte die Arme aus und Jez stürzte auf ihn zu und schlang seine Arme fest um Haydens Taille.

Er hielt ihn fest und ließ Jez zittern und schluchzen. Fehler oder nicht, das musste beängstigend gewesen sein. Hayden hätte Angst gehabt, die Nacht im Gefängnis zu verbringen. Er streichelte Jez über den Rücken und summte beruhigend. Sobald sie zu Hause waren, würde er herausfinden, was passiert war. Im Moment zählte nur, dass Jez mit ihm nach Hause kam.

ALS SIE nach Hause kamen, hob Fang fast ab vor Freude, Jez zu sehen. Jez schniefte und entschuldigte sich in Babysprache bei dem Welpen. Dann schickte Hayden Jez nach oben, um zu duschen, während er eine Minestrone aufwärmte und Sandwiches – gegrillten Käse für ihn, Hummus und Gurke für Jez – machte.

Seine Augen brannten vor Erschöpfung, aber sie würden beide besser schlafen, sobald Jez seine Geschichte erzählt hatte. Hayden lief nach oben, um sich eine Jogginghose anzuziehen und war zurück in der Küche, wo er das Mittagessen auftischte, lange bevor Jez zurückkam, sauber, feucht und im Pyjama.

Hayden missgönnte ihm kein Gramm heißes Wasser.

Sie aßen in konzentrierter Stille am Küchentisch, bevor Hayden sie ins Wohnzimmer führte. Er brauchte Jez in seinen Armen genauso sehr, wie er vermutete, dass Jez dort sein musste.

Wäre da nicht die lähmende Erschöpfung gewesen, hätte Hayden sie ins Bett gebracht, aber in der Sekunde, in der er horizontal war, würde er ins Koma fallen. Marco hatte nicht gescherzt, als er gesagt hatte, dass Haydens Tag lang dauern würde.

Hayden hielt Jez an seine Seite – er wagte nicht einmal, sich hinzulegen.

„Also …?", fragte Hayden.

Jez seufzte tief. „Es tut mir so furchtbar leid. Ich kann nicht glauben, dass alles so schief gelaufen ist."

„Was zum Teufel ist passiert?"

„Verdammt. Ich meine, es war so beschissen, dass ich kaum weiß, wie ich anfangen soll."

„Fang einfach irgendwo an."

„Mein Kostüm hatte nur eine winzige Tasche und ich hatte vor, bei Tyson zu schlafen. Paul war sich nicht sicher – er wollte Sex, vielleicht auch mehrmals, also wusste er nicht, ob er zu Tyson zurückkehren würde, aber ich wusste es definitiv."

Hayden hatte keine Ahnung, worauf Jez hinauswollte, aber er konnte sich kein Szenario vorstellen, das damit endete, dass Jez verhaftet wurde, weil er versucht hatte, in sein Haus einzubrechen.

„Mein Auto war bei Tysons Haus und wir wollten nicht zur Bar fahren, also ließ ich meine Schlüssel mit meiner Brieftasche und meinen Kleidern zum Umziehen bei Ty zurück. Ich hatte nur meinen Ausweis, mein Telefon und ein bisschen Bargeld für Getränke dabei. Aber du musst wissen, Tyson und ich haben das gleiche Telefon und irgendwann in der Nacht haben wir sie versehentlich vertauscht. Tyson hatte nicht geplant, sich mit jemandem einzulassen, aber er tat es doch und kurz nach Mitternacht stellte ich fest, dass ich beschwipst, müde und allein war. Also beschloss ich zu gehen. Tyson hatte mir gesagt, dass ich, sollten wir aus irgendeinem Grund getrennt werden, einfach zu ihm zurückfahren und mit dem Ersatzschlüssel in dem falschen Stein neben seiner Tür aufschließen sollte."

Soweit konnte Hayden folgen. „Und warum bist du nicht dorthin gefahren?"

„Nun, ich habe ja gesagt, dass ich Tysons Handy hatte. Ich war betrunken, weißt du. Glücklicherweise war sein Telefon nicht gesperrt, also konnte ich ein Taxi anrufen, aber ich konnte mich nicht an seine Adresse erinnern. Ich hatte die gute Idee, einfach nach Hause zu fahren und mein Auto am nächsten Tag abzuholen. Das klang großartig, aber nachdem das Taxi weg war, wurde mir klar, dass ich keine Schlüssel hatte. Und ich erinnerte mich immer noch nicht an Tysons Adresse. Ich versuchte, mein eigenes Telefon anzurufen, aber niemand ging ran. Und ich war einfach zu sehr neben der Spur, um auf Tysons Telefon herauszufinden, wo zum Teufel er wohnt."

„Und Einbruch war die Lösung?"

Jez hob eine Schulter in einem halbherzigen Schulterzucken. „Ich konnte mich nicht an deine Nummer erinnern, also konnte ich dich nicht anrufen. Und Fang hatte einen kleinen Unfall im Schlafzimmer, also hatte ich das Fenster geöffnet. Ich war mir ziemlich sicher, dass das Fenster noch offen war und ich war mir auch sicher, dass ich mich auf das Dach der Veranda hochziehen und dann da oben zum Schlafzimmerfenster gehen könnte."

Hayden sah genau, wann diese kleine Gaunerei außer Kontrolle geraten war. „Und dann wurdest du erwischt?"

„Mehr oder weniger. Es brauchte … einige Versuche, um auf die Veranda zu gelangen und ich glaube nicht, dass ich dabei besonders leise war. Es kam mir nie in den Sinn, dass mein Anblick unglaublich verdächtig war."

„Das war er sicher. Ich schätze, es könnte nicht schaden, die Nachbarn wissen zu lassen, dass du jetzt hier wohnst."

„Ja. Vielleicht." Jez klang wieder ein wenig mehr wie er selbst. „Wie auch immer, ich schätze, du kennst den Rest. Ich habe versucht, zu erklären, dass ich hier wohne, aber ohne jeden Beweis und niemanden, den ich mit Tysons Telefon anrufen konnte, der für mich bürgen konnte, hat der Polizist mich eingebuchtet."

„Nun, ich schätze, wir können es ihm nicht verübeln, dass er seinen Job gemacht hat. Ich bin nur froh, dass es dir gut geht." Denn die Nacht hätte viel schlimmer enden können. „Hattest du wenigstens eine gute Zeit?"

„Die hatte ich. Es hätte aber mehr Spaß gemacht, wenn du dort gewesen wärst."

Hayden lächelte und gab Jez einen kleinen Kuss. „Beim nächsten Mal."

„Ja. Nächstes Mal. Paul und Tyson wollen dich übrigens kennenlernen. Ich sagte, vielleicht könnten wir mal ein Barbecue machen oder so?"

„Wir werden definitiv etwas planen. Vielleicht sollten wir Kevin und Maria dazu einladen. Und deinen Bruder. Eine kleine Party daraus machen."

Jez umarmte ihn. „Klingt nach Spaß."

Das tat es. Hayden freute sich darauf, mit seinem Freund eine Party zu veranstalten. Und es gäbe keinen Sport. Nicht, dass Hayden dem Sport abschwören würde – nicht im Entferntesten. Aber er wollte nicht in die Art von Höhlenmenschen-Veranstaltung zurückrutschen, die er zuvor erlebt hatte.

„War deine Nacht so schlimm, wie du es dir vorgestellt hattest?" Jez' Stimme klang verschlafen und wenn sie nicht vorsichtig waren, würden sie hier unten noch umkippen.

„Klar, es war viel los, aber nach Hause zu kommen und nicht dich, dafür aber eine Pfütze von Fang vorzufinden, hat es erst wirklich schlimm gemacht."

„Es tut mir so leid. Ich kann mich nicht genug entschuldigen."

„Das musst du nicht. Es war eines dieser Dinge, die eben passieren. Ich meine, dein Urteilsvermögen war vielleicht ein wenig fragwürdig, aber nicht schlimm genug, dass du eine Nacht im Gefängnis verdient hattest."

Jez gähnte laut.

„Nun, ich bin bereit für ein Nickerchen und ich denke, du hast auch nicht viel Schlaf bekommen."

Ein bitteres Lachen sagte Hayden alles, was er wissen musste. Sie standen von der Couch auf, nur um die schwachen Geräusche von „You Think You're a Man" von Divine zu hören.

„Das ist Tysons Handy." Jez raste zum Tisch in der Eingangshalle, wo sie es zurückgelassen hatten. „Es ist Paul." Jez klang auf eine positive Art schadenfroh.

„Hallo? Oh, hey, Tyson."

Hayden wartete. Paul musste bei Tyson gelandet sein, so wie es Jez hätte tun sollen.

„Ja, ich bin stattdessen nach Hause gefahren." Jez lächelte Hayden an. „Ja, ich weiß. Es ist eine lange Geschichte und ich bin kurz davor zusammenzubrechen. Ich brauche meine Sachen erst morgen. Ist es für dich in Ordnung, bis dahin zu warten, um das Telefon zurück zu tauschen?"

Es gab noch eine weitere kleine Pause.

„Was? Du willst mich wohl verarschen."

Hayden runzelte die Stirn. Was hätte gestern Abend sonst noch passieren können?

„Danke. Ich komme, sobald ich kann."

Jez beendete den Anruf und verzog das Gesicht. „Wie würde es dir damit gehen, das Nickerchen zu verschieben?"

Oh Gott, nein. „Zum Beispiel so, dass ich weinen will? Warum, was kann denn nicht bis morgen warten?"

„Tyson hat einen Mann mit nach Hause gebracht. Er war nicht wach, als der Typ ging, aber er denkt, der Kerl hat meine Reifen aufgeschlitzt."

Der Schlafmangel machte Hayden benommen. „Willst du damit sagen, dass die Reifen an deinem Auto zerschnitten sind? Warum denkt Tyson, es könnte sein Lover gewesen sein?"

„Keine Ahnung. Er sagte, seine Nachbarn wären nette Menschen und er kannte nicht einmal den Namen des Typen. Könnte sein Telefon genommen haben, nur, dass er nicht sein eigenes Telefon hatte, also gibt es nicht einmal diese Spur. Ich muss da rüber und das Auto abschleppen lassen oder so. Denkst du, ich sollte die Polizei rufen?"

„Wahrscheinlich können sie nichts tun, um den Täter zu fangen, aber ich fahre dich rüber und wir können Marco anrufen, während wir auf den Abschleppwagen warten."

„Weißt du, ich kann ein Taxi nehmen. Ich weiß, dass du erschöpft bist und das war nicht das, was du mit deinem Tag machen wolltest."

„Nein. Ich weiß vielleicht nicht viel über Beziehungen, aber ich wette, ein guter Freund würde dich begleiten, auch wenn er sich vor Schlafmangel in einen Zombie verwandelt."

Jez lächelte. „Du bist ein guter Mann, Hayden. Ich bin froh, dass wir uns gefunden haben."

„Ich auch." Die einstweilige Verfügung zu erwähnen, war sinnlos. Jez hatte gerade zu viel um die Ohren und Hayden glaubte nicht, dass es ein Problem war. „Hey, auf der anderen Seite, wird das letztendlich ein unvergessliches Halloween werden."

„Allzu wahr. Nun denn, ziehen wir uns um und machen uns auf den Weg. Je früher es erledigt ist, desto eher können wir schlafen."

Jez ging voran nach oben und sein Hintern war im Pyjama genauso faszinierend wie in Jeans. Hayden musste sicherstellen, dass er das Bett nicht einmal ansehen würde oder sein ritterlicher Entschluss, Jez Gesellschaft zu leisten, würde auf der Strecke bleiben, während er in der kuschlig weichen Matratze versank.

JEZ KONNTE das Gefühl nicht loswerden, dass ihn jemand beobachtete. Es hatte sich nach Halloween und dem Zwischenfall mit seinen Reifen verstärkt. In den Tagen danach hatte es keine weiteren verdächtigen Personen oder Vorfälle gegeben. Er versuchte verzweifelt, zu glauben, dass es nichts anderes als Pech war und jeder Tag, an dem nichts passierte, brachte ihn dieser Überzeugung näher.

Es war jedoch einfacher, als Hayden seine vier freien Tage hatte. Auch die Arbeit half, aber nun war er hier, Freitagabend, ganz allein in Haydens Haus. Das Rufen eines Mannes ließ ihn zusammenzucken. Es musste einer der Nachbarn sein.

Jez drehte die Lautstärke der seichten, romantischen Komödie, die er ausgewählt hatte, höher, seinen E-Book-Reader auf der Couch neben ihm. Beide würden ihm heute Abend Gesellschaft leisten müssen. Er wollte lieber kein Beruhigungsmittel mehr nehmen, wenn er es vermeiden konnte. Er hatte einen gesunden Vorrat gehabt, als er New York verlassen hatte, aber wenn er sie jeden Tag nahm, würden sie ihm ausgehen, bevor er einen neuen Therapeuten aufgesucht hatte. Er hatte ein paar Möglichkeiten gefunden, sich aber noch nicht entschieden, ob er einen nahe der Arbeit oder nahe der Wohnung nehmen sollte. So wohl er sich bei Hayden fühlte und so sehr er Pasadena auch lieben gelernt hatte, ihr Arrangement war nicht dauerhaft und Hayden hatte ihm keine Hinweise darauf gegeben, es dazu machen zu wollen. Eine weite Strecke im beschissenen Verkehr von L.A. fahren zu müssen, um einen Therapeuten zu treffen, würde noch mehr Anspannung verursachen. Aber er konnte die Entscheidung nicht mehr lange hinauszögern.

Paul und Tyler waren beide beschäftigt und Miguel hatte heute Abend auch Dienst. Ein Werbespot begann und Jez sprang von der Couch, um die Schlösser noch einmal zu überprüfen und zog dann die Jalousien an allen Fenstern herunter.

Es war ihm egal, ob Hayden ihn morgen früh bei Tageslicht auslachen würde. Seit dem Reifenvorfall hatte Hayden manchmal diesen spekulativen Ausdruck in den Augen. Als ob Jez etwas Unerklärliches und nicht unbedingt Gutes getan hätte. Es war nicht einmal etwas Greifbares, nichts, was er Freunden erklären konnte, um eine zweite Meinung einzuholen. Vielleicht stellte Hayden Jez' Verstand in Frage.

Manchmal stellte Jez ihn selbst in Frage. Es gab keinen Grund, warum Hayden sich nicht auch darum sorgen sollte. Heute Abend war er so ausgeflippt, dass er sogar eine Welpenunterlage an der Tür ausgebreitet hatte, für den Fall, dass er sich nicht dazu durchringen konnte, Fang vor dem Schlafengehen zum Pinkeln hinauszubringen.

Jez' Telefon klingelte und erschreckte ihn.

Verdammte Scheiße. Jetzt machte ihm schon sein Handy Angst. Er hob es auf. „Hallo?"

„Hey, Baby. Wie geht es dir?"

Jez atmete wieder leichter. Selbst wenn die seltsamen Blicke, die Hayden auf ihn gerichtet hatte, keine Einbildung waren, war Hayden zumindest immer noch besorgt. Er wusste, dass Jez beunruhigt war, auch wenn Hayden dachte, er sei verrückt.

„Es geht mir gut. Ich sehe mir einen Film an. Ich schätze, es ist bisher eine ruhige Nacht für dich?"

Jez setzte sich wieder auf die Couch und zog die Decke über seine Beine und teilweise über Fang. Er war nicht allein und das machte den Unterschied. Fang half ein bisschen, aber er war nicht der Wachhund-Typ.

Sie redeten fast eine Stunde lang und sobald Jez aufgelegt hatte, schlief er ein.

10

J<small>EZ KONNTE</small> kaum glauben, dass er schon fast zwei Monate lang in Haydens Haus lebte. Das Haus fühlte sich nach zu Hause an, aber er war immer noch dabei, sich Wohnungen anzusehen. Obwohl er seit Wochen nicht mehr im Gästezimmer geschlafen hatte, hatte Hayden nicht erwähnt, dass ihr Zusammenleben eine dauerhafte Sache wäre. Es war ja gut und schön, über die Vorteile von Kommunikation zu sprechen, aber er konnte sich nicht selbst einladen, für immer da zu leben. Und ehrlich gesagt, das ging vielleicht auch alles zu schnell. Eine eigene Wohnung zu haben, konnte immer noch klug sein, auch wenn er von Tag zu Tag mehr zögerte. Je mehr er Hayden mochte und sich gefährlich dem Bereich der Liebe näherte, desto weniger wollte er gehen. Ihr Zusammensein fühlte sich tragfähiger an, als Jez es je mit einem Freund erlebt hatte. Vielleicht lag es daran, dass Jez älter und weiser wurde. Oder vielleicht war das Zusammenleben für zwei Monate so gut wie ein Jahr mit Dates. Eine Art beschleunigter Weg in eine Beziehung.

Das Gefühl, beobachtet zu werden, hielt an, aber ohne andere Vorfälle konnte Jez es weitgehend ignorieren. Er dachte jedoch nicht, dass Hayden es konnte. Diese spekulativen Blicke tauchten alle paar Tage auf und manchmal dachte er, Hayden wollte ihm eine Frage stellen, änderte aber seine Meinung. Das fühlte sich leider nicht nach einer Einladung zum Zusammenleben an. Und es verunsicherte ihn genug, um weiter auf die Suche nach Wohnungen zu gehen. Nicht verzweifelt, aber er sah sich alle paar Tage einige an, während Hayden im Dienst war.

Es war schwer, etwas zu finden, das sich mit den Annehmlichkeiten vergleichen ließ, die er in Haydens Haus hatte. Den regelmäßigen heißen Sex noch gar nicht mitgerechnet.

Trotz kleinerer Schwierigkeiten veranstalteten sie ihre erste Party, ein Abendessen am Black Friday. Hayden war losgefahren, um ein paar Dinge zu holen, die sie vergessen hatten, als sie Anfang der Woche einen großen Lebensmitteleinkauf gemacht hatten. Das gab Jez Zeit, ein paar Anrufe zu machen und einige Termine zu vereinbaren, um sich in der nächsten Woche noch mehr Wohnungen anzusehen. Dann konnte er die Party und das Wochenende mit Hayden genießen, dessen vier freie Tage heute begonnen hatten.

H<small>AYDENS</small> E<small>INKAUFSTOUR</small> war eine Katastrophe gewesen. Er war nur losgezogen, um ein paar Dinge zu holen, aber das Universum hatte schlechte Laune gehabt.

Linsen. Wer hätte gedacht, dass sie in so vielen Variationen erhältlich waren? Und Tofu. Jez hatte genau angegeben, was er wollte, aber Hayden hatte es unter all den zu weichen, feuchten, saftigen Ziegeln verarbeiteter Sojabohnen nicht finden können. Und Jez hatte die drei Textnachrichten, die Hayden geschickt hatte, nicht beantwortet. Wenn er keine geeignete Alternative ausgewählt hatte, müsste Jez sie selbst holen oder darauf verzichten. Um die Sache noch schlimmer zu machen, tätschelte eine alte Frau in der Kassenschlange seinen Hintern und sein geliebter Truck zögerte alarmierend, als er ihn auf dem Parkplatz startete.

Fang hüpfte um seine Füße, während er die wenigen Lebensmittel wegräumte und Hayden streichelte ihm über den Kopf, bevor er nach Jez suchte. Was er brauchte, war ein wenig liebevolle Aufmerksamkeit von Jez, um seine schlechte Laune zu verbessern.

Außerhalb des Wohnzimmers blieb Hayden abrupt stehen. Jez war am Telefon und Hayden traute seinen Ohren nicht. Zum Teufel, es wäre ihm leichter gefallen, zu akzeptieren, dass Jez ihn betrog – vielleicht. Das … das war ein Verrat, den er nie vorhergesehen hatte.

Aber er wartete, bis Jez fertig war. Er wartete, hörte zu und hörte genug, um zu wissen, dass es keine Einbildung war. Dass er nicht aus einer Mücke einen Elefanten machte.

Sie erwarteten in etwas weniger als einer Stunde Gäste, aber Hayden wusste nicht, wie er reden und lachen und sich unter die Leute mischen konnte, während das über ihm hing.

„Danke. Wir sehen uns dann." Als Jez Hayden sah, ließ er sein Telefon klirrend auf den Couchtisch fallen und stand auf. Hayden sah das Schuldbewusstsein so klar, als hätte es jemand Jez in die Stirn geritzt.

„Du ziehst aus." Diese verletzte Stimme voller Schmerz konnte nicht ihm gehören. Und doch waren die Worte seine, zerklüftete Eissplitter, die ihn gleichzeitig zerstückelten und den warmen Ort in seinem Inneren, der Jez liebte, einfroren.

Jez umrundete die Couch. „Nein. Das tue ich nicht. Nicht wirklich."

Hayden drückte eine Faust auf seinen Magen. Jez war das Beste, was ihm je passiert war und er hatte versagt. Es war ihm nicht gelungen, die Beziehung zu einem Erfolg zu machen. Aber warum hatte Jez es ihm nicht gesagt? Hatte er nicht versprochen, Hayden durch den Sumpf der Beziehungsfallen zu helfen? „Ich habe dich gehört."

„Nun, ja, okay. Ich habe mir Wohnungen angesehen. Ich suche seit meiner ersten Woche in Kalifornien."

„Aber warum?" Wenn Vic und Jordan ihn jetzt sehen könnten, wären sie total angewidert, aber Hayden war bereit, auf die Knie zu fallen und Jez zu bitten, dazubleiben. Er wollte fragen, ob Jez nicht glücklich war, aber wie konnte er das tun? Sie – Hayden – hatten nicht viel über Gefühle gesprochen. Er wusste, dass das, was er für Jez empfand, groß war, so groß, dass es ihn manchmal

125

überwältigte, aber das war in Ordnung. Weil er sich sicher gewesen war, dass Jez bei ihm war.

Jetzt wusste er, dass er sich geirrt hatte. Jez hatte … Zeit totgeschlagen? Wenn schon nichts anderes, so sollte das Marcos Theorie widerlegen, dass Jez gefährlich war – im Sinne des Stalkers. Aber er würde Hayden trotzdem zerstören.

Jez schüttelte den Kopf und streckte die Hand nach Hayden aus, aber er zuckte zurück. Jez sah aus, als hätte Hayden ihn geschlagen. Schmerz und Überraschung auf einmal. Hayden wollte Jez nicht verletzen, aber er konnte seinen eigenen Schmerz nicht verarbeiten, geschweige denn Jez beschwichtigen.

„Willst du, dass ich bleibe? Ich meine, der Plan war immer, dass ich mir eine Wohnung suche, nicht wahr?"

Hayden zuckte unwillig mit den Schultern. „Keine Ahnung. Vielleicht. Aber dann hatten wir Sex."

„Oh? Und du lädst alle deine Affären ein, bei dir zu wohnen, oder wie?"

Die Worte verbrannten ihn, als wäre er in Pantoffeln in ein Feuer der Alarmstufe drei gelaufen. Ihr erstes Mal war etwas Besonderes gewesen … für Hayden. Anscheinend hatte Jez gedacht, es wäre nur eine Affäre. Und seitdem, was? Nur eine endlose Reihe von sexuellen Begegnungen? Hatte er zugestimmt, Haydens Freund zu sein, weil er keine andere Wohnung gefunden hatte?

„Wenn ich das tun würde, würde ich erwarten, dass sie ihre Kleider vom Boden aufheben und ihr schmutziges Geschirr in die Spülmaschine stellen."

Jez starrte ihn an und Hayden wusste nicht einmal, warum er das gesagt hatte. Es hatte nichts mit ihrem Gespräch zu tun, aber er wollte ihm etwas an den Kopf werfen. Etwas, das im Gegenzug auch wehtun konnte.

„Wovon redest du überhaupt? Ich räume hinter mir auf."

Hayden rollte mit den Augen. „Du hast das schwule Sauberkeitsgen nicht mitbekommen. Der einzige Grund, warum es so aussieht, als würdest du hinter dir aufräumen, ist, weil ich es für dich tue."

Was passierte da gerade? Wie war das so aus dem Ruder gelaufen? Und doch war Hayden wütend und verletzt und hatte keine verdammte Idee, wie er seinen Mund dazu bringen konnte, nicht weiter Feuer zu spucken.

„Oh, wenn wir uns schon gegenseitig Stereotypen vorwerfen, dann hast du das Dekorationsgen nicht mitbekommen. Warum um alles in der Welt würdest du sonst alles weiß streichen? Es ist wie eine leere Leinwand für The Matrix oder so. Oder ein Krankenhaus. Oder ein Leichenschauhaus."

Oh Gott. In die Eier getreten zu werden, würde nicht so schmerzen. Hayden konnte kaum atmen. „Dann sollten wir vielleicht die Party absagen. Das gibt dir einen Vorsprung bei der Wohnungssuche. Ich würde dich nicht länger in der Leichenhalle festhalten wollen, als ich muss. Keine Sorge, ich erwarte nicht, dass du mit mir zusammen bist, nur damit du eine Unterkunft hast, bis du eine Wohnung findest." Haydens Stimme war rau vor unvergossenen Tränen, aber er wollte Jez auf keinen Fall sehen lassen, wie schlimm er verletzt war.

Er drehte sich um und ging so schnell er konnte, ohne tatsächlich ins Schlafzimmer zu laufen. Seines, nicht ihres, wie er es sich vorgestellt hatte. Hayden schlug die Tür hinter sich zu.

Aber der Raum war nicht mehr derselbe, der er mal gewesen war. Wie sollte er verbergen, was in diesem Raum passiert war? Es gab keine Möglichkeit, noch leerer als weiß zu werden.

Wütend rieb er an seinen Augen und fing an die Laken vom Bett zu ziehen. Wenn er von nun an allein sein würde, konnte er das nicht, wenn seine Bettwäsche nach Sex und Jez roch.

Die Tür zum Schlafzimmer flog auf und Jez stand da wie ein sexy, herzzerreißender Racheengel. Hayden erstarrte und wartete auf einen weiteren Versuch, sein Herz herauszureißen.

„Was zum Teufel war das?" Jez hatte noch nie so wütend geklungen. „Warte mal, weinst du?"

Jez eilte zu ihm hinüber und Hayden setzte sich auf das Bett, das Gesicht abgewandt. „Nein."

„Okay, ich weiß nicht, was da unten passiert ist und ich fange an zu denken, du weißt es auch nicht." Jez setzte sich neben ihn und nahm seine Hand. „Ich denke, wir müssen reden. In Ruhe. Weil ich weiß, dass ich einige Dinge gesagt habe, die ich nicht hätte sagen sollen und nach dem, was du zu mir gesagt hast, hast du diese Dinge auf die schlimmstmögliche Weise interpretiert."

Hayden dachte nicht, dass er sprechen konnte, ohne dass seine Stimme kippte, aber Jez schien es nicht eilig zu haben, irgendwas zu tun, außer mit seinem Daumen Haydens Hand zu streicheln.

Fang kam in den Raum und hüpfte die Hundetreppe hinauf, um auf ihren Schoss zu gelangen. Hayden benutzte seine freie Hand, um das weiche Fell zu streicheln und eine beruhigende Trägheit machte sich breit. Seine geschwollenen Augenlider brannten und seine Nase war verstopft. Aber die Wut war verflogen und hinterließ nur eine klaffende Wunde von Schmerzen, von denen er vermutete, dass sie noch lange Zeit anhalten würden wie eine Verbrennung zweiten Grades, die noch Tage und Wochen nach der Verletzung zu weh tat, um damit zu duschen.

Diesmal legte Jez seinen Arm um Haydens Schulter und zog ihn zu sich. Es war nicht ganz bequem, aber Hayden verdrehte sich, um seine Nase an Jez' Hals zu bekommen und diesen süß-würzigen Chai-Duft zu inhalieren, den er so sehr liebte und sich erst daran würde gewöhnen müssen, ihn nicht mehr in seinem Leben zu haben.

„Fangen wir zuerst mit dem größten Thema an. Was, glaube ich, die Wohnungssuche ist."

„Müssen wir das alles wieder aufwärmen?"

Jez versteifte sich. „Ich weiß nicht. Ich dachte, wir wären Freunde. In einer Beziehung. Die einen Streit hatte. Ich … Willst du nicht mehr mit mir zusammen sein?"

Langsam löste sich der Knoten in Haydens Eingeweiden. Hatte er das so falsch verstanden? „Ich will mit dir zusammen sein. Ich dachte, du wolltest es nicht. Das war nicht … das war nicht unsere Trennung?"

„Heilige Scheiße." Jez atmete die Worte aus und klang überwältigt. „Als du sagtest, dass du noch nie eine Beziehung hattest, war mit nicht klar, dass du wirklich nie eine Beziehung hattest. Waren du und deine Freunde sich nie über Dinge uneinig? Oder deine Eltern? Und du hast Dinge gesagt, die du später bereut hast?"

Hayden zuckte mit den Schultern. „Ich erinnere mich nicht, dass ich jemals mit meinen Eltern gestritten hätte, bis ich mich geoutet habe. Miguel und ich kamen einem Streit nie näher als neulich, als er zum Abendessen hier war."

„Was ist mit Jordan und Vic? Ich meine, ich bin froh, dass du mit ihnen fertig bist, aber im Laufe der Jahre musst du mit ihnen doch über etwas verschiedener Meinung gewesen sein."

„Ja, aber ich habe es ihnen nie gesagt. Jetzt, da ich es ihnen gesagt habe …" Das war kein lustiges Gespräch gewesen, als Jordan von seiner Suspendierung zurückgekommen war. Sogar, nachdem Miguel mit Vic gesprochen hatte, hatte Vic Hayden angerufen und Hayden musste das gleiche Gespräch führen, das er mit Jordan geführt hatte. „Wie auch immer, ich bin froh, dass sie weg sind, aber das war das erste Mal, dass wir überhaupt beinahe so etwas wie einen Streit hatten."

Jez umarmte ihn und Hayden erlaubte sich, zu glauben, dass die Dinge vielleicht nicht so schlimm waren, wie er gedacht hatte.

„Alles klar. Also, die einzigen großen Auseinandersetzungen, die du je mit jemandem hattest … haben dazu geführt, dass du diejenigen verloren hast. Deine Eltern haben offensichtlich die Voraussetzungen für deine Konfliktvermeidung geschaffen, aber wir müssen uns einen Therapeuten suchen, denn du musst in der Lage sein, deine Meinung zu sagen, ohne zu fürchten, dass alle dich verlassen werden."

Hayden biss sich auf die Lippe. „Also, nur um das klarzustellen … du verlässt mich nicht?"

„Nein, ich verlasse dich nicht." Jez' Worte klangen überzeugend. „Hayden, ich liebe dich."

Oh. Hayden atmete tief durch und seine Augen begannen wieder zu brennen. „Ich … ich liebe dich auch."

Jez drückte ihn auf das Bett, sodass sie eng umschlungen nebeneinander lagen und Hayden bekam eine Ganzkörperumarmung.

Hayden erwiderte die Umarmung und konnte nicht aufhören, Jez ins Haar zu flüstern. „Wenn wir uns lieben, warum willst du dann nicht mit mir leben?"

„Hayden, ich will mit dir leben. Ich habe es geliebt, bei dir zu wohnen. Aber das ist … ungewöhnlich. Ich meine, wir haben angefangen zusammenzuleben, dann Sex zu haben und dann miteinander auszugehen. Wir haben alles rückwärts gemacht und das hat mich irgendwie … nervös gemacht. Als hätten wir einen wichtigen Schritt verpasst."

„Aha. Und wie hat sich die Einhaltung der üblichen Regeln bisher für dich bewährt?"

Jez lachte glucksend. „Da hast du recht. Vielleicht müssen wir einfach das Richtige für uns tun. Wenn du willst, dass ich bei dir wohne – ohne Vorbehalte –, dann höre ich auf, nach Wohnungen zu suchen."

„Das will ich. Außer … wenn du wirklich denkst, dass dies eine Leichenhalle ist."

Jez schob die Unterlippe vor und streichelte Haydens Arm. „Das tue ich nicht. Es war nur eine Redewendung, ich schwöre es. Aber es ist sehr, ähm, schlicht. Ich habe bisher nichts getan, um das zu ändern, aber wenn du willst, dass dies auch mein Zuhause ist, möchte ich Mitsprache bei der Dekoration."

Herzrasen – und nicht so, wie es normalerweise der Fall war, wenn er Jez im Bett hatte. Hayden versuchte tief zu atmen und sich zu beruhigen. Aber die Atemzüge kamen immer schneller und schneller, seine Sicht verengte sich und Jez kniff ihn in den Arm.

„Autsch."

„Scheiße, Hayden, du hast angefangen zu hyperventilieren. Schau, ich verstehe, dass du besessen von Reinigung und Sauberkeit bist und ich verspreche, dass ich versuchen werde, in diesen Dingen besser zu sein, aber was hat dich so sehr erschreckt?" Jez schien wirklich besorgt zu sein und um ehrlich zu sein, Hayden war sich nicht ganz bewusst gewesen, wie sehr er davon betroffen war.

„Ähm, also, du weißt, dass ich hier mit meiner Oma gelebt habe, oder? Sie hatte dieses Haus so dekoriert, wie es ihr gefiel. Überladene viktorianische Stofftapete mit komplizierten Mustern. Tischchen und Regale gefüllt mit gesammelten Porzellanfiguren, Löffeln und Fingerhüten. Manchmal war es schwer, sich zurechtzufinden, aber alles hatte seinen Platz und sie liebte diese Dinge. Sie war auch nicht wie andere Großmütter. Sie hatte ihren eigenen Computer und wusste, wie man ihn benutzt. Sie bot online bei Verlassenschaften, Auktionen, Etsy und Tonnen anderer Seiten. Sie ließ sich Sachen liefern. Es war überschaubar. Zumindest dachte ich das, bis ich … ich glaube, ich war etwa zweiundzwanzig oder so. Da waren die meisten Schränke gefüllt. Dann wurden die Lieferungen seltsamer. Unmengen alter Zeitungen und Zeitschriften. Zerbrochene Puppen und zerrissene Plüschtiere, von denen sie sicher war, dass sie sie reparieren konnte. Aber sie alle standen nur herum und engten den Lebensraum ein."

Jez sah ihn mit großen Augen aufmerksam an, aber Hayden konnte seinem Blick nicht lange standhalten. „Ich war noch ziemlich jung. Ich wusste nicht, was ich dagegen tun sollte und wenn ich versuchte, etwas loszuwerden, begann sie zu weinen oder zu schreien oder beides. Aber solange sie ihre Sachen hatte, ganz gleich wie mitgenommen und seltsam sie auch waren, ging es ihr gut."

„Und niemand wusste davon? Nicht mal Miguel?"

„Miguel war noch nicht einmal hierhergezogen, als Oma anfing Sachen zu kaufen. Als er auftauchte, wurden die Dinge schlimmer. Ich … muss zugeben, er schien ein wenig abgelenkt zu sein und ich war kein so brauchbarer Freund, dass ich herausgefunden hätte, was los war. Jetzt weiß ich natürlich, dass er sich Sorgen um dich gemacht hat. Aber meiner Meinung nach haben wir uns damals gegenseitig mehr als Ablenkung von unseren Familienproblemen benutzt, als dass wir echte Unterstützung erhalten hätten. Was ich hätte tun sollen, war, mit meinem Vorgesetzten zu reden – er ist jetzt der Captain –, aber es kam mir nie in den Sinn und ich hatte nie jemanden, den ich fragen konnte." Ja, sein Captain hätte geholfen oder herausgefunden, wer helfen konnte. Hayden hatte nie genug geschätzt, was für ein guter Mensch er war, was für ein guter Vorgesetzter er war, aber wie bei vielen anderen Dingen waren die Scheuklappen der Ignoranz nun entfernt worden.

„Es tut mir so leid, Hayden. Ich wünschte, ich wäre dabei gewesen, aber ich wäre auch keine Hilfe gewesen."

Hayden gab ihm einen raschen Kuss und fand Trost bei seinem Freund. Der bei ihm wohnen würde.

„Danke. Ich weiß das zu schätzen. Wie auch immer, langer Rede kurzer Sinn, ein paar Monate vor ihrem Tod wurde die Arthritis so schlimm, dass ich zwischen meinen Schichten in der Feuerwache fast eine Vollzeitpflegekraft war. Das Zeug war nicht bis zur Decke gestapelt, aber es gab nur definierte Wege zwischen den Stapeln und nur unsere Betten und ein paar Stühle blieben verschont und wurden nicht begraben. Nachdem sie gestorben war, dauerte es zwei Jahre, bis ich alles ausgeräumt hatte und als ich zu dieser überladenen, verschnörkelten Tapete kam, war sie fast vollständig durch Schimmel beschädigt. Ich musste das Haus desinfizieren, reparieren und neu streichen lassen. Glücklicherweise gab es keine Kakerlaken, aber es gab Spinnen und Silberfische."

„Igitt. Okay, ich verstehe es. Das tue ich. Aber ich hoffe, dass wir hier trotzdem noch einen Kompromiss finden können. Ich will nicht viele neue Sachen einbringen. Ich hoffe auf etwas Farbe. Vielleicht ein paar Wände in Kontrastfarben streichen, farbige Kissen oder Vorhänge besorgen, die zu diesen nützlichen, weißen Jalousien passen. Keine Tapeten, ich schwöre es. Wie auch immer, denk einfach mal drüber nach. Denk an einfache Veränderungen und schau, ob du denkst, dass du damit umgehen kannst. Oder warte, bis du eine Therapie begonnen hast. Sprich mit dem Therapeuten darüber. Jetzt, wo ich weiß, warum die Dinge so sind, wie sie sind, werde ich aufhören, dich zu drängen."

Hayden umfasste Jez' Wangen. „Ich mag es, wenn du Druck machst. Du hast mich dazu gebracht, Dinge zu sehen, für die ich blind war und mein Leben besser gemacht, indem du Teil davon bist. Bitte dräng weiter." Er gab Jez einen kleinen Kuss auf die Lippen. „Aber sanft. Ich werde darüber nachdenken. Ich konnte mich nicht dazu durchringen, Omas Filme und ihr Nähzeug loszuwerden. Ich glaube, sie hat einen kleinen Funken dieser Liebe behalten, weil sie diesen Raum verschlossen hat, ohne irgendwelchen Müll darin zu lagern, und es war der einzige Raum neben der Küche, der dem Schimmel entkommen ist. Ich würde gerne etwas mit den Dingen machen können, die sie wirklich geliebt hat, aber jedes Mal, wenn ich darüber nachdenke, diese Kisten zu öffnen, komme ich ins Schwitzen."

„Wir sind vielleicht ein Paar, nicht wahr? Und es gibt keine Eile bei den Sachen deiner Oma. Sie werden da sein, wenn du bereit bist."

Hayden senkte seine Stimme. „Weißt du was?"

„Was?" Ein stockender Atemzug sagte ihm, dass Jez auf andere Weise an sie als Paar dachte.

„Ich liebe dich."

„Ich liebe dich auch."

„HEY, SEID ihr da drin?"

Jez starrte Hayden an und sein Herz raste. Das konnte nicht sein.

Miguel steckte seinen Kopf durch die offene Tür und seine Augen weiteten sich. Jez riss die Decke an sein Kinn, als hätte sein Bruder seinen sehr nackten Arsch nicht längst gesehen. Miguels Blick überflog den Raum, bevor er wieder in den Flur trat. Aber er ging nicht weg. „Oh mein Gott. Was ist los mit euch beiden? Niemand fickt, wenn er jeden Moment Gäste erwartet. Zieht euch an. Ich bin nicht der Einzige hier."

„Gäste", wiederholte Hayden gedehnt.

„Ähm, wie bist du reingekommen?", rief Jez aus, als er seine Kleider einsammelte und anfing, sich wieder anzuziehen.

„Mit einem Schlüssel, Dummkopf. Ich habe seit Jahren einen Schlüssel."

„Das bedeutet nicht, dass du einfach hereinspazierst." Seine Stimme wurde schrill wie damals, wenn sie als Kinder gestritten hatten. „Normale Leute klopfen an."

Hatte Miguel sein Date, eine Technikprofessorin von der Cal-Tech, unten gelassen? Das wäre super peinlich. Anscheinend war er schon eine Weile mit ihr ausgegangen und nur nicht bereit gewesen, sie der Gruppe vorzustellen, solange Jordan und Vic ein Teil davon waren.

Jez stöhnte, als der Gummibund seines Slips gegen getrocknetes Sperma klatschte. Miguel hatte ihn so nervös gemacht, dass er vergessen hatte, sich zu waschen. Das war fast so unangenehm, wie in der Hose zu kommen.

„Ich habe geklopft. Und an der Tür geklingelt. Gerufen. Getextet. Dann tauchten zwei weitere eurer Gäste auf und da habe ich einfach die Tür aufgeschlossen und sie reingelassen."

Oh Gott. Wer konnte das sein? Kevin mit seiner Frau? Marco, mit oder ohne Begleitung? Sie erwarteten auch Paul und Tyson, beide mit Anhang, obwohl Paul jemanden mitbrachte, den er „Partybegleitungs-Toy-Boy" nannte. Jez war ein wenig besorgt darüber, wie ein Sechsundzwanzigjähriger „Toy-Boy" definieren würde, aber er hatte eine Vorahnung, dass sie es herausfinden würden. Tyson hatte es geschafft, sich Jez' Co-Star Darin zu schnappen. Jez sorgte sich um den Zustand des Make-ups aller Darsteller, wenn sie sich wieder trennen sollten, aber im Moment schwebte Tyson auf dem verdammten Mond, genau wie Jez.

„Warum seid ihr alle so früh hier?"

Hayden wedelte mit den Händen, als würde er erwarten, dass Jez plötzlich seine erfundene Notfall-Zeichensprache verstehen könnte.

„Wir sind nicht früh dran. Du bist spät dran, Dummkopf. Kommt runter."

Verdammt.

„Wenn du die Klappe halten und gehen würdest, könnten wir das vielleicht."

„Ich gehe ja schon."

Das Knarren der obersten Stufe signalisierte Miguels Rückzug. „Biete ihnen etwas zu trinken an. Wir haben Bier oder Wein", rief Jez.

Er war sich fast sicher, dass Miguel schnaubte, aber was sollte es. Er gehörte zur Familie, also konnte er sich genauso gut nützlich machen.

Jez streifte seinen Slip ab und flitzte ins Badezimmer, um die schnellste Reinigung in der Geschichte des Sex durchzuführen. Als er herauskam, zog er einen frischen Slip aus seiner Seite der Kommode. Dann hielt er inne und lächelte.

„Mich bringt es zum Lächeln, wenn du nackt herumstehst, aber was ist dein Grund?", fragte Hayden.

„Oh, ich sehe, du hast deine Sprache wiedergefunden", neckte Jez. „Hast du gedacht, wenn du stumm wärst, würde Miguel nicht merken, dass du nackt mit mir hier drin bist? Er hat dich gesehen."

Hayden hatte keine ausführliche Reinigung benötigt und trug bereits Jeans. Er zuckte mit den Schultern. „Ich weiß nicht. Es hat sich einfach seltsam angefühlt, mit deinem Bruder zu reden, während wir beide nackt waren."

„Und was glaubst du, wie ich mich gefühlt habe?"

„Ähm, du hast das gut gemacht." Hayden kam näher und legte seine großen Hände auf Jez' Schultern, bevor er ihn küsste. „Vielleicht können sie sich noch ein wenig länger amüsieren."

Jez' immer noch empfindlicher Schwanz streifte den steifen Jeansstoff und die atypische Reibung lockte das Blut zurück in seine Leiste. Mit einem

Stöhnen riss Jez sich los, anstatt sich gegen Haydens Bein zu drücken. Nackt zu sein, während Hayden angezogen war, fühlte sich so dekadent an, aber sie würden definitiv nicht wieder ficken, diesmal mit Publikum. Er zog rasch seinen Slip an, um der Versuchung zu entgehen. „Wie auch immer, um deine frühere Frage zu beantworten, ich bin bereits eingezogen. Wirklich. Ich schlafe nicht nur hier, ich bewahre meine Kleider hier auf. Meine Zahnbürste steht neben deiner im Badezimmer. Mein Duschgel ist in deiner Dusche. Ich schätze, du bist nicht der Einzige, der vorübergehend blind war."

„Verdammt, Jez. Jetzt will ich dich noch mehr zurück auf das Bett werfen."

„Nein. Das hebst du dir für später auf. Wir werden ein kleines Fest feiern, wenn alle weg sind."

„Das werde ich." Hayden beugte sich vor und biss ihn in den Hals.

„Heimtückischer Bastard. Ich werde meine Meinung nicht ändern." Obwohl Hayden sehr nahe dran war, ihn zu überzeugen. Jez tänzelte weg und zog mehr Schutzkleidung in Form von Jeans und einem enganliegenden, leuchtend violetten Hemd an. „Ich kann verstehen, dass wir ein Klopfen an der Tür überhört haben und unsere Telefone sind unten, aber wie konnten wir die Türklingel nicht bemerken?"

„Ich bin einfach so gut, Baby."

Für einen Mann, der behauptete, noch nie einen Kerl mit nach Hause in sein Bett gebracht zu haben, war Hayden verdammt spektakulär, aber Jez war nicht weggetreten oder in einem orgasmischen Koma gewesen. Er neigte seinen Kopf und blinzelte.

Hayden lachte. „Als ich alle Reparaturen am Haus gemacht habe, habe ich die Türklingel erneuert. Es klingelt hier oben überhaupt nicht."

„Tut es nicht? Warum nicht?"

„Schichtarbeit, Baby. Ich schlafe zu ungewöhnlichen Zeiten und habe rasch herausgefunden, dass diejenigen, die an der Tür geklingelt haben, wenn ich schlafen wollte, nie Leute waren, mit denen ich reden wollte oder musste. Es klingelt nur im Wohnzimmer, im Büro und in der Küche und leise genug, dass ich es nicht hören kann, wenn ich im Bett liege."

„Schlau. Okay, Liebling, lass uns nach unten gehen und gute Gastgeber sein."

Als sie nach unten kamen, waren alle ihre Gäste angekommen und lange genug dagewesen, dass Miguel viel zu ausführlich von seiner Sichtung von Jez' Kehrseite hatte berichten können. Aber das Necken war gutmütig und der Abend endete unendlich viel besser als das letzte Mal, als Gäste dagewesen waren. Jez schauderte nicht einmal, als Hayden kurz den Fernseher einschaltete, um ein paar Football-Ergebnisse zu überprüfen.

Mit einem Freund zu leben, war auch für ihn ein neuer Schritt, aber es fühlte sich richtig an. Genau so, wie es sein sollte.

11

JEZ WIRTSCHAFTETE im Haus herum und plante mental, wo er Weihnachtsdekorationen anbringen würde. Sobald er den Mut hatte, mit Hayden darüber zu reden. Und angenommen, Hayden könnte mit ihnen umgehen. Beflügelt von dem Erfolg ihrer Black Friday Party und dem Beziehungsdurchbruch, den sie gehabt hatten, hatten sie endlich den Sprung gewagt und Termine bei demselben Therapeuten gebucht – zu verschiedenen Zeiten, weil sie nicht zur Paartherapie wollten, aber es fühlte sich trotzdem auf eine vage, moderne, möglicherweise dysfunktionale Weise sehr ... partnerschaftlich an.

Hayden hatte bereits einen Termin gehabt und Jez' Termin stand kurz bevor. Aber er wusste nicht, ob Weihnachtsdekorationen Haydens Ordnungsthema ansprechen würden.

Sobald er einen Plan hatte, würde er ihn mit Hayden besprechen. Er drehte etwas Musik auf, tanzte im Wohnzimmer und Esszimmer herum und stellte sich vor, was ihm gefallen würde. Gut, dass er ein Fan von schlicht und modern war, denn das hatte eine bessere Chance, bei Hayden Akzeptanz zu finden. Der Trick wäre natürlich, eine schlichte, elegante Lösung zu finden, die auch zur exzellenten, aber altmodischen, heimeligen Bausubstanz eines Handwerkerhauses passte.

„Hey", rief Hayden von hinten.

Jez quietschte und wirbelte herum. „Du hast mich zu Tode erschreckt."

„Ja, das habe ich bemerkt." Hayden verzog einen Mundwinkel zu einem halbherzigen Lächeln. Ihn vor Schreck um ein Jahr seines Lebens zu bringen, sollte zumindest ein volles Lächeln wert sein.

„Was machst du zu Hause?" Jez blickte auf die Uhr auf dem DVR. „Du solltest bei der Arbeit sein."

„Du auch, nicht wahr?"

„Nein, ich bin den ganzen Weg gefahren, um herauszufinden, dass sie zu einem Nachtshooting gewechselt und vergessen haben, mich und ein paar andere Leute zu benachrichtigen."

„Scheiße."

Jez zuckte mit den Schultern. Passierte manchmal. „Aber warum bist du zu Hause?"

„Ich packe eine Tasche. Wir schicken eine Crew nach Norden, um bei dem Waldbrand zu helfen und ich bin dabei."

„Du meinst den, der gestern Abend in den Nachrichten war?" Jez zitterte. Vor der Kulisse eines Teils des nordkalifornischen Waldes hatte das Feuer so bedrohlich geglüht wie ein aktiver Vulkan. Es war auch nicht allzu weit von Willow Ridge entfernt.

„Ja. Den."

„Ähm. Wird es gefährlich sein?"

Hayden sah ihn ernst an und Jez zitterte wieder. Nach allem, was man so hörte, war Hayden gut in seinem Job, aber er hatte genug Geschichten mit Jez geteilt, um ihm zu vermitteln, dass der Job gefährlich war, egal, wo sich das Feuer befand.

„Ich werde vorsichtig sein. Ich verspreche es." Seine Lippen verzogen sich zu einem fast vollen Lächeln. „Ich habe jetzt zu Hause jemanden, der auf mich wartet."

Fang bellte und wackelte mit dem Hintern. Vor wenigen Minuten hatte er noch im Wintergarten geschlafen, aber er musste Haydens Stimme gehört haben.

„Mach daraus zwei Jemande, die auf dich warten." Hayden hob Fang auf und akzeptierte ein paar Hundeküsse auf sein Kinn.

Er trug Fang nach oben und Jez gab seine Dekorationspläne auf, um Hayden nach oben und ins Schlafzimmer zu folgen. Die Laken waren zerwühlt und der moschusartige Duft von Morgensex lag noch in der Luft. Die Tatsache, dass Hayden nicht einmal zuckte, als er auf das ungemachte Bett blickte, gab Jez die Hoffnung, dass das, was durch die Sammelwut seiner Großmutter ausgelöst worden war, nicht allzu weit fortgeschritten war. Wenn er für den Rest seines Lebens in einem charakterlosen, weißen Haus leben müsste, würde er das tun, aber er liebte Rot. Und Blau. Lavendel auch.

Oh Gott. Er hatte an wichtigere Dinge zu denken, egal, wie beängstigend sie waren. Jez saß im Schneidersitz auf dem Bett, während Hayden eine Reisetasche herauszog und sie methodisch füllte. Er hatte das definitiv schon mal gemacht.

„Wie lange wirst du weg sein?"

„Eine Woche. Vielleicht mehr, aber nicht weniger."

„Ich verstehe immer noch nicht. Es ist Dezember. Ich dachte, die Waldbrände gibt es nur im Sommer."

Hayden warf ihm einen mitleidigen Blick zu. „Du hast in deinen ersten siebzehn Jahren in Kalifornien gelebt. Wie kannst du nichts über die Feuersaisonen wissen?"

„Keine Ahnung. Ich schätze, ich habe die meiste Zeit damit verbracht, Tanzbewegungen zu üben, wo mich niemand sehen konnte. Und du sagtest Saison im Plural?"

„Jawohl. Der Mai trennt die Feuerzeit in Santa Ana mehr oder weniger von der Sommersaison. Sommer und Santa Ana enden im Oktober."

Jez schluckte um einen Klumpen in seinem Hals herum. „Du meinst, es gibt einen Monat im Jahr, der nicht Teil einer Brandzeit ist?"

Hayden zuckte mit den Schultern. „So ziemlich, ja. Und ich schätze, dass der Klimawandel das früher oder später zunichtemachen wird. Im Moment bekommt

Pasadena nicht ganz so viel Aktivität von den Santa-Ana-Winden wie andere Teile des Staates, aber ja, die Feuersaison ist mehr oder weniger das ganze Jahr über."

Nun, das war verdammt erschreckend. Wie kam es, dass er das nie bemerkt hatte?

Allzu früh hatte Hayden zusammengepackt und zum ersten Mal wurde Jez voll bewusst, dass Hayden bei seinem Job schwer verletzt werden oder sogar sterben könnte. Die Bekämpfung von Waldbränden war noch gefährlicher als die von Städtebränden. Das war eine große, beängstigende Verpflichtung, die er mit Leichtigkeit eingegangen war und jetzt war es zu spät, sie rückgängig zu machen. Er liebte Hayden und das würde nie vorbei sein. Er musste einfach lernen, mit seiner Angst umzugehen – und zwar ohne Beruhigungsmittel –, wenn Hayden in eine gefährliche Situation geriet.

„Ich habe nachgedacht."

Jez wartete, nicht sicher, ob darauf jemals etwas Gutes folgte.

„Wenn du willst, kannst du anfangen ein Zimmer neu zu dekorieren, während ich weg bin. Nicht unser Schlafzimmer. Und dann sehen wir, wie ich damit umgehe." Er grinste kläglich. „Ich habe noch ein paar Liter weiße Farbe im Lager unter der Treppe, nur für den Fall, dass ich ausflippe."

„Oh." Das hatte Jez nicht erwartet. „Das klingt nach einem Plan." Er war sich nicht sicher, ob Hayden den Vorschlag gemacht hatte, seine Unordnunsphobie zu testen oder ob er versuchte, etwas für Jez zu finden, um sich zu beschäftigen und sich nicht zu sorgen, aber da es in beiden Fällen funktionieren würde, würde Jez es annehmen.

„Gut. Ich, ähm, muss jetzt los."

„Was, wenn ich nicht zu Hause gewesen wäre?" Er hätte Hayden vielleicht verpasst.

Hayden schenkte ihm ein süßes Lächeln, das gleiche, das er jedes Mal trug, wenn er Jez sagte, dass er ihn liebte. „Ich hatte vor, auf dem Weg aus der Stadt beim Set vorbeizuschauen."

Verdammt bester Freund aller Zeiten. Abgesehen von dieser ganzen Sache mit den wütenden Bränden, aber Jez konnte eine solch heroische Eigenschaft kaum als Fehler bezeichnen, auch wenn sie ihn von nun an zu Tode erschrecken würde.

„Ähm, vielleicht könntest du sehen, ob Maria dir bei der Dekoration helfen will?"

Oh. Ja, es war definitiv als Beschäftigungsprojekt gedacht und Kevin musste mit Hayden in den Norden fahren. Das bedeutete aber nicht, dass Jez es nicht tun würde. Er liebte Maria und war super froh, dass Kevin kein Schwachkopf war wie die Freunde, die Hayden verlassen hatte, denn das bedeutete, dass er Maria behalten durfte.

„Ich werde sie anrufen. Danke für den Vorschlag."

Hayden stakste zum Bett und küsste Jez so innig, dass er benommen war, als Hayden sich zurückzog. Er räusperte sich. „Versprich mir, dass du vorsichtig sein wirst."

„Ich verspreche es. Ich rufe an oder schreibe eine Nachricht, wenn ich kann, aber ich habe das schon mal gemacht. Es ist anstrengend und wenn du nicht im Einsatz bist, schläfst du, also werde ich tun, was ich kann, aber erwarte nicht viel."

Jez nickte. Und dann, mit einem Knarren der Treppe und dem Knall der Haustür, war Hayden weg.

Er wusste nicht einmal, ob Hayden ihm einen Notfallkontakt gegeben hatte. Wenn es nach Jez ging, würde das der erste Punkt auf der Liste sein, wenn Hayden nach Hause kam.

Jez biss sich auf die Lippe, ließ sich auf das Bett fallen und rollte sich in den Laken zusammen, die noch immer nach Hayden rochen. Er war noch nicht ganz bereit, sich einem großen Haus zu stellen, das sich für die nächste Woche extrem leer anfühlen würde.

ZWEI WOCHEN waren ihm so lange erschienen und Hayden hatte versprochen, dass er sicher vor Weihnachten zu Hause sein würde. Er hatte Jez sogar ein kleines Geschenk geschickt, was so süß war, wenn man bedachte, wie sehr er auf seinen Job konzentriert sein musste. Aber heute war der Tag. Jez konnte nicht glauben, dass sie den Drehplan eigens für ihn geändert hatten, aber er hatte sich mit einer Reihe von Leuten angefreundet, die an seiner Show beteiligt waren, und er hatte mit fast allen seine Ängste darüber geteilt, dass Hayden die Waldbrände im Norden bekämpfte. Es hatte geholfen, dass laufend in den Nachrichten über die Feuer berichtet worden war, seit Hayden weggefahren war. Als er dem Regisseur gestern gesagt hatte, dass Hayden heute irgendwann zu Hause sein würde, hatte er sofort den Zeitplan geändert, um ihm zwei Tage frei zu geben. Er hatte keinen Zweifel daran, dass sein Job ihn in Zukunft öfter davon abhalten würde, Hayden zu Hause zu begrüßen, aber er war überaus dankbar, dass er jetzt die Gelegenheit dazu hatte.

Er hatte den armen Fang total fertig gemacht, der ihm durch das ganze Haus gefolgt war, als er das Gästezimmer durchsucht hatte, das er, Maria und einige der Jungs vom Set eingerichtet hatten. Da Hayden zwei Wochen lang weg gewesen war, waren sie fast fertig. Zwischen den paranoiden Überprüfungen des Raumes schritt er durch das ganze Haus und stellte sicher, dass er kein anderes Chaos hinterlassen hatte, das Hayden unter die Haut gehen würde.

Alles musste perfekt sein.

Die Tür öffnete sich und Jez lief die Treppe hinunter und stürzte sich auf Hayden, der seine Tasche rechtzeitig fallen ließ, um Jez in einer riesigen Umarmung hochzuheben. Jez vergrub sein Gesicht an Haydens Hals und rieb über massive Stoppeln, die schon an Bart grenzten. Obwohl er geduscht hatte, hielt sich der ekelhafte Geruch von Rauch bis zu dem Grad, an dem Jez vermutete, dass alle Kleider, die Hayden mitgenommen hatte, weggeworfen oder mit Bleichmittel getränkt werden müssten.

Hayden setzte ihn ab und küsste ihn. Jez öffnete sich einfach wie beim ersten Mal, als sie sich geküsst hatten, außer, dass das besser war, eine Million Mal besser, weil er sich so verdammt große Sorgen gemacht hatte.

Dann trat Jez zurück und besah sich seinen Mann genau. Sie hatten ihn hart rangenommen – in den zwei Wochen hatte er sichtlich Gewicht verloren und er hatte dunkle Schatten unter den Augen, die kein Ruß waren. Der Pseudobart trug nur zum rauen Bergmann-Look bei. Er hatte ein paar Krusten im Gesicht und Jez' Blick fiel auf die weißen Verbände an Haydens Händen.

„Was ist passiert?"

Hayden folgte seinem Blick. „Herumfliegende glühende Asche. Die Verbrennungen könnten schlimmer sein."

„Hattest du keine Handschuhe an oder so? Schutzkleidung?"

Hayden zuckte mit den Schultern. „Solche Dinge passieren und wenn man Waldbrände bekämpft, passieren sie schnell und unvorhersehbar."

Jez presste die Lippen zusammen. Er vermutete, dass Hayden ihm nicht mehr als das sagen würde, wahrscheinlich, weil Jez vielleicht – oder sogar sicher – ausflippen würde.

„Ich bin froh, dass du zu Hause bist. Die Pralinen waren überhaupt nicht nötig und sie sind viel zu viel für uns, aber trotzdem danke." Jez umarmte ihn wieder, aber sanft, als Hayden zusammenzuckte. Was auch immer Hayden über seine Verletzungen sagte, die letzten zwei Wochen hatten eindeutig einen körperlichen und geistigen Tribut gefordert. Glücklicherweise waren laut den Nachrichten keine Feuerwehrleute gestorben, was wahrscheinlich für Haydens geistige Gesundheit ebenso gut war wie für Jez'.

Hayden runzelte die Stirn. „Welche Pralinen?"

„Diejenigen, die du hast liefern lassen. Oder nicht? Sie sind heute gekommen. Ich nahm an, sie wären von dir." Jez' Mund trocknete aus, als Hayden weiterhin verwirrt die Stirn runzelte.

„Ich habe nichts liefern lassen."

Jez wirbelte herum und ging in die Küche mit Hayden auf den Fersen. „Diese." Zwei Pfund – eine lächerliche Menge für jemanden, der fast jede Kalorie, die er sich in den Mund schob, beobachten musste, wenn er seinen Job behalten wollte, stand auf der Arbeitsplatte. Er hätte sie ohnehin nicht gegessen, da sie nicht vegan waren. Er hatte angenommen, Hayden hätte vergessen, dass die meisten Schokoladen Milchprodukte enthielten. Aber jetzt lauerten sie eher, als harmlos da zu stehen, wie sie es noch dreißig Minuten zuvor getan hatten.

„Hatten sie einen Absender?"

„Nein. Ein Lieferjunge tauchte auf und gab sie mir."

„Was ist mit einer Karte?"

Jez zuckte mit den Schultern. „Ich habe keine gesehen, aber ich konnte mir niemand anderen vorstellen, der mir so etwas schicken würde." Oder zumindest niemand, der seine Adresse kannte. Jayson war schon lange nicht mehr in seinem Leben und lebte am anderen Ende des Landes. Das musste eine Art seltsamer, unangenehmer Zufall sein.

Hayden hob die Schachtel auf und sah auf die Unterseite. Ein weißer Umschlag war auf den Boden geklebt. Hayden nahm ihn ab und riss ihn auf.

„Von deinem geheimen Verehrer."

Hayden drehte das Papier in seinen Händen und runzelte die Stirn. Jez stolperte zum Küchentisch und fiel schwer auf einen der Stühle.

„Das kann nicht sein."

„Was kann nicht sein?"

„Hayden, so hat es mit Jayson angefangen. Er hat mir all diese Geschenke geschickt, angeblich von meinem geheimen Verehrer. Es war diese kokette kleine Täuschung, die ihn amüsierte."

Hayden brachte die Schokolade und die Karte an den Tisch.

Die Pralinen waren noch versiegelt, aber das machte für Jez keinen Unterschied. Sie wanderten direkt in den Müll. In einer früheren, idyllischeren Zeit wären Süßigkeiten von einem geheimen Verehrer niedlich gewesen. Aber selbst ohne seine Erfahrung mit Jayson schien etwas von einem unbekannten Absender zu essen, ungefähr so klug zu sein, wie das Annehmen eines Getränks von einem Kerl in einem Club, obwohl man nicht gesehen hatte, wie der Barkeeper es selbst gemixt hatte.

„Vielleicht ist es nichts." Wäre Jez in diesem Moment vor der Kamera gewesen, hätte ihm niemand seine Überzeugung abgekauft. Das war etwas, er wusste nur nicht, was.

Hayden zog sein Handy heraus. Nach ein paar Sekunden hob er den Kopf und sein Ausdruck war ernst. „Wie war noch mal der Name von diesem Kerl?"

„Jayson. Jayson Bain."

Hayden drehte sein Handy um, damit Jez es sehen konnte. Ein Artikel vom 30. Oktober berichtete von mehreren Hockeytransfers. Jez packte das Telefon und scrollte, um die Liste der Spielernamen zu finden. Der verdammte Jayson Bain. Jayson war nach Los Angeles verkauft worden. Das konnte kein Zufall sein. Es war nirgendwo eine Schlagzeile gewesen, weil Jayson nicht genug gespielt hatte, um einen Wiedererkennungswert zu haben, und Jez hatte seine Hockey-App vor Wochen gelöscht, in dem Versuch so zu tun, als wäre Jayson nie Teil seines Lebens gewesen.

Jez rieb sich die Hände, die Finger kühl und blutleer. „Wie hat er mich gefunden? Was macht er hier?"

Hayden legte seine beiden großen Hände um Jez' kleinere und sie strahlten Wärme und Trost aus. „Erstens könnte es Zufall sein. Ein seltsamer, das gebe ich zu. Aber das bedeutet nicht, dass es nicht wahr ist. Ich denke, wir sollten erst mal abwarten."

Jez nickte, aber er glaubte das nicht. Aus welchem Grund auch immer, Jayson war ihm nach Kalifornien gefolgt. Es hatte monatelang Funkstille geherrscht. Die einstweilige Verfügung hätte das Ende sein sollen.

„Ich werde Marco anrufen."

Die Panik steigerte sich, Jez spannte sich an und zitterte. „Nein, das kannst du nicht."

Hayden drückte seine Hände. „Hey. Wir können warten, wenn du willst, aber ich denke, es wäre eine gute Idee. Aber zuerst solltest du mir vielleicht sagen, wie es kommt, dass Jayson eine einstweilige Verfügung gegen dich erwirkt hat. Hast du … Ich weiß nicht, in irgendeiner Weise Vergeltung geübt, nachdem dein Antrag auf Kontaktverbot abgelehnt wurde? Du kannst mir alles sagen, ich schwöre es."

Jez ließ den Kopf hängen. Er hatte aus ganzer Seele gehofft, dass er einfach in der Lage sein würde, den ganzen Mist mit Jayson zu vergessen, der je passiert war. Aber das sollte nicht sein.

„Es tut mir leid. Ich hätte dir alles sagen sollen. Aber ich hatte Angst, dass du mich für verrückt halten würdest. Es klingt nämlich verrückt, so verdammt verrückt, dass ich alle meine Freunde verlassen habe, die mir nicht geglaubt haben, und deshalb brauchte ich am Ende Medikamente gegen Panikattacken. Wie lange weißt du das von der einstweiligen Verfügung schon?"

„Seit der Nacht, in der du verhaftet wurdest."

Jez starrte Hayden an. Mit anderen Worten, seit Wochen. Hayden hatte es seit Wochen gewusst und nicht nur nicht verlangt, zu erfahren, was los war, sondern Jez auch nicht anders behandelt, trotz des gelegentlichen fragenden Blicks. Zum Teufel, Jez war noch nie so verwöhnt worden wie damals, als Hayden ihn von der Polizeiwache nach Hause gebracht hatte.

„Danke."

„Wofür?" Hayden hatte wirklich keine Ahnung, und Jez wusste nicht, womit er so viel Glück verdient hatte.

„Dass du an mich geglaubt hast. Wenn du es nicht getan hättest, hättest du an diesem Tag verlangt, zu wissen, warum ich gelogen habe. Oder zumindest einen Teil der Geschichte ausgelassen habe."

„Ich habe dich auch da schon geliebt. Und ich war mir sicher, dass du nicht verrückt bist, was auch immer passiert ist."

Er lachte bitter. „Ich bin froh, dass du das denkst, denn manchmal bin ich mir nicht so sicher." Er holte tief Luft und bemühte sich, bei dem Geruch von Rauch, der ihn einhüllte, nicht das Gesicht zu verziehen.

„Also, alles ist so passiert, wie ich es dir gesagt habe. Aber dann, als ich dachte, dass Jayson aufgehört und aufgegeben hätte, hat er sich selbst Geschenke geschickt. Die waren angeblich von mir. Er hatte ein Wegwerfhandy und benutzte es, um sein eigenes Telefon zu seltsamen Zeiten anzurufen. Schwärmerische E-Mails von einer JB1993 E-Mail-Adresse, von der er auch behauptete, sie würde von mir stammen. Und dann ging er zur Polizei und bekam seine eigene einstweilige Verfügung gegen mich. Ich nahm an, dass es zum Teil daran lag, dass er sauer auf mich war, und zum Teil daran, dass er in ein NHL-Team berufen worden war. Ich dachte, er würde die einstweilige Verfügung als Mittel benutzen, um seine Heterosexualität zu beweisen und sein Argument zu unterstützen, ich wäre nur ein verrückter Fan, nicht sein Freund. Und er wurde bei der Polizei nicht ausgelacht, weil er reich und eine kleine Berühmtheit mit der Aussicht auf eine große sportliche Karriere war."

„Das ist ganz schön verkorkst."

„Ich habe sogar versucht zu erklären, dass ich diese Dinge nicht gekauft hatte, dass die E-Mail-Adresse nicht meine war, aber es war egal. Niemand wollte die Finanzunterlagen für eine Schutzanordnung anfordern, besonders wenn ich nicht die Absicht oder den Wunsch hatte, jemals wieder bis auf fünfzig Meter in Jaysons Nähe zu sein. Ehrlich gesagt, schien es eine Erleichterung zu sein. Als ob er zugegeben hätte, dass wir wirklich fertig waren. Ich habe es als kleinen Preis betrachtet, den ich für diese Freiheit zahlen musste."

Hayden drückte seine Hände wieder. „Dann kam das Jobangebot des Casting-Direktors."

„Genau. Der Job war ein Geschenk des Himmels, denn meine Beziehung zu Jayson hatte alles verändert, aber wenn ich mein Leben auslöschen und flüchten konnte, würde mich das vielleicht wieder auf den richtigen Weg bringen."

„Ja, ich rufe Marco an. Wir müssen ihm das sagen. Mach eine Aufnahme davon. Es könnte der einzige Weg sein, sich zu wehren." Hayden drehte die Schachtel mit den Pralinen um. „Du würdest die ohnehin nicht essen. Da ist Milch drin."

„Ich liebe dich." Hayden würde vielleicht nie ein Veganer werden, aber Jez liebte die Tatsache, dass Hayden seinen Veganismus einfach akzeptierte und ihr Leben drum herum zum Funktionieren brachte, anstatt zu versuchen, es ihm auszureden.

„Ich liebe dich auch." Haydens Stimme war weich und warm, als würde er in eine kuschelige Decke gehüllt. Und es gab Besseres zu tun, als mit seinem Feuerwehrfreund zu reden, der zwei Wochen lang als Held unterwegs gewesen war.

„Können wir das jetzt einfach vergessen? Für einen Tag? Ich möchte nach oben gehen und den Rest des Tages mit dir im Bett verbringen, egal ob wir Sex haben oder schlafen."

Hayden lächelte breit und glücklich. „Beides wäre besser. Aber zuerst schlafen."

Jez lächelte zurück. „Zuerst schlafen."

„Lass uns gehen. Die Pralinen sind morgen auch noch da."

Gott sei Dank hatte er sich mit Lebensmitteln wie Chips und Dip und veganer Rohkost eingedeckt. Sie hätten genug Nachschub, um ohne größere Unterbrechungen über die Runden zu kommen.

12

JEZ DACHTE, dass er lange vor Hayden wach sein würde, aber zwischen dem Stress, dass Hayden weg war, der zusätzlichen Arbeit, die er in die Neugestaltung eines der Räume gesteckt hatte und der Panik vor dem Geschenk des geheimen Bewunderers, hatte er tatsächlich ein wenig geschlafen. Bis Hayden sich unter der Decke an die Arbeit gemacht und Jez an einen der vielen, vielen Gründe erinnert hatte, warum mit Hayden zu leben das Beste war, was ihm je passiert war.

Nachdem sie aufgeräumt hatten, gingen sie nach unten. Während Hayden anfing Kaffee zu machen, warf Jez die Pralinenschachtel in einen Schrank in der Abstellkammer, wo er sie nicht jedes Mal ansehen musste, wenn er in die Küche ging.

Sie tranken Kaffee, während Fang um ihre Füße tanzte.

„Wann musst du wieder in der Feuerwache sein?"

Hayden zuckte mit den Schultern. „Ich habe noch ein paar Tage frei. Wann musst du am Set sein?"

Das war die beste Nachricht. „Ich habe heute frei. Wir können einfach ... zu Hause bleiben."

Mit einem Grinsen zog Hayden ihn mit einem Arm heran. „Die beste Heimkehr aller Zeiten." Er blickte zu Fang hinunter, der seinen Welpen-Pipi-Tanz aufführte. „Sollen wir ihn einfach in den Hof setzen oder uns anziehen und mit ihm spazieren gehen?"

So gerne sich Jez auch drinnen versteckt hätte, so sehr war es doch eine gute Sache, ihren Hund spazieren zu führen. Das Wetter war schön und Hayden wollte vielleicht etwas frische Luft genießen, die nicht mit Asche und Ruß gefüllt war. Sie konnten sogar an dem Donutstand vorbeigehen, den Hayden mochte – der auch vegane Donuts führte – und sich ein leckeres Frühstück gönnen. Später könnte er eine seiner Lieblingsbeschäftigungen genießen: seinem Freund die Kleider auszuziehen. Immer eine unterhaltsame Sache.

Wegen Fangs zunehmender Verzweiflung zogen sie sich blitzschnell an, schnappten Fangs Leine und machten sich auf den Weg.

EINE STUNDE später, als Fangs Energie erschöpft war, gingen sie Hand in Hand ihre Straße hinauf, Hayden trug eine Schachtel Donuts und Jez einen verschlafenen Welpen.

Sie bogen auf den Gehweg ein und Jez riss an Haydens Hand und brachte ihn dazu, stehen zu bleiben.

„Was ist los, Baby?"

Jez deutete mit dem Kinn zur Tür. „Erwartest du eine Lieferung?"

Mit einem grimmigen Ausdruck straffte Hayden sich und ließ dann Jez' Hand los, um das mit Zellophan umhüllte Bündel zu inspizieren.

„Es ist ein Obstkorb", rief Hayden aus.

Jez näherte sich langsam und drückte Fang eng an seine Brust. „Lies die Karte."

„Dein geheimer Verehrer." Haydens Ton war frostig. „Wir rufen Marco an."

„Es ist ein Obstkorb", versuchte Jez zu argumentieren, obwohl es für ihn genauso gut ein Korb mit Vipern hätte sein können. „Die Polizei wird das nicht ernster nehmen als in New York. Selbst wenn du mit einigen von ihnen befreundet bist."

Hayden seufzte. „Vielleicht hast du recht. Das ist nicht gerade gefährlich. Aber wir machen auch Fotos davon, nur für alle Fälle."

„Stell ihn bitte erst mal in die Abstellkammer." Soweit es Jez betraf, konnte er dort zusammen mit der Schokolade für alle Zeit verrotten, aber er vermutete, Hayden würde sicherstellen, dass die verderblichen Waren mit der nächsten Müllabfuhr abtransportiert wurden. Jez hatte nicht den Wunsch, ein zweites Mal lächerlich gemacht zu werden, wollte nicht, dass jemand andeutete, er hätte eine Art Geisteskrankheit, die über die Ängste hinausging, die ohnehin allein Jaysons Schuld waren.

Hayden nahm mit der freien Hand den Griff und schaute genauer auf den Inhalt. „Mangos? Du magst Mangos nicht mal. Können wir sicher sein, dass es Jayson war? Zwischen den nicht-veganen Pralinen und diesen Mangos, wie kann das dein Ex-Freund sein?"

Diese Worte erfüllten Jez mit mehr Wärme und Liebe als eine stehende Ovation. „Ich muss zugeben, das war ein großer Teil davon, warum ich mit ihm Schluss gemacht habe. Er hat mir nie zugehört, wenn ich etwas gesagt habe, dachte nie an mich als Person, abgesehen davon, mein Freund zu sein. Du weißt schon, unter vier Augen, wo niemand aus der Liga es herausgefunden hätte."

Das Schicksal konnte nicht so grausam sein, dass Jez einen weiteren Stalker hatte. Die einfachste Erklärung war Jayson. „Vielleicht ist das Jaysons Art der Entschuldigung? Ich meine, er hat jetzt eine hochkarätige Karriere vor sich. Und niemand wird glauben, dass Schokolade und Mangos ein Problem sind."

Der Blick, den Hayden ihm zuwarf, sagte, dass er nicht überzeugt war. „Vielleicht. Aber ich denke immer noch, ich sollte Marco anrufen. Nicht offiziell, aber als Freund."

Hayden führte sie hinein und stellte den Obstkorb in den Abstellraum, während Jez zu ihren Donuts eine weitere Kanne Kaffee machte.

Hayden holte Teller heraus, denn das war eine Selbstverständlichkeit und sie saßen am Küchentisch und warteten darauf, dass der Kaffee durchlief. Nachdem er das frittierte, glasierte, mit Streusel bedeckte Gebäck einige Minuten lang auf dem

144

Teller herumgeschoben hatte, wurde Hayden ärgerlich. „Schau, ich verstehe, warum du es vermeiden willst, mit den Bullen zu reden. Ich verstehe es wirklich. Aber die Sache ist die: Er ist derjenige, der eine einstweilige Verfügung hat und ob er die Vorfälle inszeniert hat oder nicht, die erforderlich waren, um sie zu bekommen, dieses Stück Papier wird auf deine Interaktionen mit jedem Beamten abfärben. Was, wenn er noch einen Schritt weiter gehen will? Was, wenn er versucht, dich dazu zu bringen, gegen die Verfügung zu verstoßen?"

Scheiße, Scheiße, Scheiße. Jez hatte sich gerade gefragt, ob er Jayson anrufen sollte. Ihm sagen, dass er sich verziehen sollte oder ihn wenigstens fragen, ob für das Versenden der Geschenke verantwortlich war. Aber Hayden hat ein verdammt gutes Argument. In Anbetracht der Tatsache, dass Hayden es sich ein Leben lang zur Gewohnheit gemacht hat, Konflikte zu vermeiden, konnte Jez Haydens Vorschlag zumindest ernst nehmen. Besonders, da ein solch teuflischer Plan dem intriganten, rachsüchtigen Verhaltensmuster seines Ex entsprach.

Die Ankunft des Korbes hatte den Tag ohnehin schon überschattet. „Gut. Ruf Marco an. Wir können seine Meinung einholen."

Hayden strahlte und Jez vermutete, dass er Haydens Überzeugungskraft in den meisten Fällen nachgeben würde.

Nach dem Telefonat, bei dem sie beschlossen, dass Marco irgendwann nach Mittag vorbeikommen würde, inhalierte Hayden drei Donuts. „Komm schon. Sehen wir uns einen Film an oder so. Um uns abzulenken."

Jez tat sein Bestes, um zu lächeln. „Klingt gut."

HAYDEN SAß am Esstisch, den er fast nie benutzte, zwischen Jez und Marco. Sie waren schon seit einer Stunde dort, während Marco Notizen machte und jedes einzelne Stück von Jez' Geschichte auseinandernahm. Wenn dies der „inoffizielle" Marco war, konnte Hayden sich vorstellen, wie viel genauer er erst bei der Befragung eines tatsächlichen Verbrechers war. Abgesehen von einem unbehaglichen Händereiben schienen Jez' Antworten und dessen Verhalten Marco etwas aufzutauen. Es ging nicht so weit, dass er beeindruckt war, aber Hayden war zuversichtlich, dass er die Situation mit Ernsthaftigkeit und Fairness behandeln würde.

Marco klopfte mit dem Stift auf sein Notizbuch. „Okay, ich will dir keine falschen Hoffnungen machen." Diese Worte legten sich wie ein Gewicht in Haydens Magen. „Ich vertraue darauf, dass die Mehrheit meiner Kollegen von der Exekutive in New York deine Behauptung mit der gleichen Unparteilichkeit untersucht hätte, mit der sie jeder andere haben würde. Allerdings werden Fehler gemacht. Und sogar Polizisten können Arschlöcher sein. Nach dem, was du mir erzählt hast, ist es möglich, dass du durch das Raster gefallen bist. Aber ehrlich gesagt, ist es ebenso möglich, dass du getan hast, was dieser Jayson Bain behauptet hat und dass du jetzt lügst."

Hayden sah seinen Freund düster an. Marco hatte in Haydens Gegenwart nie etwas Abwertendes gesagt, an das er sich erinnern konnte, aber konnte er trotzdem einige tiefsitzende Vorurteile haben? „Was zum Teufel soll das, Marco? Er lügt dich nicht an. Ich lüge dich nicht an. Ich sehe jede Woche fassungslose Menschen, die unter Schock stehen, und Jez war total überrascht, als diese Dinge aufgetaucht sind."

„Entspann dich, Hayden. Ich glaube nicht, dass du lügst, Jez. Aber dein Ex hat bereits die Beweislast getragen und das wird die Dinge zu seinen Gunsten beeinflussen."

„Es gibt nichts, was du tun kannst?" Hayden wollte die Diskussion im Keim ersticken, bevor etwas eskalierte.

„Das habe ich auch nicht gesagt. Ich kann ein paar Fragen stellen und sehen, ob genug da ist, um eine offizielle Untersuchung einzuleiten. Du hast mir bereits gesagt, dass sie denken, dass du für all diese Geschenke bezahlt hast, sowohl für dich selbst als auch später für Jayson. Das ist ziemlich belastend."

„Und ich habe dir auch gesagt, dass ich es nicht getan habe. Ich weiß nicht, wer für sie bezahlt hat, aber ich war es nicht. Ich schwöre es. Ich kann dir meine Kontoauszüge geben. Meine Kreditkartenabrechnungen. Kannst du nicht seine Finanzaufzeichnungen bekommen?"

Marco schüttelte den Kopf. „Nein. Es würde eine höhere Gewalt erfordern, um mit dem, was du mir bisher gegeben hast, eine Untersuchung zu eröffnen und Vorladungsaufzeichnungen einzusehen. Aber schick mir deine Kontoauszüge. Ich werde ein bisschen graben. Mal sehen, ob es etwas gibt, mit dem ich zu einem Richter gehen kann."

„Danke, Marco. Ich weiß alles zu schätzen, was du tun kannst." Jez sagte genau die richtigen Dinge, aber er hatte offensichtlich kein Vertrauen, dass Marco etwas erreichen würde. Das war Hayden aber egal. Die Dokumentation war wichtig.

Hayden würde nicht zulassen, dass Jayson Jez' Leben ein zweites Mal auseinandernahm.

Sie standen auf und gingen mit Marco zur Tür. Jez hatte die Arme um seinen Oberkörper geschlungen, als wäre ihm kalt. Nachdem Marco gegangen war, zog Hayden ihn näher und küsste ihn. „Es wird alles gut gehen." Hayden würde kein anderes Ergebnis akzeptieren, auch wenn das bedeutete, einen Pitbull von Anwalt anzuheuern.

„Ich hoffe es." Jez seufzte. „Ich denke manchmal, wenn ich damals nicht versucht hätte, eine einstweilige Verfügung zu bekommen, würde das jetzt nicht passieren."

„Das weißt du nicht. Und du kannst dir keine Vorwürfe machen. Dein Ex hat wirklich fragwürdige Sachen gemacht. Allein deine Passwörter zu stehlen, ist verdammt ekelhaft. Wenn es ihm nicht schon gut gehen würde, hättest du eine Menge Geld verlieren können, denn wer sagt, dass er aufgehört hätte, nachdem er

146

deine Bankkennwörter und PINs bekommen hatte? Oder er hätte dich vielleicht körperlich verletzt. Das zu hinterfragen, ist nutzlos."

„Ja. Ich schätze schon."

Hayden neigte seinen Kopf. „Wie wäre es mit einem glücklicheren Thema? Hast du am Ende etwas dekoriert? Darf ich mal sehen?" Er hatte nichts Ungewöhnliches gesehen, aber er hatte bemerkt, dass Jez besonders vorsichtig gewesen war, um sicherzustellen, dass Hayden nicht in ein Chaos heimgekehrt war, was ihm bestätigte, dass er sich in den richtigen Mann verliebt hatte. Er war überraschend begierig, zu sehen, was Jez getan hatte.

Jez klatschte in die Hände. „Oh, ja. Maria und ich hatten eine tolle Zeit." Dann schmollte er. „Aber es ist noch nicht ganz fertig. Ich musste einige Sachen bestellen, die noch nicht angekommen sind. Geh in keines der Gästezimmer, okay?"

Haydens Puls beschleunigte sich nur ein wenig. „In keines? Ich dachte, wir hätten uns auf ein Zimmer geeinigt."

„Das haben wir, aber Dekorieren kann ein wenig Unordnung verursachen, also habe ich alles in die anderen beiden Zimmer geräumt. Wenn der neue Raum fertig ist, werden auch die anderen beiden aufgeräumt, versprochen."

In Ordnung. Das konnte er akzeptieren. „Wie wäre es dann, wenn wir es uns auf der Couch gemütlich machen? Fernsehen und Pizza bestellen." Eines Tages würde Hayden mit Jez in einen Club gehen müssen, aber er war froh, dass es Jez nichts ausmachte, zu Hause herumzuhängen. Ohne schwule Freunde war das Clubbing ein Mittel zum Zweck gewesen. Aber Hayden dachte, er würde es genießen, mit seinem Freund zu tanzen und zu wissen, dass dieser Mann mit ihm nach Hause kommen und in sein Bett steigen würde.

„Klingt fantastisch."

HAYDEN GRINSTE, als er sein Auto vor dem Haus parkte. Er und eine ganz neue und nicht-toxische Gruppe von Feuerwehrleuten waren nach der Schicht zu Chickenwings und Bier in die Bar gegangen. Ohne den Schleier von Jordans Negativität, entdeckte Hayden, dass seine Kollegen ihn mochten und er war zuversichtlich, dass er einen neuen Freundeskreis aufbauen konnte. Das Schlimmste, was diese Gruppe getan hatte, war ihn herauszufordern, eine schärfere Sauce zu den Flügeln zu bestellen, als er normalerweise aß. Größtenteils ein harmloser Spaß, obwohl er seine Meinung darüber vielleicht ändern würde, wenn er das nächste Mal auf die Toilette ging.

Nachdem er seine Flügel gegessen hatte – sein Gesicht brannte immer noch – waren er und Kevin zusammen einkaufen gegangen, da sie in dieselbe Gegend gefahren waren. Hayden hatte für Jez etwas besorgt, von dem er hoffte, dass es das perfekte Weihnachtsgeschenk wäre. Er war sich nicht sicher, wie er es schaffen sollte, eine ganze Woche darauf zu warten, dass er es Jez geben konnte. Dies war auch das erste Jahr seit dem Tod seiner Großmutter, in dem er sich nicht freiwillig am Weihnachtstag zum Dienst gemeldet hatte. Miguel wollte vorbeikommen und sie würden zu dritt ein kleines Familienessen mit allem Drum und Dran veranstalten. Und was auch immer Veganer zu Weihnachten aßen, er hoffte aufrichtig, dass Tofuhahn etwas war, das Komiker als Scherz erfunden hatten.

In Gedanken versunken war er schon auf der Veranda, bevor er den riesigen Regenbogenstrauß von Gerberablüten in einer Glasvase bemerkte. Und schon hatte Jayson „heimlicher Bewunderer" seine gute Stimmung ein weiteres Mal ruiniert. Der Typ hatte ein tadelloses Gefühl für das richtige Timing. Es waren ein paar Tage seit dem letzten „Geschenk" vergangen und Hayden hatte gerade angefangen zu hoffen, dass es vielleicht keine weiteren geben würde.

Bastard.

Er brachte die Vase hinein und stellte sie auf die Küchenzeile, bevor er Marco anrief.

„Alter. Es gibt noch ein weiteres Geschenk."

„Ist Jez bei dir?"

„Nein, aber ich erwarte ihn in einer Stunde oder so zu Hause."

„Okay, ich bin in etwa neunzig Minuten bei euch. Es wäre besser, wenn ihr beide da seid."

Hayden beendete das Gespräch und stürzte dann nach oben, um Jez' Geschenk zu verstecken, nahm eine schnelle Dusche und brachte Fang zum Pinkeln nach draußen. Er ging zurück in die Küche. Er wollte einen Diät-Cuba Libre bereit haben, um den Schlag abzufedern, dass Jez ein weiteres verdammtes Geschenk bekommen hatte. Das Abendessen würden sie wieder liefern lassen – auf keinen Fall würde einer von ihnen kochen wollen, nachdem Marco gegangen war, selbst wenn er sagen würde, er könnte gehen und Jayson verhaften.

Hayden hatte gerade die Cola Light über den dunklen Rum gegossen, als er Jez' Schlüssel im Schloss hörte. Hayden schnappte sich das Glas, rannte zur Tür und stand neben Fang, um Jez zu begrüßen.

„Hallo." Jez lächelte ihn an. „Das ist eine nette Überraschung."

Hayden küsste ihn, nahm seine Tasche und hängte sie auf, während Jez Fang begrüßte. Dann gab er Jez das Glas.

„Ich könnte mich definitiv an diese Art von Behandlung gewöhnen", neckte Jez.

Hayden verzog das Gesicht und das Lächeln verschwand von Jez' Gesicht.

„Warte. Das ist Alkohol, um einen Schlag abzumildern, nicht wahr?" Jez runzelte seine Nase und nieste. Und nieste wieder.

„Bekommst du eine Erkältung?" Vielleicht die Grippe? Sie waren mitten in der Grippesaison und die Feuerwehrleute sahen eine Reihe von Grippeopfern, vor allem ältere Menschen, die den Notruf wählten.

Jez runzelte die Stirn. „Ich weiß es nicht. Aber vergiss das. Was ist passiert? Nein, warte." Jez winkte ihn her und nahm einen gewaltigen Schluck von dem Cuba Libre. „Okay, ich glaube, jetzt bin ich bereit."

Ein weiteres Niesen hinderte Hayden am Sprechen. „Heute ist ein weiteres Geschenk gekommen." Er sah auf die Uhr. „Marco sollte in etwa zehn Minuten hier sein."

„Zum Teufel." Jez atmete tief ein und gab Hayden sein Glas, ehe er in eine Reihe von explosionsartigem Niesen ausbrach, das selbst Fang im oberen Stock erschreckte. Als die Erschütterungen nachließen, richtete er sich auf. „Es tut mir so leid." Er lispelte und seine geröteten Augen tränten.

„Heilige Scheiße. Diese Erkältung ist aber schnell gekommen." Beängstigend schnell. Was für eine Art Virus war das?

Jez schüttelte den Kopf. „Lass mich raten. Dieser Wichser hat Blumen geschickt. Margeriten?"

„Oh Scheiße. Ja. Ein riesiger Strauß Gerbera."

Jez entblößte seine Zähne in einem Knurren, bevor er wieder zu niesen begann.

„Lass mich dir etwas holen."

„Nein, ich hole etwas Toilettenpapier aus dem Badezimmer. Sieh zu, dass du diese verdammten Blumen loswirst."

Hayden ging zurück in die Küche, stellte Jez' Glas auf die Theke und holte die Müllsäcke hervor. Scheiße, er hatte gewusst, dass bestimmte Blumen für Jez schlimm waren, aber er hatte ihn noch nie in der Nähe von Margeriten erlebt. Er hätte zuerst an Allergien denken sollen.

Es klingelte an der Tür und Hayden warf die Blumen in die Abstellkammer, bevor er die Tür öffnete. „Hey, Marco."

„Wo sind die Blumen?"

Hayden rollte mit den Augen. „In zwei Müllsäcken im Abstellraum." Auch doppelt verknotet, wobei er die Zugbänder vollständig umgangen hatte.

„War das nötig?", fragte Marco, als er Hayden ins Esszimmer folgte und sich setzte.

Hayden gestikulierte zu Jez, der ins Zimmer kam und eine Rolle Toilettenpapier trug. Seine Augen waren rot und tränten, seine Nase war rosa und glänzte.

„Weinst du?" Marco stand halb auf. „Bist du verletzt worden?"

Jez rollte mit den Augen, setzte sich hin und nieste wieder. Hayden antwortete für ihn. „Er ist allergisch gegen die Blumen, die Jayson geschickt hat."

„Angeblich geschickt hat."

Diesmal verdrehten sowohl er als auch Jez die Augen. „Gut. Angeblich. Aber ich würde meinen, das sollte helfen, dich davon zu überzeugen, dass Jez diese Blumen nicht selbst gekauft hat." Als wären die Milchschokolade und die Mangos nicht überzeugend genug gewesen. „Jez war gerade mal zwei oder drei Minuten im Haus, ehe er anfing zu niesen. Daher habe ich die Blumen doppelt verpackt. Ich habe die Karte draußen gelassen, falls du sie willst."

„Ich will sie. Aber ich habe auch ein paar Informationen für euch." Marco zog sein Notizbuch heraus. „Mit einer Kreditkarte auf den Namen Jez Bouchet wurden sowohl Schokolade als auch Obstkorb über eine Online-Transaktion gekauft. Ich nehme an, die Karte wurde auch für die Blumen benutzt."

Jez richtete sich auf und stotterte. „Aber ich habe es nicht getan. Das habe ich nicht, ich schwöre es."

„Beruhige dich. Ich bin noch nicht fertig."

„Ich dachte, du hättest gesagt, du könntest keine Finanzunterlagen anfordern." Das brachte Hayden einen amüsierten Blick ein, aus dem er Mut schöpfte. Wenn Marco amüsiert war, gab es Hoffnung.

„Manchmal kooperieren die Leute einfach so mit der Polizei, wenn sie fragt, weißt du. Ungeachtet dessen, was das Fernsehen dich glauben lassen will. Und der Name auf einem Kreditkartenbeleg ist nicht mit einem Staatsgeheimnis gleichzusetzen. Oder mit Finanzaufzeichnungen von einer Bank. Ich habe auch Kopien der Unterlagen angefordert, die zur Einleitung der einstweiligen Verfügung verwendet wurden. Es gab auch Kreditkartenbelege. Offensichtlich war die vollständige Kartennummer nicht sichtbar, aber die letzten vier Ziffern und das Verfallsdatum waren die gleichen, also denke ich, wir können davon ausgehen, dass die gleiche Karte verwendet wurde, um alle Geschenke zu kaufen, einschließlich derjenigen, die du gerade erhalten hast."

„Aber ich verstehe nicht. Wie ist das überhaupt möglich?"

Marco warf Jez einen mitleidigen Blick zu. „Es gibt eine Reihe von Möglichkeiten, wie jemand eine Kreditkarte auf deinen Namen ausstellen lassen konnte. Es bleibt abzuwarten, ob dein angeblicher Stalker derjenige ist, der das getan hat, aber da ich aus den Kontoauszügen, die du mir gegeben hast, keine Aufzeichnungen über Zahlungen an diese Karte finden kann und die Kartennummer nicht mit deiner Kreditkarte übereinstimmt … Ich habe genug, um eine offizielle Untersuchung einzuleiten. Wenn ich einen verständnisvollen Richter finden kann, dann sollten wir in der Lage sein, alle entsprechenden Unterlagen anzufordern. Aber selbst wenn das passiert, wird es eine Weile dauern. Ohne eine tatsächliche Bedrohung wird dies als niedrige Priorität eingestuft."

Jez ließ die Schultern hängen. „Ich verstehe."

Marco gab ihnen ein paar Dinge, auf die sie achten sollten, falls der Schenkende – er wollte nicht zugeben, dass es Jayson war – sie beobachtete oder ihnen folgte und dann verabschiedeten sie sich.

Sie saßen zusammen auf der Couch und schöpften Trost aus der Gegenwart des anderen. Hayden hatte keine Worte mehr für Jez. Nur die Zeit würde sie weiterbringen, aber hoffentlich würde Weihnachten seine Stimmung heben.

In der Mitte des Abends hatte Hayden eine brillante, wenn auch erschreckende Idee inmitten eines weiteren Ansturms von Feiertagswerbungen.

„Ich habe eine Idee. Warum gehen wir dieses Wochenende nicht los und holen uns einen Weihnachtsbaum, essen an einem netten Ort zu Abend und kommen dann zurück und dekorieren ihn."

Jez schnaubte und befreite sich aus Haydens Armen, um im Schneidersitz auf der Couch zu sitzen und ihn von der Seite anzustarren. „Einen Weihnachtsbaum? Wirklich? Es ist okay, wenn ich keinen Baum bekomme. Das habe ich seit Jahren nicht mehr. Ich hatte in meiner Wohnung ohnehin nie Platz für einen."

„Noch ein Grund mehr, einen zu haben. Ich habe es geliebt mit meiner Oma einen Baum aufzustellen und ich denke, ich würde es bereuen, zu unserem ersten gemeinsamen Weihnachten keinen zu haben."

Schnell küsste Jez seine Wange. „Werden die abfallenden Nadeln bei dir keine Zustände auslösen?"

Hayden lachte. „Es wird kein echter Baum sein. Diese Dinger sind brandgefährlich. Wir werden bei Target einen schönen, falschen, feuersicheren Baum kaufen. Das ist auch für deine Allergien besser."

„Okay, das ergibt mehr Sinn. Hast du irgendwelche Dekorationen?"

Auf dem überwiegend leeren Dachboden bewahrte er eine einzige Kiste mit Baumschmuck auf. Aber der Gedanke, ihn in all seiner ungleichen Hässlichkeit hervorzuholen, ließ ihn schaudern. „Wir kaufen auch einige davon. Vielleicht für den Anfang nur ein oder zwei Farben." Hayden dachte einen Moment darüber nach und nickte. „Ja, das wird in Ordnung sein, denke ich."

Wenn es sich herausstellte, dass es nicht in Ordnung war, konnten sie den Baum spenden oder ihn auf dem Dachboden wegpacken und es im nächsten Jahr wieder versuchen.

„Wir haben einen Plan. Ich reserviere irgendwo einen Tisch." Jez hüpfte ein paar Mal auf und ab, bevor er sich wieder an Hayden kuschelte.

Und das Gespenst von Jayson Bain war verbannt. Einfach so. Vorübergehend.

13

JEZ HATTE einen tollen Tag gehabt. Da es der Samstag vor Weihnachten war, hatten sie vier verschiedene Target-Filialen abklappern müssen, um alles zu bekommen, was sie brauchten – nur blau und silber für ihren Baum. Es waren tatsächlich nur noch drei Tage bis Weihnachten, weshalb alle Target-Märkte sehr gut besucht waren. Aber jeder war im besten Sinn von Weihnachtsstimmung erfüllt und Jez hatte kein Beruhigungsmittel gebraucht oder eine Pause einlegen müssen. Dann waren sie in ein Lokal gegangen, das Steaks und vegane Gerichte anbot. Hayden hatte am Tag nach der Ankunft der Blumen gearbeitet und in seiner Abwesenheit hatte Jez dem Gästezimmer den letzten Schliff verliehen. Er wollte es Hayden so gern zeigen, aber er wollte ihn nicht überwältigen. Der Weihnachtsbaum würde für heute ausreichen und wenn das gut lief, würde er am Weihnachtstag das Zimmer mit Hayden teilen.

Er legte eine Hand auf Haydens Knie und drückte es.

„Ich liebe dich, Baby." Hayden warf ihm ein kurzes Grinsen zu, bevor er sich ihrer Straße zuwandte.

„Ich liebe dich auch." Er sah sich die Parkplatzsituation an. „Wow. Viel los heute Abend in der Nachbarschaft. Jemand muss eine Party geben."

Obwohl sie die Dekorationen und den künstlichen Baum sehr minimalistisch gehalten hatten, vermutete Jez, dass sie mindestens zwei Mal hin- und herlaufen müssten, um alles ins Haus zu bekommen. Das wäre nervig.

Hayden parkte drei Häuser weiter ein und hüpfte aus dem Truck. „Erst die Taschen und dann wiederkommen und den Baum holen?"

Jez nickte. „Ja. So machen wir es."

Bewaffnet mit ihren Einkäufen gingen sie auf ihr Haus zu.

Ein grunzendes Bellen ließ Jez innehalten. „Hast du Fang gehört?"

Hayden blieb stehen und lauschte. „Ich weiß nicht. Wir sollten ihn von hier aus nicht hören können, oder?"

Wegen des Gebüschs, das das Grundstück auf der Ostseite von dem der Johnsons trennte, konnte Jez die Fassade ihres Hauses nicht sehen. „Ich glaube nicht. Könnte es sein, dass wir ein Fenster offen gelassen haben?"

Hayden schüttelte den Kopf. „Wohl kaum. Es war zu kühl, um Fenster zu öffnen."

Jez zuckte mit den Schultern und machte einen weiteren Schritt. Er hörte wieder Fangs albernes Bellen, bevor der fette Welpe aus den Büschen hervorschoss und mit dem Schwanz wedelte, das Fell mit getrockneten Grashalmen, Zweigen und Blättern bedeckt.

„Was zum Teufel soll das?" Er stellte seine Taschen ab und hob Fang hoch. „Was machst du hier?" Er brach am ganzen Körper in Schweiß aus. Fang war so verdammt eifrig. Was, wenn er auf die Straße gelaufen wäre? Er hätte von einem Auto angefahren werden können und Jez hätte vielleicht nie erfahren, was passiert war.

Hayden sah genauso betroffen aus und hatte seine Taschen fallen lassen, damit er sie beide halten konnte. „Das gefällt mir nicht", flüsterte Hayden.

„Was meinst du?"

„Wir sind beide so vorsichtig. Wir lassen keine Türen oder Fenster offen, durch die Fang hätte herauskommen können. Wie ist er hier hergekommen?"

Angst, die über Jez' Sorge um Fangs Sicherheit hinausging, ließ sein Herz galoppieren.

Hayden spähte um die Büsche herum. Jez hielt Fang fest an seine Brust gedrückt und tat dasselbe. Nichts sah ungewöhnlich aus. Keine Pakete lagen auf der Türschwelle. Das Licht der Lampe im Wohnzimmer, die sie einschalteten, wenn sie das Haus verließen, verlieh den Fenstern an der Vorderseite einen goldenen Schimmer.

Alles sah ganz normal aus. Sie mussten einfach einen Fehler gemacht haben, als sie das Haus verlassen hatten. Fang war mit ihnen hinausgeschlüpft oder so. Er hasste den Gedanken an sein Baby so lange allein da draußen, aber sie mussten einfach vorsichtiger sein. Jez' Atmung begann sich zu beruhigen und Hayden entspannte sich und richtete sich auf.

Da bewegte sich ein Schatten am Rande dieses warmen, goldenen Lichts und Jez' Blut fühlte sich an wie von flüssigem Stickstoff eingefroren.

„Was zum Teufel ist da?", flüsterte er.

Hayden zog ihn zurück hinter die Büsche, holte sein Telefon heraus und scrollte durch seine Kontaktliste. „Marco. Jemand ist in unserem Haus", sagte Hayden ins Telefon, kaum lauter als ein Flüstern.

Es gab eine Pause. „Wir sind draußen. Wir haben gerade ein Stück die Straße hinunter geparkt und drinnen einen Schatten gesehen."

Noch eine Pause. „Danke." Er schob sein Handy zurück in die Tasche.

„Sie kommen. Marco sagt, wir sollen zurück zum Truck gehen und warten."

Jez nickte. Es war kein kugelsicherer Wagen oder so, aber er würde sich dort viel sicherer fühlen als im Freien.

Sie drehten sich immer wieder um und Hayden startete fluchend den Truck.

„Was machst du da?", flüsterte Jez, als ob der Eindringling sie drei Türen weiter und in einem Auto hören könnte.

„Ich drehe um, verdammt." Hayden fuhr weiter die Straße hinunter, machte eine Kehrtwende und parkte dann auf der anderen Straßenseite. Von hier aus konnten sie ihre Haustür sehen und hoffentlich hatte der Eindringling nichts Verdächtiges gehört.

„Warum hast du das getan?"

Hayden schnaubte. „Wenn ich sehe, wie, wer auch immer, das Haus verlässt, bevor die Bullen herkommen, werde ich ihm verdammt noch mal folgen."

„Was, wenn der Motor ihn verjagt?"

„Jemand in dieser Straße gibt eine Party. Autos, die die Straße entlangfahren, sollten ihn nicht beunruhigen."

Jez gefiel das ohnehin besser. Sie könnten sehen, was passierte, anstatt zu versuchen, aus dem Heckfenster zu sehen.

Innerhalb weniger Augenblicke kamen Polizeiautos ohne Sirenen auf das Haus zu. Die Polizisten stiegen aus und einige gingen hinten herum. Dann war plötzlich alles vorbei.

Zwei Beamte kamen aus dem Haus mit einem strampelnden Mann zwischen ihnen. Jez sprang aus dem Truck, Fang noch immer in den Armen. Im Dunkeln und aus dieser Entfernung konnte er nicht sagen, ob es Jayson war und er musste es verdammt noch mal wissen.

Marco holte ihn ein, als er auf den Rasen vorm Haus trat. „Jez, du solltest nicht hier sein."

Die blinkenden roten und blauen Lichter brachten die Nachbarn in ihre Vorgärten. Dann näherten sich der Eindringling und seine Bewacher dem Ring aus Polizeifahrzeugen mit ihren hellen Scheinwerfern.

Jayson. Es war definitiv Jayson. Der gleichzeitig Jez erblickte.

„Nein. Verhaftet ihn", schrie Jayson und starrte Jez an. „Ich habe eine einstweilige Verfügung. Er verstößt dagegen. Er ist zu nahe. Verhaftet ihn."

„So funktioniert das nicht, Schwachkopf. Du bist in sein Haus eingebrochen", sagte einer der Polizisten neben Jayson.

Sobald Jayson im Wagen gesichert war, ging Jez ins Haus, packte Fangs Leine, befestigte sie am Hund und das andere Ende an seinem Gürtel. Wo auch immer Jez heute Abend hinging, Fang würde folgen.

Marco begleitete Jayson zum Revier, während Jez und Hayden im Haus blieben und bei anderen Beamten ihre Aussagen machten. Stunden später brannten Jez' Augen vor Erschöpfung und er hatte gerade die vierte Kanne Kaffee gemacht. Der Notfall-Schlosser, der alle ihre Schlösser getauscht hatte, nahm eine Tasse. Polizisten und Tatort-Techniker waren in seiner Küche ein- und ausgegangen, um Kaffee zu holen. Sie hatten Jaysons Geschenke mitgenommen, die Hayden – überraschenderweise – noch nicht weggeworfen hatte und dann den Rest des Hauses untersucht. Sie hatten bald festgestellt, dass Jayson die meiste Zeit in ihrem Schlafzimmer verbracht hatte, um ihr Bett zu zerstören.

Jez hatte befürchtet, dass Hayden bei dieser Information ausflippen würde, aber er war wie ein Fels. Vielleicht würde eine verspätete Reaktion kommen oder vielleicht hatten die Jahre ihn geheilt. Vielleicht waren Haydens Eigenarten auch mehr ein Symptom der Trauer als eine ausgewachsene Zwangsneurose. So oder so, Jez hatte ihrem Therapeuten bereits eine Nachricht geschickt, während Hayden im Badezimmer war, denn ob das bei Hayden etwas ausgelöst hatte oder nicht, Jez war sich ziemlich sicher, dass sie eine Weile in ihrem Schlafzimmer nervös sein würden.

Ein weiterer Tatort-Techniker kam in die Küche. „Darf ich mir die anderen Zimmer im Obergeschoss ansehen?", fragte Jez. Denn wenn Jayson seine harte Arbeit im Gästezimmer zerstört hätte, müsste er vielleicht doch noch ins Gefängnis einbrechen und den Bastard erwürgen.

„Sicher. Nur nicht das Hauptschlafzimmer."

Gut. Weil sie auch einen Platz zum Schlafen brauchten und er das Bett in seinem alten Zimmer frisch beziehen wollte, damit sie in der Sekunde, in der das Haus leer war, ins Bett fallen konnten. Oh Gott. Wie wäre es, wenn jemand ermordet worden wäre?

„Alles in Ordnung?"

Hayden nickte und goss sich selbst Kaffee ein.

„Okay, ich bin gleich wieder da."

Mutig, ganz allein nach oben zu gehen, mit all den Polizisten um sich herum, aber Jez vermutete, dass er in den nächsten Tagen in Haydens Nähe bleiben und viele Lichter einschalten würde.

Zuerst schaute er sich den Raum an, den er nur für Hayden eingerichtet hatte. Die Tür war noch geschlossen. Jez atmete tief durch und drehte den Knopf.

Dann seufzte er tief vor Erleichterung. Unberührt. Absolut makellos. Er schloss die Tür wieder und richtete dann schnell sein altes Zimmer so ein, dass es grundsätzlich bewohnbar war.

Als er nach unten kam, war Marco zurückgekehrt.

„Lange Nacht, Leute. Aber es ist fast vorbei. Sie machen sich bereit, um abzurücken."

„Irgendetwas, das wir wissen sollten?", fragte Hayden. Jez wollte sie fast ins Esszimmer führen, da das irgendwie zum Besprechungsraum geworden war, aber Marco zog nur einen Küchenstuhl vom Tisch weg und setzte sich.

Marco musterte sie mit einem strengen Blick. „Das bleibt unter uns, verstanden? Weil ich euch das nicht sagen dürfte. Nicht, bis der ganze Papierkram abgezeichnet ist." Dann grinste er sie an. „Es war unglaublich. Er fing an zu reden, sobald wir ihn im Verhörraum hatten. Wir müssen alles weiterverfolgen, um Belege zu bekommen, aber es besteht für mich kein Zweifel, dass er hinter all den Geschenken steckt, sowohl hier als auch in New York."

„Wirklich?" Die Erleichterung bewirkte mehr Euphorie als eine einstündige Massage.

„Wirklich. Er hat zugegeben, dass er deine Passwörter herausgefunden hat, wie du vermutet hattest. Er hat auch deine Computer- und Bankdaten verwendet, um eine Kreditkarte in deinem Namen zu bestellen. Sobald wir seine Finanzaufzeichnungen haben, bin ich sicher, dass wir Beweise finden werden, dass er diese Rechnungen bezahlt hat. Wahrscheinlich wurden sie an ein Postfach geschickt. Er hatte auch ein webbasiertes E-Mail-Konto mit dem Benutzer JB1993 eröffnet, um Updates zu erhalten und Online-Bestellungen aufzugeben, ohne dass es leicht zu ihm zurückverfolgt werden konnte. Er benutzte die neue Kreditkarte, um ein Wegwerfhandy in deinem Namen zu kaufen."

„Wie hat er mich gefunden? Ich dachte, ich wäre ziemlich gründlich verschwunden und hatte sogar meine Telefonnummer geändert."

Marco streckte die Hand aus. „Gib mir dein Handy." Jez übergab es und Marco arbeitete kurz daran, bevor er den Bildschirm drehte. „Genau, wie er gesagt hat. Er hat eine App zur Telefonsuche auf deinem Handy installiert und sie im Ordner für Dienste versteckt. Du weißt schon, der Ordner mit dem ganzen Schrott, den die Anbieter vorab aufs Telefon laden, der dich immer nur nervt."

Jez schloss die App und betrachtete das Symbol. Er hätte nie in diesen Ordner geschaut und das Symbol sah ziemlich harmlos aus.

„Also wusste er die ganze Zeit, wo ich war?" Hatte er wegen Jez überhaupt erst den Transfer zu dem L.A.-Team organisiert?

„Ja, leider schon. Und er ist auch derjenige, der deine Reifen aufgeschlitzt hat."

„Was?"

„Ja. Dein Telefon und dein Auto waren die ganze Nacht bei einem Typen zu Hause. Er war sauer."

Jez runzelte die Stirn. „Aber ich lebe seit Monaten bei Hayden."

Marco lachte, ein Geräusch, das Jez noch nie zuvor gehört hatte, aber es stand dem Mann gut, diese super ernste Miene gelegentlich abzulegen. „Das ist eben unser Hayden. Er sieht einfach nicht schwul aus, weißt du?"

„Es gibt kein Aussehen", sagte Jez gereizt. „Schwul gibt es in allen Formen, Größen und Farben."

Marco lachte noch ein wenig mehr. „Ja, das wissen wir alle. Aber Hayden hat Jayson getäuscht. Bis vor kurzem, wahrscheinlich zu der Zeit, als das erste Geschenk kam, dachte er, du würdest hier nur ein Zimmer mieten. Nicht mit dem Hausbesitzer etwas anfangen, von dem die meisten Leute denken, dass er hetero ist, bis er ihnen etwas anderes sagt."

Jez drehte sich um, um seine Entrüstung mit Hayden zu teilen, nur um zu sehen, dass er auf dem Tisch den Kopf auf seine Arme gelegt hatte und fest schlief.

Marco lächelte sanft. „Es ist vorbei." Er stand auf und sah aus dem Fenster. „Das ist der Letzte von ihnen. Ich lasse dich auch in Ruhe und du kannst ihn nach oben bringen. Keine Sorge, zwischen Einbruch und Identitätsdiebstahl haben wir genug, um ihn für eine Weile ins Gefängnis zu stecken. Es kann auch im Zusammenhang mit den von ihm für die einstweilige Verfügung vorgelegten Unterlagen zu einer Anklage kommen. Es ist vorbei", wiederholte Marco. Er fuhr Jez durch die Haare und war weg. Jez steckte die glänzenden, neuen Schlüssel vom Küchentisch ein und versuchte, den Gedanken zu verinnerlichen.

Es war vorbei.

DER DUFT von Speck und Kaffee kitzelte Haydens Nase und weckte ihn. Die Treppe knarrte gefolgt von den Dielen im Flur, was Jez' Rückkehr ankündigte. Jaysons Vandalismus im Hauptschlafzimmer war zu kurz vor Weihnachten passiert, als dass sie es noch reparieren konnten, also hatten sie das Wesentliche in Jez' altes Zimmer gebracht und würden wahrscheinlich bis weit in den Januar hinein dort wohnen.

„Frohe Weihnachten!" Jez erschien in der Tür und trug ein Tablett mit Frühstück.

Hayden sprang aus dem Bett, um das Tablett zu schnappen und es auf die Kommode zu stellen.

„Hey. Das sollte Frühstück im Bett werden."

„Es ist ein langer Weg von der Küche hier herauf mit einem schweren Tablett."

Jez rollte mit den Augen. „Ich habe vielleicht keine solchen Muskelberge wie du, aber ich bin stark, weißt du."

„Darf ich dir nicht helfen, einfach nur so?"

Mit einem Schnaufen setzte sich Jez aufs Bett. „Gut. Bring das hier rüber. Es ist eigentlich für uns beide. Und ich habe den Kaffee und den Saft unten gelassen. Ich dachte mir, dass Sirup auf dem Tablett genug Risiko ist."

Hayden lachte. „Verrückter Mann." Dennoch gehorchte er Jez' Anweisungen und setzte sich neben ihn. „Du hast Speck gemacht. Das ist so süß, aber das hättest du nicht tun müssen."

„Gewöhn dich nicht daran. Oder überhaupt an Frühstück im Bett. Und die Pfannkuchen sind vegan, also teilen wir sie uns."

„Ich weiß das zu schätzen, versteh mich nicht falsch. Aber es war nicht nötig." Und wenn es Croissants oder etwas Krümeliges gewesen wäre, glaubte Hayden nicht, dass er damit hätte umgehen können, es im Bett zu essen.

Jez zuckte mit den Schultern und Hayden nahm plötzlich eine nervöse Spannung wahr. „Was ist los?"

„Ich habe nur Angst, dass dir dein Geschenk nicht gefällt."

„Ich werde es lieben, egal was es ist." Hayden gab ihm einen Kuss auf die Schläfe.

NACHDEM SIE gegessen hatten, stand Hayden wieder auf und zog sich einen Pyjama an. Nackt im Bett zu essen, war super dekadent gewesen, aber er dachte nicht, dass er im selben Zustand im Wohnzimmer sitzen und Geschenke auspacken wollte. „Wollen wir nach unten gehen?" Hayden war auch wegen seines Geschenks für Jez nervös.

„Noch nicht. Ich meine, es gibt ein paar Dinge unter dem Baum für dich, aber das große Geschenk ist hier oben." Jez nahm seine Hand und führte ihn zur Tür des Gästezimmers. Demjenigen, in dem er die Kisten mit den Sachen seiner Oma aufbewahrt hatte. Hayden schluckte schwer. Das war nicht der Raum, von dem er erwartet hatte, dass Jez sich zuerst darum kümmern würde und er hatte Angst. Er wollte auch wissen, wo das ganze Zeug seiner Oma geblieben war, aber trotz eines Anflugs von Panik war er sich sicher, dass Jez es nicht einfach weggeworfen hatte.

Jez atmete tief durch und stieß dann die Tür auf.

Hayden schnappte nach Luft. Unglaublich. Er trat ein. Das primäre Farbschema war schwarz-weiß. Schwarz-Weiß-Fotografien in simplen schwarzen Rahmen bedeckten die Wände. Nicht irgendwelche Fotos, sondern Fotos seiner Oma. Standaufnahmen zeigten sie in Ballettkostümen und mit den Darstellern ihrer Filme. Private Fotos von ihr mit Stars wie Rock Hudson, Steve McQueen und Paul Newman. Faye Dunaway, Loretta Swit und Eileen Brennan.

Der üppige, bordeauxfarbene Stoff, von dem sich Hayden erinnerte, dass er ihn zusammen mit den Näh- und Handarbeiten seiner Großmutter verpackt hatte, war zu Vorhängen und einer Tagesdecke umgearbeitet. Er erkannte die Stickereien seiner Großmutter in den quadratischen Zierkissen. In der Ecke stand eine kleine Frisierkommode, deren Spiegel von Glühbirnen umgeben war, wie man sie in der Garderobe eines Filmstars finden würde. Alles war so elegant; eine schöne Hommage an die einzige Familie, die Hayden jemals für sich beanspruchen würde.

Er schniefte, entschlossen, nicht zu weinen. Seine Oma wäre in besseren Zeiten überglücklich gewesen.

„Danke." Hayden drehte sich um und zog seinen Freund in eine Umarmung. „Es ist perfekt. Ich liebe es."

„Bist du sicher?", fragte Jez ängstlich. „Ich habe all die anderen Sachen zusammengepackt und sie auf den Dachboden gestellt. Es gab viel mehr, als hier reinpassen konnte, aber ich habe dafür gesorgt, dass alles sicher verpackt wurde."

„Bestimmt." Obwohl Hayden die Bilder stundenlang hätte ansehen können, war er auch begierig darauf, Jez sein Geschenk zu geben. „Komm schon. Lass uns nach unten gehen."

HAYDEN ZOG eine Karte aus dem Baum, übergab sie Jez und fühlte sich dabei so zittrig, als wäre es zu lange her, dass er gegessen hatte. Er war sich nicht sicher, ob er jemals so nervös gewesen war.

Jez öffnete den Umschlag und zog die Visitenkarte heraus, die darin verstaut war. Er drehte sie in seinen Händen und sah Hayden dann fragend an.

Hayden räusperte sich. „Ich weiß, dass du noch mehr dekorieren willst. Und wir müssen es langsam angehen. Aber ich verbringe keine Zeit im Wintergarten und ich dachte, du möchtest ihn in einen richtigen Übungsraum verwandeln. Studio. Was immer du zum Tanzen brauchst. Diese Typen da, die haben Erfahrung mit dieser Art von Umbau. Ich habe bereits eine Anzahlung geleistet, die den Großteil des Umbaus abdecken sollte, und ich werde für den Rest bezahlen, sobald sie hier waren, um einen vollständigen Kostenvoranschlag zu machen."

Jez starrte ihn an. „Das ist ... das ist zu viel."

„Das ist es nicht. Jez, du hast mir ein Leben gegeben. Ich möchte, dass du weißt, dass dieses Haus auch dein Zuhause ist. Gefällt ... ähm ... gefällt es dir?" Vielleicht war es doch eine dumme Idee gewesen.

Plötzlich fand er sich mit einem Arm voller Freund wieder, der sein Gesicht küsste. „Es ist zu viel, aber es ist perfekt. Ich liebe dich. Danke."

„Gern geschehen. Ich liebe dich auch."

Und sie verschmolzen, heiß und heftig wie immer, direkt auf dem Boden unter dem Weihnachtsbaum.

EPILOG

AM WEIHNACHTSABEND lehnte Jez sich auf der Couch zurück und wartete darauf, dass Hayden mit dem Aufräumen der Küche fertig wurde. Der wunderschöne, weiße Baum, den sie letztes Jahr zusammen gekauft hatten – mit blauen und silbernen Ornamenten – funkelte noch mehr vor dem mitternachtsblauen Hintergrund der kontrastfarbenen Wand im Wohnzimmer. Glücklicherweise passte das dunkle Leder von Haydens superbequemen Sofas und Stühlen genau zu der blau-weißen Farbgebung, die Jez für diesen Raum gewählt hatte.

Er machte es sich mit einem marineblauen Cordkissen auf seinem Schoß bequem, Fang lag fett und schnarchend neben ihm und er seufzte glücklich. Sie waren beide in den fast fünfzehn Monaten, in denen sie zusammen waren, einen langen Weg gegangen und die Reise war gut verlaufen. Die Hälfte des Hauses war nicht mehr schlicht weiß und Jez brauchte kein Beruhigungsmittel mehr, wenn er von Freunden umgeben war, obwohl er immer noch daran arbeitete, seine Panik zu kontrollieren, wenn er mit Fans konfrontiert wurde. Nach dem Erfolg der ersten Staffel seiner Show hatte er Fans. Mehr, als er jemals für seine Broadway-Shows gehabt hatte. Und obwohl er ihre Begeisterung schätzte, neigten sie dazu, ihn zu erschrecken, wenn sie sich im Supermarkt und in Restaurants auf ihn stürzten. Er drehte gerade die zweite Staffel, mit einem Vertrag über mindestens zwei weitere.

„Dauert es noch lange, Baby?" Er war bereit, Hayden einigen ekelhaftsüßlichen, romantischen Weihnachtsfilmen auszusetzen. Nachdem er mehr als seinen fairen Anteil an Baseball – L.A. war in den Play-offs gewesen – gesehen hatte, schuldete ihm Hayden etwas. Und das war sein Laster.

„Ich bin jetzt bereit." Hayden umrundete die Couch mit zwei Gläsern, die mit etwas Sprudelndem gefüllt waren, das sehr nach Champagner aussah.

„Feiern wir etwas?"

Hayden stellte die Gläser auf den Couchtisch und sank dann auf ein Knie. „Ich hoffe es, Baby."

Jez atmete tief ein und setzte sich auf. Er presste die zitternden Hände an seinen Mund. War das …? War er …?

Hayden zog eine kleine Schachtel aus seiner Tasche. „Ich war noch nie so glücklich wie seit dem Tag, als ich dich auf meiner Veranda schlafen sah. Ich liebe dich und ich will, dass das, was wir aufbauen, dauerhaft und für immer ist. Wirst du mich heiraten?"

Haydens schönes, geliebtes Gesicht verschwamm und wurde wieder klar, als Freudentränen über Jez' Wangen liefen. „Oh ja. Bitte. Ich liebe dich so sehr."

Jez schlang die Arme um Haydens Hals und die Schachtel schlitterte über den Boden. Hayden küsste ihn und beide hatten nun tränennasse Wangen, obwohl sie lachten.

„Willst du den Ring nicht?", neckte Hayden.

„Denk nicht mal daran", schalt Jez. Er küsste Hayden und wie immer entzündete es die verrückte Chemie zwischen ihnen, aber Jez zog sich zurück. „Wir sollten vielleicht diese Schachtel finden, bevor Fang sie findet."

Hayden betrachtete den ahnungslos schlafenden Fang. „Ja, das sieht nach einer echten Gefahr aus." Sein Freund – nein, sein Verlobter – sah sich um. Jez auch. Diese kostbare, kleine Schachtel konnte nicht weit sein. Dann tauchte Hayden ab und schaute unter die Couch, bevor er drunter griff.

Mit einem stolzen Grinsen schwang er die Schachtel vor Jez hin und her. Jez öffnete sie und zog den größeren Ring heraus, der für Hayden bestimmt war. Er schob ihn auf Haydens Finger und Hayden schob den anderen Ring auf Jez' Finger.

Hayden hob den Champagner auf und setzte sich an Jez' linke Seite, bevor er ihm ein Glas gab. „Auf meinen Jez, der mir die Augen für die Liebe geöffnet hat."

„Auf meinen Hayden, mein Zuhause."

Sie nippten an ihrem Champagner und küssten sich.

„Willst du nach oben gehen?", fragte Hayden.

Jez stand auf und streckte seine Hand nach Hayden aus. Jez hatte Jahre vor sich, um Hayden mit romantischen Weihnachtsfilmen zu foltern. Heute Abend wollte er sein eigenes *Glück bis ans Ende seiner Tage* genießen.

KC Burn

KÜSS MICH,

BULLE

Buch 1 in der Serie – Toronto Tales

Eigentlich ist Detective Kurt O'Donnell daran gewöhnt, die Geheimnisse anderer Menschen zu ergründen. Doch als er herausfindet, dass sein bei einem Einsatz verunglückter Partner mit einem Mann zusammenlebte, ist er erschüttert. Da er trotzdem das Richtige tun möchte, bietet er dem trauernden Davy seine Unterstützung an. Davy über seinen Verlust hinwegzuhelfen, macht es Kurt leichter, seine eigenen Schuldgefühle zu verarbeiten, denn er fühlt sich für das mangelnde Vertrauen seines Partners verantwortlich. Zu Kurts Überraschung entwickelt sich aus der anfänglichen Verpflichtung bald die engste Freundschaft seines Lebens.

Seine wachsende Zuneigung zu Davy verunsichert Kurt und lässt ihn schließlich seine Sexualität in Frage stellen, als plötzlich ein leidenschaftlicher Moment, für den eigentlich keiner der beiden Männer bereit ist, ihre Welt noch heftiger ins Wanken bringt. Für eine Beziehung mit Davy müsste Kurt sich outen, fürchtet jedoch um seine Arbeitsstelle und seine katholische Familie. Kann er das alles wirklich riskieren, um sich auf eine unsichere Zukunft mit einem noch trauernden Mann einzulassen?

www.dreamspinner-de.com

VERTRAU MIR, BULLE

KC Burn

Buch 2 in der Serie – Toronto Tales

Detective Ivan Bekker ist ganz unten angekommen. Während er noch mit der Trennung von seinem untreuen Freund kämpft, geraten er und seine Kollegen bei einer Razzia in einen Hinterhalt. Ivan muss zum ersten Mal einen Mann töten und ein Freund wird lebensgefährlich verletzt. Obwohl wegen seiner Rolle bei der Schießerei gegen Ivan ermittelt wird, überredet sein Vorgesetzter ihn zu einem inoffiziellen Einsatz als verdeckter Ermittler, um den Fall aufzuklären. Die Zeit drängt, denn auf dem Revier könnte es eine undichte Stelle geben.

Auf sich allein gestellt und aus dem Gleichgewicht gebracht spielt Ivan einen frisch geschiedenen Mann und wird Parker Wakefields neuer Mitbewohner. Allerdings kann er kaum glauben, dass der liebenswerte Parker kriminell oder gar in den Drogenhandel der Russenmafia verwickelt sein soll, und lässt sich dazu hinreißen, ihm näherzukommen. So unprofessionell seine Gefühle auch sind – er kann Parker einfach nicht widerstehen.

Als Ivan schließlich doch auf Beweise für ein Verbrechen stößt, muss er sich entscheiden: Soll er Parker ohne Rücksicht auf Konsequenzen beschützen oder seine Karriere retten, indem er den Mann verhaftet, den er liebt?

www.dreamspinner-de.com

Ausgestoßen

KC Burn

Buch 3 in der Serie – Toronto Tales

Während mehr und mehr seiner Freunde den Partner fürs Leben finden, weigert sich der erfolgreiche fünfunddreißigjährige Logopäde Rick Haviland, seinen von Discobesuchen und bedeutungslosem Sex geprägten Lebensstil aufzugeben. Für ihn sind Beziehungen gefährlich, denn er hat ein Geheimnis. Als er Ian O'Donnell kennenlernt, der für ein örtliches Boulevardmagazin arbeitet, hält er seine eisernen One-Night-Stand-Regeln für sicher genug, um sich auf eine Nacht mit ihm einzulassen.

Gerade als Ian sich, des Lebens der ständigen Heimlichtuerei müde, seiner katholischen Familie gegenüber outet, begegnet er Rick. Rick ist genau der Mann, mit dem er sich seine erste feste Beziehung vorstellen kann. Beide fühlen sich augenblicklich heftig zueinander hingezogen und Ian überzeugt Rick davon, seine Regeln immer häufiger zu missachten und Ian sein wahres Ich zu zeigen. Doch jemand sieht zu. Jemand, der die neue Beziehung zerstören möchte. Als Ians Arbeitsplatz droht, Ricks Geheimnisse aufzudecken, geraten neben ihrem Lebensunterhalt auch ihre Herzen in Gefahr.

www.dreamspinner-de.com

KC BURN schreibt, so lange sie sich erinnern kann, und zieht Happy Ends aller Art magnetisch an. Nachdem sie von Toronto nach Florida gezogen war, damit ihr Mann einen Traumjob annehmen konnte, entdeckte sie ihre Liebe zu Gay Romance und erfüllte sich selbst einen Traum – den einer Veröffentlichung. Nachdem sie ein paar Jahre lang tagsüber Webinhalte lektoriert und nachts ihren unterstützenden, verständnisvollen Ehemann und ihre bedürftige Katze vernachlässigt hatte, um Geschichten über Männer zu schreiben, die Männer lieben, wurde sie abermals entwurzelt und lebt nun in Kalifornien. Schreiben ist immer unterhaltsam und lohnend, aber über ihre Jungs zu schreiben, ist der größte Spaß, den sie seit langem hatte, und sie hofft, dass du genauso viel Freude an ihnen haben wirst, wie sie selbst.

Website: kcburn.com
Twitter: @authorkcburn
Facebook: www.facebook.com/kcburn

Von KC BURN

Feuer an die Lunte

TORONTO TALES
Küss mich, Bulle
Vertrau mir, Bulle
Ausgestoßen

Veröffentlicht von DREAMSPINNER PRESS
www.dreamspinner-de.com

www.ingramcontent.com/pod-product-compliance
Lightning Source LLC
Chambersburg PA
CBHW022158240626
47153CB00007B/2723